公元787年，唐封疆大吏马总集诸子精华，编著成《意林》一书6卷，流传至今
意林： 始于公元787年，距今1200余年

青春最美，梦想出发
中国式好看轻小说优鲜品牌

隔壁那只猫
收到请回答

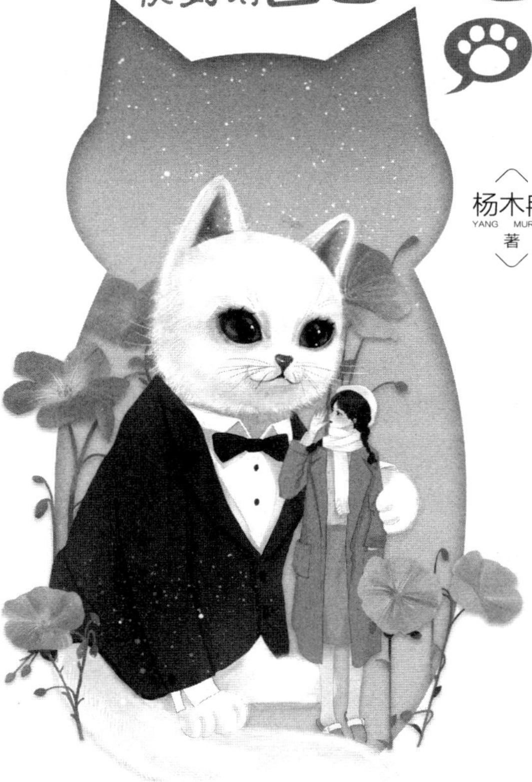

杨木冉 著
YANG MURAN

吉林摄影出版社
·长春·

图书在版编目（CIP）数据

隔壁那只猫，收到请回答 / 杨木冉著. -- 长春：吉林摄影出版社，2019.6
（"萌宠系守护"系列）
ISBN 978-7-5498-4105-9

Ⅰ.①隔… Ⅱ.①杨… Ⅲ.①长篇小说—中国—当代 Ⅳ.①I247.5

中国版本图书馆CIP数据核字(2019)第107405号

隔壁那只猫，收到请回答
GEBI NA ZHI MAO,SHOUDAO QING HUIDA

著　　者	杨木冉
出版人	孙洪军
总策划	安雅　张星
执行策划	靳丽
责任编辑	吴晶
图书统筹	绿茶
特约编辑	靳丽
绘　　图	imiko君
书籍装帧	马骁尧
图书设计	王宁
开　　本	880mm×1230mm　1/32
字　　数	300千字
印　　张	8
版　　次	2019年6月第1版
印　　次	2019年6月第1次印刷

出　　版	吉林摄影出版社
发　　行	吉林摄影出版社
地　　址	长春市净月高新技术产业开发区福祉大路龙腾国际大厦A座17楼
	邮编：130118
电　　话	总编办：0431-81629821
	发行科：0431-81629829
网　　址	www.jlsycbs.net
经　　销	全国各地新华书店
印　　刷	天津中印联印务有限公司

书　　号	ISBN 978-7-5498-4105-9	定价：29.90元

版权所有　侵权必究
如发现印装质量问题，请与印务部联系退换，电话：010-51908584

目 录
Contents

- **001** 楔 子
- **003** 第一章 遇见你，像梦一场
- **021** 第二章 岁月变美，你却不在
- **039** 第三章 我家有个大魔王
- **065** 第四章 就这样努力生活吧
- **083** 第五章 雪来时，风欲止
- **101** 第六章 念念不忘的那段从前
- **125** 第七章 败给你，我的少年
- **145** 第八章 长梦初醒，友谊不再
- **165** 第九章 给我一个微笑就够了
- **189** 第十章 跌进青春的云和月
- **209** 第十一章 寄一片海，给未来的你
- **227** 第十二章 以后，我们来日方长
- **249** 尾 声

楔 子

"她的灵魂在阳光下飞向天堂,在那里,没有人会再提起红舞鞋……"

许恩双手捧着已经有些泛黄的童话书,久久不舍得合上。坐在一旁的乔苏将自己的小脸凑过去,眨巴着眼睛盯着童话书的插画页,又抬头看了看心事重重的许恩。

"许恩姐,你为什么那么喜欢读《红舞鞋》的故事?"

许恩合上童话书,抿了抿嘴唇:"因为这个故事虽然有些残忍和悲凉,但结局总是好的!"

乔苏点点头:"当然,卡伦最后摆脱红舞鞋的束缚,并且飞向了天堂,那里充满自由与善意。"

与乔苏的乐观不同的是,许恩却叹息般地苦笑:"可惜,我们连穿红舞鞋的机会都没有。"

"与其穿上这样的红舞鞋,倒不如光脚来得痛快。"

"可我倒是希望有机会穿上这双红舞鞋……童话里的结局是卡伦被红舞鞋束缚,但是如果再坚持一下,有没有可能成为红舞鞋的支配者呢?"

乔苏越听越糊涂:"许恩姐,你在说什么?我怎么听不懂?"

许恩拍了拍乔苏的头,语气变得柔和起来:"乖,夜深了,早点儿睡。明早我们早点儿去面包店,运气好的话,也许会捡到他们刚处理掉的过期面包。"

乔苏握了握拳头,志在必得:"嗯,晚安,许恩姐。"

"晚安。"

许恩失笑地点点头,关灯,整个屋子顿时陷入无尽的黑暗中。

许恩并没有睡,而是坐在窗边,望着窗外静谧的夜空。

银色的月光轻柔地洒下来,点缀在许恩的眼底。

这里是丹麦,她们所在的地方便是充满童话梦幻色彩的欧塞登。可即使是太阳,也有无法照耀到的阴暗角落。她和乔苏便是生长在黑暗一角的贫民窟孤儿。每夜饥寒交迫,她们从陌生到熟悉,从孤单到陪伴。虽然不是亲姐妹,却胜似亲姐妹。可是,如果有一天,真的有一双"红舞鞋"放在自己眼前,她,会伸手接受吗?

二月末的欧塞登,气候最为寒冷,乔苏几乎是被冻醒的。

当她睁开眼睛的时候,便发现身边的位置变得空荡荡的,她和许恩居住的屋子不过十平方米,一眼望过去便到了头,而许恩不见了,一点儿痕迹都没有,仿佛这个人从未存在过。

"许恩姐……"几乎是下意识地,乔苏呼唤着,却始终没有回应。

她打开窗,一阵风伴随着点点雨雪猛灌进来,扑打在脸上,好痛。

"许恩姐,你去哪儿了?"一种不好的预感爬上心间,乔苏赶紧下了床,胡乱地穿好衣服,来不及洗脸梳头,光着脚丫想出去寻找许恩,但打开门的一瞬间,就被一个高大的身影挡住了去路。

乔苏怔怔地看着站在眼前的人:"你……是谁?"

那人穿着熨帖得体的西装。他有着亚洲人的面孔,但是很陌生。乔苏有些害怕,条件反射地想要关门,却被那人伸手挡住。

"你是乔苏吗?"

"你……想干吗?"

听到乔苏警惕的质问,那人不怒反笑,原本严肃的脸庞在绽放出笑容的那一刻,突然变得柔和起来:"别怕,我来接你回家……"

乔苏眨巴着眼睛,棕灰色的瞳孔里隐约倒映出那人不明所以的笑容……

第一章

遇见你,像梦一场

童话终究是童话,再美的梦也终究有醒来的那一刻。

1

"这里以后就是你的家了。"

此刻,站在偌大的厅堂中央,穿着漂亮新裙子的乔苏恍然觉得自己是在做梦。不,确切地说,应该在她坐上陌生人车的那一刻,梦之旅便开始了。

那是她从未见过的欧塞登富人区的景象,被修整得气派的灌木丛,笔直的路灯在蓝天的映衬下显得十分贵气。尤其是当车停下,出现在乔苏眼前的宛如城堡一样的三层别墅……

灰姑娘穿着水晶鞋,坐在南瓜车上,南瓜车停在城堡前,她迈进城堡的那一刻,看到满脸笑容的王子,温柔又绅士……

这是童话书里的情节,乔苏差点儿觉得自己真的变身为灰姑娘,直到一个倨傲的身影出现在她面前。

那个少年,十八九岁的样子,嘴巴紧紧抿成一条缝,白皙的肤色,他半闭着眸子,像极了总是趴在贫民窟陈旧的墙头俯视着乔苏的那只慵懒的猫,如夜空一般黝黑的瞳孔深不见底。

若不是他浑身散发着生人勿近的气息,也许真的会让乔苏觉得如童话般的王子也出现了。

可童话终究是童话,再美的梦也终究有醒来的那一刻。

少年那双清冷的眸子不带有任何感情色彩,看似波澜不惊却被天性敏感的乔苏察觉,她对上他的眸,并看懂了他眸子里的深层含义——对于她的到来,他是多么不屑。

其实乔苏在来时的路上,已经知道自己即将成为这个家庭一分子的缘由。

一切都源于她的妈妈。

那个未曾谋面，却永远停留在她人生故事中的主人公，从出生开始，她就听过无数关于妈妈的传说，那种陌生又熟悉的感觉就好像读了一本童话，故事里的人物一清二楚，却永远也摸不到，感受不到。

因为施恩，所以还恩。

乔苏不知道妈妈究竟给予了这个家的主人多大的恩惠，以至于他们一直不停歇地寻找她，来报答妈妈的恩情。

可是许恩姐姐去了哪里呢？她是不是也在找她？她是不是还过着饥寒交迫的生活？她是不是应该再恳求他们连同许恩一起带回来？

就在乔苏愣神的时候，她的养父养母从门外走进来，看到她，养母先是怔了一下，然后快步走过来，拥抱住乔苏。

"苏苏，欢迎回家。"温柔的声音从乔苏的头顶传来，仿佛还带有如春天一般温暖的气息。

乔苏的鼻子一酸，多久没有感受到这样的拥抱了？自从五年前外婆离世之后，她就沦落到了贫民区，结识了和她同样可怜的许恩。从那时候开始，她们两个就再也没有时间和精力感受其他情感，每天除了饥饿就是寒冷，除了寻找吃食，就是打工赚钱。

那些黑暗的日子现在算起来已过去了五年，她都没有想到自己能够活到现在，更不敢奢望会过上如今富足的生活。

"饿了吧？来，吴妈早就准备好了丰盛的晚餐。"养母拉起乔苏的手，带着她走到餐厅。

乔苏从来没有见过这么大的餐厅，闪闪发亮的大理石地面，巨大的吊灯吊在长方形的餐桌上，发出昏黄的光。

乔苏有点儿胆怯，更多的是心虚。就算外婆在世的时候，她也没有出入过这样的场所，难免有些不知所措。

第一章 遇见你，像梦一场

一直在不远处默不作声的少年从乔苏身边走过,仿佛当她是透明人。

不屑一顾是此刻最好的形容词。

不过,乔苏是可以理解他的。就算她再少不更事,也看得出来这个少年就是这个家的小少爷,一个陌生的"女儿"突然闯入原本平和的家,换作谁都会难以接受。

就连乔苏自己都有些难以接受这如同童话故事般的设定,更何况是他。

乔苏在养母的安排下开始了在顾家的第一餐。

餐桌上全都是中式菜肴,很多菜外婆也给乔苏做过,所以,乔苏吃上第一口糖醋排骨的时候,她真的没有忍住,落下了好大一颗泪珠。

她试图悄悄地抹掉眼泪,侧过头却对上了身旁人奇怪的目光。

少年蹙着眉头,有些不解地看着她,似乎带有一丝同情或者可怜。

"苏苏,怎么突然哭了?"养母察觉到乔苏的异常,赶紧抽出纸巾过来给乔苏擦眼泪。

也就在一瞬间,原本少年眼中的同情换成了鄙夷,之后他再也没有看过她一眼。

"对不起,阿姨,我忽然想起外婆曾经给我做过同样的菜,就……对不起……"

"傻孩子,说什么对不起,喜欢吃就多吃点儿。"养父也终于开口,顺便又夹了一块糖醋排骨到乔苏的碗里。

乔苏受宠若惊,连忙道谢。

"谢谢叔叔。"

"既然以后你是我们顾家的人了,以后就管阿姨叫妈妈,管我叫爸爸吧!"

顾父的话音未落,"哐当"一声,一双筷子被硬生生地拍在桌子上,所有人惊讶地看向少年。

"我吃饱了。"

顾母关切地询问:"小星,你怎么吃这么少?"

"没胃口。"

"顾梓星,怎么跟你妈妈说话呢?"顾父突然的严厉让乔苏心里一颤。

"算了,叫什么爸爸妈妈,叫叔叔阿姨就行了。"顾母打着圆场。

原来他叫顾梓星啊!名字真好听!乔苏忍不住想。

顾梓星却毫不理会,似乎早就习惯了这样的对话方式。

"你们一家人慢慢吃,我就不奉陪了。"说完,他转身离开了餐厅,走向二楼的卧室。

乔苏从进入顾家大门开始,大气都不敢喘一口,也许是憋闷得太久了,她忍不住长长吁了一口气,这小动作却落入了顾母的眼里。

顾母微笑起来,又顺便夹了一只鸡翅放到乔苏的碗里。

"这是中国菜,也不知道你吃着习不习惯?"

"谢谢阿姨。"乔苏乖巧地回答着,"真的已经很丰盛了,我平时……平时都是吃面包店前一天不要的面包……"

顾母的眼神微微颤了颤:"可怜的孩子,以后不会这样了。"

"那你知道你妈妈去哪里了吗?"顾父不经意地询问着乔苏。

顾母听到顾父的询问,身体突然僵硬了一下,脸上的笑容变得不太自然,敏感的乔苏似乎感觉到了什么,又觉得是自己多疑了,便摇摇头诚实地回答:"不知道,外婆说她也许已经死了。"

"死了?"顾父的眼睛瞪得很大,吃惊又失落的样子,"怎么

第一章 遇见你,像梦一场

会死了?"

乔苏小心翼翼地将埋藏在心底的话轻轻说出口:"如果她没有死,为什么不来找我呢……"

是啊!如果妈妈没有死,为什么不来找她呢?

无数饥寒交迫、无法入眠的深夜,乔苏总会翻出心底的这个疑问。唯有死亡,才可以成为她原谅母亲抛弃她的借口,唯有死亡才能得到她对母亲的宽恕。

一顿饭下来,乔苏心里五味杂陈,她依然没有适应这样舒适的环境,顾氏夫妇看起来似乎很忙,吃完饭匆匆忙忙交代管家两句就离开了。

乔苏听了管家的话,去了二楼最左边的房间,那个房间,以后将是她的房间。她居然也拥有了自己的卧室,从前乔苏觉得只要有自己的卧室,做梦都会笑醒,现在这句话应验了。

她迫不及待地走上楼,来到自己的房间门口,抬起手……突然,她背后的房门开了。她条件反射地回头,便看见刚洗完澡,头发还湿漉漉的顾梓星。

他斜着眼睛,一副居高临下的模样:"说说,你到底耍了什么手段骗了我父母来到我家的?"

"耍手段?骗?"乔苏觉得好笑,从小到大,虽然没有人教她如何做人,但是许恩姐姐曾经和她约定,她们都要做诚实的人,不要欺骗彼此。所以,对她来说,用"骗"字形容她简直就是对她的侮辱。

"难道不是吗?"顾梓星冷冷地盯着她,似乎想要看穿她,"就像今晚你吃饭的时候流下那一滴鳄鱼般的眼泪一样。"

寒冷的夜她不怕,饥饿潦倒她不怕,可是她偏偏最怕别人的误会和侮辱。她的尊严，是任何人都不能诋毁的。

乔苏倔强地抬起头，迎上顾梓星鄙夷的目光："我想我有必要和你说明一下。"

顾梓星挑挑眉，摆起悉听尊便的架势。

"第一，是你们家人请我过来的；第二，我是人不是鳄鱼；第三，请你跟我道歉。"

乔苏打心眼里感激顾氏夫妇，但是对于顾梓星的冷嘲热讽，她自认为没有义务去接受和忍受。

大不了重新回到习以为常的灰姑娘生活，她本就一无所有，所以她还怕失去什么呢？

"道歉？"像是听到笑话一般，顾梓星耸耸肩。

"对，因为你误会了我，并且诋毁了我，所以你要跟我道歉。"

"你……"顾梓星似乎有点儿生气，他没有想到眼前这个呆头呆脑的小姑娘竟然如此伶牙俐齿，竟然有勇气怼他，这让他心里不自觉地燃起一股闷火，道，"我自认为我并没有误会你。当然，如果你执意不承认的话，那我也好心警告你，我父母能请你来，我自然也能请你走。"顾梓星故意把"请"字加重，很明显带有警告的意味。

看来，眼前这个少年认定了她是个居心叵测的人。

有句话说，你永远无法叫醒一个装睡的人，不是吗？那么，她干脆直面迎战好了。

于是，乔苏仰起头，鼓着红扑扑的小脸蛋对上顾梓星慵懒的眼神："中国有句老话，叫请神容易送神难。"

顾梓星那慵懒的眼神一瞬间仿佛吸收了这里所有的光芒，原本靠着门的身体也不由自主地僵直起来，他……他居然一时间不知道

该说些什么,只是觉得极为可笑。

乔苏在他还没有反应过来的时候,转过身打开卧室的门直接钻了进去。

"晚安,祝你好梦,哥哥!"乔苏故意说道。

乔苏的话随着关门声一同灌进顾梓星的耳朵里,他随后反应过来,吼道:"谁是你哥!"

回应他的只是一扇冷冰冰的门,顾梓星只觉得自己火冒三丈却无处发泄。

晚安?好梦?对于顾梓星来说,家里突然多出来这样一个在他眼里脏兮兮又伶牙俐齿的小丫头,才是他噩梦的开始!

2

随着门被乔苏"嘭"一声关上后,仿佛就隔绝了整个世界。

乔苏被眼前的卧室布置感动得眼泪止不住地往下流,因为曾经失去过,因为曾经有过太多苦难悲伤,所有的情感都在这一刻宣泄。

灰色的墙壁,粉色的梳妆台和公主床,门对面就是大大的落地窗,阳台上面还有很多向阳而生的绿植,甚至还有一架小秋千。不知道养父母是碰巧还是真的知道她喜欢画画,在卧室的另一个角落,放着画架和各种样式的水粉颜料。

乔苏缓缓地打开卫生间的门,就连卫生间都比她曾经住的地方大。干湿分离的浴室,里面有大大的浴缸,旁边放着花瓣和牛奶,打开水龙头,撒上花瓣和牛奶,乔苏迫不及待地脱了衣服,将身体浸泡在暖暖的蒸腾着热气的浴缸里。

这一切就像梦一样,乔苏觉得太不真实,这种轻易的得到会不会最后都消失得无影无踪?所以,她舍不得睡觉,她怕醒来之后,这一切都是场梦!

流下的眼泪不知道是喜极而泣,还是不安和担忧。

这样安逸又幸福的生活,她绝不能独享。洗完澡,等夜深人静的时候,她准备偷偷溜出去。

因为还有一个人她放心不下,许恩,那个在外婆去世后,陪伴了她几年的小姐姐许恩。

她们曾一起淋着瓢泼大雨发传单赚钱;她们曾一起为了早起能拿到面包店丢掉的面包而不敢入睡,互相给对方讲童话故事;她们也曾一起疯狂过,为了去看伊埃科斯城堡,骑了五个小时的自行车……

如果没有许恩姐姐,她不知道自己会在哪里,是否还活着。

所以,她一定要找到许恩。

银白的月光倾泻而下,如墨色的夜空闪烁着点点星光。

趁着家人都处于熟睡中时,乔苏偷偷从家里溜了出来。与家中的温暖相比,扑面而来的寒气令乔苏忍不住打了个寒战。

这是她再熟悉不过的寒冷,怎么会因为一时的温暖而忘掉?

已经是欧塞登的凌晨一点钟,家家户户都闭门关灯,更何况原本就不富足的贫民区,更是漆黑一片。

这也是乔苏所习惯的黑暗,她拿出早就准备好的手电筒,凭借昏黄的灯光找到了她原本居住的地方。

乔苏临走前还留着钥匙,可是房间里没有许恩的身影。

"如果许恩姐姐回来了,发现我不在怎么办?"乔苏焦急地在原地来回踱步,试图守株待兔,等许恩出现。

可是深夜的欧塞登真的好冷啊!乔苏连续打了好几个喷嚏。这样寒冷的夜,如果许恩发现自己不在,她会去哪里呢?

第一章 遇见你,像梦一场

乔苏忍住自己越来越严重的头痛，用力地回想着曾经与许恩的点点滴滴，以及曾经的约定。

"小苏，如果有一天我们走散了，就去后山那棵最大的梧桐树下会合。"

这是她们在分头打工赚钱或者寻找食物时候的约定，许恩姐姐会不会在那里等她？乔苏决定前往她曾与许恩约定好的后山看看。

后山的那棵梧桐树是她们的秘密基地，留下很多她们姐妹之间的美好回忆。她们曾在这棵树下一起分享获得的食物，她们也曾在这棵树下因为受到磨难而抱头痛哭，不管是相互鼓励还是相互依靠，这里似乎不知不觉成为她们宣告友谊的避难所。

那些富有诗情画意的仪式感的画面，好像总是离不开这里。

乔苏走到后山的时候已经气喘吁吁，因为夜太黑，她心里其实还是有些害怕的。这一路上几乎没有什么人，手电筒也在半途没了电。身无分文又没有任何通信设备的她只能硬着头皮，凭直觉和记忆找到了后山的那棵梧桐树。

这是她第一次在这个时间点来到这里，所以也被眼前的风景震惊。梧桐树宽大的叶子仿佛吸收了所有夜空星辰的光芒，泛着荧荧的光。风轻轻地吹拂着，树叶沙沙作响。乔苏慢慢走到梧桐树下，虽然夜深，但是凭借倾泻而下的月光还有手上的触感，乔苏发现了许恩留下的字迹。

一笔一画，在树干上刻下的一句足以让乔苏难过的话。

我走了，别找我。

——姐姐许恩

许恩是在责怪她，所以才选择不辞而别吗？乔苏内心翻涌着自责与愧疚，终于忍不住哭出声来。

"为什么……为什么你要离开我……"

为什么总是要她忍受一次一次被抛弃,妈妈突然失踪,外婆突然离世,许恩突然不辞而别……

这样的分离她经历过太多,一次又一次,每次都难过得喘不过气来,却没有人真正考虑过她的心情。

她有多伤心,有多痛苦,有人关心过吗?有人在意过吗?有人真正想去了解她的感受吗?

原本就在寒风中待了太久的乔苏,因为不住的哭泣导致上气不接下气。

"小仓鼠,你怎么了?"

一个声音从她背后传来,是她熟悉的声音,是她好久没有听到的声音。可是当她回过头,想要确认是否是"那个人"的时候,她却眼前一黑,晕了过去。

3

现在是凌晨两点钟。一直坐在落地窗前不知道在想什么的顾梓星看看手表,微微蹙了眉头。

就在一个小时前,原本正在落地窗前拿着白笔算公式的他忽然看到有人影闪过,再定睛一看,就确定了那个人影的身份。

这个家能像贼一样上蹿下跳的人还能有谁?只有那个刚来的不明身份的丫头了。

他一脸茫然地眼睁睁地看着乔苏像老鼠一样从二楼窜到一楼,最后扒着后墙的大门,灵活地蹿了出去,消失在深夜里。

有那么一瞬间,他在犹豫要不要跟上去或者告诉父母,但这样

的想法在下一秒就被他抛到脑后，她有没有危险关他什么事？更何况她的到来本来就打扰了他原本平静的生活。

可是如果她真的遇到危险的话……

纠结了很久，眼看天越来越晚，臭丫头还没回来。顾梓星看了看墙上的挂钟，决定出去找找那个丫头，在给自己找一个"打探底细"的台阶下之后，他起身披上外套准备出去。就在这时他听到了楼下大门打开的声音，紧接着就是匆匆忙忙的脚步声，以及他再熟悉不过的声音。

"小星，睡了吗？"脚步声虽匆忙，呼唤的声音却很轻，很明显不想惊动除了顾梓星以外的其他人。

顾梓星听到声音，疑惑地离开自己的卧室，走下楼，便看到了令他震惊的一幕。哥哥顾梓繁居然抱着那个像仓鼠一样的丫头回来了……此刻，顾梓繁正小心翼翼地将她放到柔软的沙发上，小丫头似乎还对顾梓繁温暖的怀抱有所留恋，微微蹙眉，不开心地翻了个身，继续不安地睡了过去。

顾梓星没有说话，但一直盯着顾梓繁的眼神明显是在质问他，这是什么情况？

"我在路边捡的，看她怪可怜的。"

"呵……"顾梓星发出轻蔑的哼声，"你可真会捡。"

这话反倒让顾梓繁一脸茫然："什么意思？"

"这丫头三更半夜从这里溜出去，然后又被你捡回来，要不是我亲眼看到，我都以为在拍电视剧，也就只有剧本敢这么写了吧？"

面对顾梓星莫名其妙的话，顾梓繁摸不着头脑，不过现在也不是纠结的时候。

"把家里的医药箱拿过来。"

"干什么?"

"她好像有点儿发烧,晕倒的时候手也摔破了皮。"

"送去医院啊!"

"没多大事,别废话,快去拿药箱!"

面对自己的亲哥,顾梓星再怎么皮,还是会忍让三分。毕竟在这个家里,他就只认他哥这一个亲人。

顾梓星听话地找来了医药箱递给顾梓繁,然后懒洋洋地坐在一旁的桌子上,看着自己的哥哥小心翼翼地为他很讨厌的家伙喂药、包扎伤口。

哥哥的动作很轻柔,这是他好久都没有感受过的待遇了。

想到这里,顾梓星心情越来越烦躁,干脆眼不见,心不烦。

"她的卧室在二楼原来的书房。"留下这句话后,顾梓星转身回到了自己的卧室。

他们家书房?她的卧室?纵然有许多疑问,顾梓繁也没有多问,只是似懂非懂地目送顾梓星从自己的视线中离开,然后又埋下头继续帮乔苏处理手上的伤口。

4

二楼卧室的门是被狠狠摔上的,似乎在宣告着主人不满的情绪。

紧接着"扑通"一声,顾梓星便整个人倒在了软绵绵的大床上。卧室的颜色非常单一,黑白灰三种颜色,冷淡又孤独,就像住在这里的少年。

顾梓星双手枕在脑后,目光直直地盯着天花板。其实,他早已习惯了失眠,每次都以晚上才有灵感当借口来掩饰失眠带来的焦虑。

家人也习惯了他这样的作息习惯,所以顾梓繁才会在这么晚的时间,走入家门后第一时间唤着弟弟的名字。

而他为什么会失眠?是因为害怕。害怕做噩梦,害怕一闭上眼睛总会梦到童年时期留下的不可磨灭的阴影。

那一汪深不见底的湖水,以及无助的呼救和最后被湖水淹没的死寂,是他心上永远也挥之不去的噩梦。但是他从来没有和任何人说起过,包括他最亲的哥哥顾梓繁。

"咚、咚、咚。"三声有节奏的敲门声,这是他与哥哥之间的默契。

"进来吧,门没锁。"

门被人轻轻推开,床边一沉,顾梓繁已经坐到床边,低头看着似乎有些气急败坏的弟弟,微微一笑。

"这是怎么了?谁又惹到我们家小少爷了?"

"哥,你别这么说话,我鸡皮疙瘩都要起来了!"

"好啊!"顾梓繁双手环臂,轻轻挑眉,看着他,"那你说吧,到底怎么回事?"

顾梓星没有看向哥哥,目光还是停留在天花板上:"被你抱回来的那个丫头是今天爸妈领养回来的人。"

顾梓繁恍然大悟:"居然是她啊!"

顾梓星坐起身:"你认识她?"

"对,爸妈早前跟我提起过要收养一个恩人的孩子,原来就是她。"

"恩人的孩子?"

"好像是她妈妈曾经有恩于我们,但是后来她家发生了变故,就剩下这女孩一个人,爸妈一直在找她,还真被爸妈给找到了。"

顾梓繁开心地述说着整件事情的经过,可是他没有注意到顾梓星的脸色越来越差。

顾梓星怀疑自己到底是不是亲生的，家里什么事儿他都不知道，就像他不是这个家里的一员，而是傀儡和玩偶，没有知情权，没有支配权，每天只要做一个无所事事的哑巴就是最好的"儿子"。而眼前的哥哥就不同了，其实顾梓繁就比顾梓星大三岁，但是他在这个家的存在感和他比简直就是一个天上，一个地下。

"她挺可怜的，对她好点儿吧！"

顾梓繁突然来了这么一句，差点儿让顾梓星一口气没上来。

让他对她好点儿？他没有听错吧？

"你看我对谁好过吗？"顾梓星冷冷地反问。

顾梓繁还真故作思考了一下，然后摸摸下巴，认可地点点头。

"确实。"

顾梓星差点儿没被哥哥这个反应气到暴跳，不管他对别人如何，他对自己的哥哥可算是仁至义尽了。比如说哥哥高三的时候喜欢一个女生，他帮着哥哥瞒着家里人，后来哥哥上了大学失恋，也是他陪着哥哥不分昼夜地去玩极限运动，才帮他走出失恋的痛苦。

看到被自己逗得气急败坏的弟弟，顾梓繁得意一笑，然后拍了拍顾梓星的肩膀。

"你看你这样多好！"

顾梓星愣了一下，一脸不解地看着顾梓繁。

"如果你对爸妈也像这样可以表现出来你的情绪，也许你们的关系就不会像现在这么僵了。"

"你确定要跟我讨论这个问题吗？"

顾梓星脸色变得不悦，似乎在忍耐着某种一点就着的情绪。

"好，好，我不说了。也不早了，我得先走了！"

"这么晚了，不在家里睡？"

第一章 遇见你，像梦一场

"不了,我还有个实验要做。"

"哥,你再这样下去就成书呆子了。"

顾梓繁苦笑:"不然做什么呢?我可不想继承家业。"

空气一度凝滞,两人都沉默了。

"你别看我,我更不可能。"顾梓星重新躺回床上,"快走吧,我困了!"

顾梓繁微微一笑,语重心长地又叮嘱了一番:"以后还是尽量早点儿睡,熬夜对身体不好,更何况你从小身体就弱……"

"好了,我知道了。快走吧!"

顾梓星拿起被子盖在头上,用这样的方式打断哥哥那婆婆妈妈的关怀。虽然表面上嫌弃得不得了,但是当门被顾梓繁轻轻关上的那一刻,顾梓星掀开被子,脸上还是露出了欣慰的笑意。

这个世界上还是有人关心他的,哪怕只有哥哥一个人,他也知足了。

5

顾梓星也不知道自己是什么时候睡着的,只是不停地在做梦。

梦里,他来到一片充满迷雾的森林,他不停地绕,不停地呼喊救命,却没有任何回应。撕扯般的回音让他变得慌张起来,他的脚步变得越来越快,最后跑了起来,前方似乎有光,他穿过迷雾森林,脚下却是沼泽,每一次抬脚都困难万分,突然如海水般的浪扑面打来,将他整个淹没……

"救命……救命……"他在噩梦中喃喃自语。

他伸出手臂似乎在寻找着救命稻草,他胡乱地抓,绝望地抓,终于抓到了一只手。

"救我……"他紧紧地抓着那只手,生怕放开的下一秒就一命呜呼。可是,握着的手柔软且冰凉,这真实的触觉和清晨透过窗帘射进来的微光,让在梦里的顾梓星渐渐清醒过来。

他缓缓睁开眼睛,就看到一颗小脑袋趴在自己床边,视线再往下移动,停留在自己紧紧握着的手上,手分明就是"小脑袋"的手……

"啊!"条件反射一般,不等看清眼前这颗小脑袋是谁的,顾梓星就猛地甩开了手,女孩顺势被甩到地上,吃痛道:"好疼……"女孩的声音带有清晨没睡醒的慵懒和委屈。

大清早被人甩到地上,任谁都会觉得委屈吧!更何况她现在还有病在身,一点儿怜香惜玉的心都没有吗?

乔苏委屈巴巴地抬起头,边揉着自己吃痛的屁股边怒视着大清早将她甩下床的人。

"你干吗甩我?"

"你还好意思问我?"床上的人原本一脸震惊,当他看清床下那坨东西是什么之后,脸上的表情随之变得铁青。

"我为什么不好意思?你来我屋子,把我甩在地上,难道我还要感恩戴德吗?"乔苏也不知道自己怎么了,心里的难过和愤怒在这个原本应该寂静的清晨变本加厉,她根本控制不住。

床上的人像是听到了极大的笑话一样,强忍着想要爆发的情绪:"你睁开眼睛好好看看,这是谁的房间?"

"当然是我……"乔苏揉揉眼睛,环视四周,才突然想起来这里已经不是原本她早已习惯的贫民区的房子。可是,她昨晚不是……

她用力拍了拍自己的头,想让自己清醒一点儿,可是她怎么也想不起来自己到底是怎么回来的了,以及她为什么会来到顾梓

第一章 遇见你,像梦一场

星的房间。

"我……"乔苏懊恼自己刚才乱发脾气,但是又不知道要如何面对眼前的顾梓星,只好硬着头皮道歉,并且强行解释一番。

"对不起,我有梦游症……请你以后千万要锁好自己的房门。"

说完,她像小仓鼠一样连蹦带跳地赶紧逃离现场。

这一系列动作不到十秒钟,就连顾梓星都没有反应过来。

顾梓星望着门口早已消失的人影,目瞪口呆,这家伙怎么看都不像是昨晚生病的那个人。

他挠挠头,很后悔昨晚莫名其妙的担心。

其实昨晚顾梓繁离开后,顾梓星又失眠了,本想去楼下冰箱里取冰水喝,却在路过乔苏的房间时,听到里面传来哭泣声,出于好奇,他打开门,就看到似乎在做噩梦的乔苏哭得像个泪人。

也许是因为自己也常做噩梦,他居然产生了同理心,在她用软糯的声音渴求着说"好渴"的时候,他喂水给她喝,然后还摸了摸她的额头,发现还是有点儿发烧,人也还在昏睡中,不太清醒。

刚喂了水,又渴,又喂了水,还渴……就这样一来二去他居然第一次产生了睡意,又有点儿担心这丫头渴死,所以开了彼此卧室的门,想着如果她很渴,一定会大声呼叫,他就能听到。

可谁知,她半梦半醒之间竟然直接跑到他的房间来要水喝,而他,居然没有被吵醒……顾梓星摸摸自己的头,忍不住感叹,老天这是派了个什么东西在他的世界啊!

第二章

岁月变美，你却不在

人的感情就是这样复杂，可以陪一个人哭着走过最艰难的低谷，却不一定会笑着祝福他迎来新的巅峰。

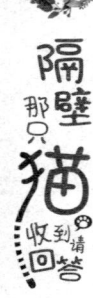

1

中国，S城。

从飞机上下来，寒风有些刺骨，瞬间将沉浸在思绪中的许恩拽了回来，她打了个激灵，裹紧身上崭新的大衣，觉得此刻的自己比任何时候都要清醒。

她已经没有办法回头了。

许恩有一个连朝夕相处的乔苏都不知道的小习惯，在无数个失眠的夜晚，她总会跨过睡得香甜的乔苏，悄悄离开小屋，跑到贫民窟的一处高地上，等待太阳飞跃地平线的那一刻。橙红的光是带着悲悯之心的，它洋洋洒洒地点亮贫民窟的每个角落，仿佛驱散了这里的肮脏和阴霾——虽然只是假象，却让许恩觉得除了乔苏之外，它是唯一能让自己感到温暖的东西了。

贫民窟一成不变的生活让人厌倦，但对于这些食物链底端的人来说，即使努力也只能维持温饱，几乎没有能够翻身的机会。直到那几个衣着不菲的人披着日出之光，穿过冷寂的街道出现在她面前，询问她是否认识一个叫"乔苏"的女孩时，命运的轨道开始偏离了方向。

听到他们在打听乔苏，许恩眼中闪过一丝戒备。

"你们是谁？"

为首的是一个长得像狐狸般的老者，他露出和蔼的笑容，在仔细打量了一番面前的小姑娘后，眼中露出一丝微不可察的诧异。

"不要害怕，小姑娘……"他语气缓慢，从口袋里拿出几张大额的丹麦克朗举到许恩面前，"我想向你打听一个人。"

许恩看着面前能让自己和乔苏饱腹好几个月的钱，脸上闪过一丝屈辱，她手指动了动，却终究没有接。

"你们想找谁？"

"你知道一个叫乔苏的女孩吗？听说她就住在附近。"

"乔苏！"听到这个熟悉的名字，许恩瞳孔蓦然放大，心里一片混乱。

老者狐疑地看了许恩一眼，有些惊讶她的反应。

"小姑娘，难道你认识乔苏小姐？"

注意到对方称呼乔苏的方式，许恩沉默片刻，有些艰难地开口。

"你们找乔苏有什么事？"

面对许恩的追问，老者并未有什么异常，仍旧耐心解释："是乔苏小姐的家人派我们来接她回家的，我是乔家的管家张青。"

老者的话一字字刻在许恩心里，她的脸慢慢变得煞白。第一次见到乔苏，许恩就知道这个女孩和自小就被人遗弃在贫民窟里的自己不一样，她眼中透着未涉世事的单纯，一看就知道小时候并没有吃过什么苦，不过是因为唯一的亲人过世而沦落到贫民窟，让许恩反而同情起这个从天堂坠入地狱的女孩，所以即使见惯人情冷暖，但许恩破天荒地收留了乔苏，她突然感觉有个人陪伴也是好的。

但她没想到乔苏居然还有家人……许恩心中瞬间五味杂陈，却并没有感到多少喜悦。

看这些人的衣着，如果乔苏和他们离开了，那么一定会过上很好的生活吧？许恩暗自想着。

此时，一颗名为嫉妒的小种子在她心中生根发芽。人的感情就是这样复杂，可以陪一个人哭着走过最艰难的低谷，却不一定会笑着祝福他迎来新的巅峰。

许恩如鲠在喉，张了张嘴却没有说出话来，她指尖缓慢地抚摸

第二章 岁月变美，你却不在

胸前的吊坠,带着体温的吊坠被她握在手心,这是乔苏不久前送给她的礼物。

那天是许恩的生日,也是她与乔苏一起度过的第六个年头,两个小姐妹买了一小块蛋糕,躲在小屋里,燃烧的蜡烛照亮两个年轻女孩姣好的面庞。

"许恩姐姐,你快许个愿望呀!"

乔苏兴奋地搓搓手,望向一旁呆怔的许恩,蜡烛上跳跃的火苗将她的眼睛映衬得亮晶晶的。许恩回过神来,无奈地弹了一下乔苏的额头:"怎么还像个孩子似的?"许恩却还是在对方希翼的眼神中双手合十,缓缓闭上眼睛。

但她并没有许愿,在她看来,一个人所拥有的无非就是与生俱来或后天争取到的,她从不相信许愿这种虚无缥缈的东西。

"好啦,我们快吃蛋糕吧!"许恩睁开眼睛,对乔苏温柔一笑。

"等……等一下。"乔苏却突然制止许恩要去拔蜡烛的手,看着许恩疑惑地看向自己,乔苏扭捏起来,"你再把眼睛闭上嘛!"

"干吗?"

"闭上嘛!等下你就知道了……"乔苏神神秘秘地卖着关子。看着许恩无奈地再次闭上眼睛,乔苏满意地笑了起来,她挪到许恩身后,小心翼翼地从脖子上取下来一枚精美的吊坠,转而重新为她戴上。

似乎猜到了身后人的举动,许恩睁开眼睛惊讶地望向乔苏:"这是……"

"许恩姐,我没什么值钱礼物送给你,这条项链自打我有记忆起就一直戴着,外婆曾经告诉我,它能带来好运,虽然现在还没太看出来这个功能，哈哈。"乔苏不好意思地挠挠头，眼神却很认真，"但你那么坚强和特别，我相信一切都会好起来的。你别嫌弃它是我戴过的，等我……"

话还未说完，乔苏就被许恩用力抱住。感受到许恩的身子微微颤抖，乔苏的眼睛也红了起来。

欧塞登此刻已是深夜，一轮圆月静谧地挂在空中，它见证着世间的秘密、悲欢离合以及此刻这两个女孩彼此无可替代的感情。

2

看着面前突然陷入沉默的年轻姑娘，老者皱了皱眉头，准备放弃向她打听消息，却在目光转到许恩的颈部时，微微一凝，一个猜测缓缓在他脑海中浮现出来。

即使已是寒冬，女孩依旧穿着破旧而单薄的衣服，露出的白皙颈部挂着一条颇为精致的圆形吊坠，将日出的光折射出夺目的颜色，却与这样一个贫民窟出身的少女显得格格不入。

"这位小姐，可以允许我看一下您的吊坠吗？"

注意到老者称呼上的变化，许恩犹豫片刻，解下项链递给了他。

接过项链的老者将吊坠翻到背面，上面刻着一个精致的花体字母"R"，手指摩挲着字母片刻，老者神情复杂地将吊坠还给了许恩。

一直细细观察着老者神情的许恩接过吊坠，有些忐忑对方是不是发现了什么，顿时心虚地低下头，却等了半天也没见对方再有下文，于是焦虑的她决定试探一下："请问，这项链有什么……"

"冒昧地问一下，小姐这条项链是怎么来的？"

老者突然开口打断许恩的话,眼神逐渐变得犀利起来,仿佛要把她生生看出一个洞来。

许恩咬了咬唇,心里却肯定这条项链有什么老者知道的特殊含义,她缓缓低下头,阴影完全掩盖了她的神情。

她决定赌一把。

"这……是我家人留给我的。"

仿佛灵魂出窍般,许恩听到自己陌生而冷静地说着谎话,这些年来贫民窟的生活以及与乔苏相处的点点滴滴,走马灯似的在许恩的脑海中闪过,心里似乎有小小的恶魔在撩动她走向一条无法回头的路。对上老者一行人惊讶而欣喜的目光,许恩知道自己赌对了,此刻心中却没有想象中那么喜悦,一丝丝疼痛从她的心脏里蔓延,像野草般疯狂生长。

你必须要这么做。许恩狠狠地将指甲掐在肉里,似乎逼自己要狠下心来。你不是做梦都想摆脱这让人厌倦的人生吗?你还想没日没夜地打工、吃过期的面包、住无法遮风避雨的房子吗?如果不抓住"红舞鞋"的机会,在贫民窟这种地方可能这辈子都不会有出头之日。

"你要找的乔苏……就是我。"许恩说。

乔家位于中国S城寸土寸金的富人居住区,许恩看着眼前典雅精致的别墅,能进这种房子,是她未曾想过的事情。

只是这本该是属于乔苏的人生,她却鹊巢鸠占。

"回国的这一路上受您照顾了,张青伯伯。"

许恩不卑不亢地说,自小混迹在市侩底层的她早已练得圆滑而早熟，知道什么时候该去做什么样的事情，而她口中的张青正是询问她的领头老者，乔家的老管家。

"乔苏小姐这么说可就折煞我了，这都是我应该做的，走吧，您的家人已经在等着了。"

张青笑着摇摇头，为许恩打开后座车门。

闻言正准备下车的许恩脚步一顿，却很快掩饰住自己的异常，她冲张青点了点头，做出一副既期待又紧张的样子，声音微微颤抖。

"我也迫不及待想见到我的家人了……"喃喃说着，许恩迈开脚步，跟随张青一步步向别墅大门走去。

她相信，自己终究会成为红舞鞋最后的支配者。

3

懊恼地关上门，乔苏靠着门滑坐到地上。

"这到底是怎么回事啊？"

捧着自己像火烧一般通红滚烫的面颊，乔苏使劲地甩甩头，刚才的一幕却像卡碟了一样，反反复复在她脑海里重现。

指尖仿佛还存留着少年的体温，刚睡醒的他如同猫儿一样，慵懒地微眯着双眼，带着不经意的魅惑看向自己……却瞬间又变成了张牙舞爪的大魔王。

真是让人讨厌的家伙，和许恩姐姐那样温柔善良的人比简直差远了！乔苏恨恨地想着，却突然意识到什么，不愿意面对的现实再次被剖开摆在眼前，瞬间整个人蔫了下来。

许恩……想到许恩，乔苏使劲吸了吸鼻子，经历了昨晚的崩溃之后，她的情绪逐渐平稳下来。

　　许恩不会抛下自己，或者说乔苏不相信她会抛下自己，昨晚一定忽略了很多细节，自己一定遗漏了什么。乔苏决定白天找个时机溜回原来的住处。她还没有勇气跟养父母说要收养许恩姐姐的事，至少，她想找到许恩之后，再做打算。做好了打算后，乔苏的心情也轻松了一些，正巧吴妈敲门来叫乔苏下楼吃早餐，乔苏收起眼泪。

　　出了房间门是一条长长的走廊，布置得整洁大方，两边整齐地挂着几幅油画，学过画画的乔苏一眼就认出这些均出自名家之笔，而走廊的尽头便是楼梯。如果不是在楼梯的空隙中看到"大魔王"顾梓星的身影，乔苏还觉得自己仿佛置身梦境。此刻顾梓星似乎正靠在沙发上看电视，但换台的频率暴露了他的心不在焉。

　　乔苏站在台阶上一脸纠结，顾梓星对自己的排斥并不会让她退缩，但一想到今早尴尬的场面，她就觉得自己瞬间没有勇气去面对大魔王了。正沉浸在丰富的内心戏中的乔苏并未觉察到有人靠近，直到阵阵温热的气息酥酥痒痒钻进她耳朵里，才迟钝地有所反应。

　　乔苏猛然回头，像一只受惊的小仓鼠一样蹦了起来，却感觉自己的额头蹭上了一个软糯、温润的可疑东西。

　　"你在看什么？"清润的声音带着奇异的尾调，乔苏慌忙中对上了一双熟悉的眼眸，不禁惊呼出声。

　　"顾梓星？"

　　不！不是他，乔苏瞬间就否定了自己，声音不一样，更别说顾梓星总是半眯着眼睛，眼神永远冷冷的，和眼前这双深邃却荡漾着温柔笑意的眼睛是完全不一样的。

　　顾梓繁"扑哧"一声笑了出来，他亲昵地弹了一下乔苏的额头："一晚就把我忘了，嗯？"

　　乔苏却仿佛被定身了一样，捂着被弹过的额头发呆。

即使年纪相仿，乔苏相比许恩也总是多了些小孩子心性，所以许恩更像一个姐姐的角色，她也喜欢这样轻弹乔苏的额头。

"喂，小仓鼠！"一只手在乔苏眼前晃了晃，将她拉回现实。

"什么小仓鼠？"乔苏下意识地问道，也终于看清了面前人的长相。

一张和顾梓星几乎从一个模子里刻出来的脸，气质却迥然不同。一个桀骜不驯，一个温暖如阳，如果细看面前的少年，眼角还有一颗十分明显的泪痣，清润和魅惑的气质奇妙地产生了一个平衡点，在他身上展现得淋漓尽致。

已经了解了家中大致情况的乔苏一下子就反应过来，眼前的这个人是大魔王的哥哥，顾家长子——顾梓繁。

"抱歉，刚才没有吓到你吧？看你站在楼梯口发呆，想叫你一下的……"

顾梓繁后退了几步，一脸歉意地看着乔苏。

"没事没事。"

见识过大魔王的摧残，在面对顾梓繁的道歉时，乔苏一脸受宠若惊，压根没仔细回想刚才发生的种种细节。

"苏苏是吧？我是顾梓繁。"顾梓繁眉眼弯弯地看着乔苏，"昨天临时有事，很遗憾没能迎接你回家。"

"繁哥哥好，还……还请多多关照！"乔苏一向吃软不吃硬，面对温柔的顾梓繁，一时间不知道该怎么回答，硬是憋出了一句，成功又将对面的少年逗笑了。顾梓繁看出了乔苏的窘迫，给了她一个台阶下。

"饿了吧？我们下去吃饭吧！"

乔苏松了口气，转身向楼下走去，心里感叹着顾家同一锅粮食

第二章 岁月变美，你却不在

养出来的儿子怎么差别这么大,一个是天使,另一个简直是混世大魔王。正腹诽着,竟没有发现身后的少年露出一抹意味深长的微笑。

刚下楼,乔苏便看到本该在客厅百无聊赖看着电视的顾梓星不知道什么时候跑到了楼梯口,抱着臂看向自己和顾梓繁,眉头拧得都能打出一个结来。不知道自己又触到了大魔王的什么霉头,乔苏屏息凝神,装作没看到,目不斜视地从顾梓星身边走过,却在下一秒就被他提住衣领,像拎小仓鼠一样被拽了回来。

"喂,见到人也不打声招呼,没礼貌。"

乔苏无语,这人不是没事找事吗?但考虑到自己寄人篱下,也不是什么原则性的问题,还是不要起冲突,于是选择了沉默,顾梓星看她不回应自己,火更大了。

"梓星,你别吓她了。"

顾梓繁走到两人面前,不经意地将乔苏半护在身后,让乔苏心中一暖。

看着两人的互动,顾梓星的脸色却越发黑了起来,他冷笑地看着被哥哥护在身后的女孩,脑海中却蓦然闪过乔苏昨日瞪圆眼睛,一脸倔强看着自己的样子,像一只披着狼皮的小绵羊。

"哥,你可别被她人畜无害的样子给骗了,昨天还理直气壮地和我说'请神容易送神难'呢!"

顾梓星口是心非。

乔苏却气笑了,把头扭到一边不去看他:"我懒得和你计较。"

"我看你是心虚了吧?昨天的伶牙俐齿去哪儿了?还是……"顾梓星突然恶劣一笑,像极了想要恶作剧的孩童,他靠近乔苏,用只有两个人能听到的声音说,"因为早上的事情,你觉得不好意思面对我?"

少年温热的气息轻柔地萦绕在乔苏的耳边,她的脸一下子红了。满意地看着乔苏憋得通红的脸蛋,顾梓星没有给她反应的机会,便神色愉悦地走开了,他觉得自己成功扳回了一局。

4

顾父顾母因为公司繁忙彻夜未回家,偌大的餐厅只有乔苏和顾家兄弟在吃早饭。

"对了,梓星,咱爸为苏苏办了入学手续,赶在开学前这两天,你带她去置办一些需要的东西吧?"

顾梓繁率先打破了沉闷的氛围,顾梓星听到后下意识地想拒绝,却被乔苏激动的声音打断。

"我可以去上学吗?"

"当然可以。"顾梓繁眼睛弯成月牙,眼角的泪痣随着上扬,十分动人,"和梓星在一个学校。"

"真的太好了!"自动忽略了后面一句话,乔苏感觉自己的眼睛瞬间蒙了层雾气。

她有一个愿望。

乔苏小时候,听到最多的话就是"乔苏,你的爸爸妈妈去哪儿了"。

自打有记忆起,乔苏便和外婆生活在一起,看到同龄小朋友每天都有父母陪伴,小乔苏虽然羡慕,却只能将它化成一桩沉重的心事。

她的异常也逐渐引起了周围人的注意,所以每每被问到父母时,乔苏总是噘着小嘴倔强地回答:"我是从石头缝里蹦出来的,才不需要爸爸妈妈!"

人们往往会被这个回答逗笑,也不再追问。直到某天被另一个小朋友毫不留情地揭穿:"怎么会有人没有爸爸妈妈?一定是他们不要你了呗。"

童言无忌却往往更伤人,被触到逆鳞的乔苏冲上去和对方扭打在一起,最终被老师请了家长。那天回家后,一向温柔的外婆发了很大的脾气,乔苏倔强地站在角落里拒不认错,大滴的眼泪却从眼睛里掉了出来。外婆最终还是心软了,她叹了口气将乔苏抱在怀里,止不住地心疼。

"苏苏啊,如果你有什么事情,我怎么向你的爸爸妈妈交代呢?"

这是乔苏第一次听见外婆主动提起父母,她瞪大眼睛望向外婆:"苏苏也是有爸爸妈妈的吗?"

"当然。"外婆被乔苏天真无邪的话逗乐了,却又仿佛勾起了什么回忆,面容变得忧伤起来。

小乔苏敏感地察觉到外婆情绪的变化,她往软软的怀抱里缩了缩,将一肚子的疑问咽了回去。

有外婆就够了,乔苏悄悄对自己说,如果是让外婆伤心的事情,她宁可选择不知道。

"乔苏……"不知道过了多久,小乔苏都有些昏昏欲睡了,却听到外婆的声音缓缓从头顶传来,带着前所未有的慎重,意识到接下来会有重要的话,乔苏赶忙端端正正地坐了起来。

"你一定要努力成为一个强大的人,到那么一天,相信你的爸爸妈妈会看到的。"

小乔苏懵懵懂懂地将这句话记在心里,虽然她还不能理解其中蕴藏的含义,这却成了她的助力,她更加努力地学习,希望早点儿成为强大的人。

世事无常,外婆去世,一系列变故后,乔苏不得不辍学打工,勉强维持温饱。偶尔她还是会无数次想起外婆当年的那句话,现在却仿佛天上触不到的星星,遥远得可怕。而太多的无助与孤独,让她曾经对父母的憧憬也逐渐转变为无法提及的伤痛,被她小心翼翼地藏在心底。直到……希望再次降临。

顾梓星偷偷瞄了一眼乔苏,看她双眼含泪,却绽放出发自内心的笑,心莫名颤抖了一下。

"梓星,这两天我和爸妈都不在家,苏苏就拜托你来照顾了。"知道自家弟弟的个性,顾梓繁不放心地嘱咐。顾梓星冷哼一声,破天荒地没有拒绝。

乔苏却满脸诧异,大魔王竟然没有反驳!

"对了,苏苏,你以前上过学吧?"顾梓繁突然想起来,问道。

"嗯……但是已经辍学几年了!"乔苏挠挠头,似乎有些不好意思,"所以我很担心会跟不上学校进度。"

"如果有什么困难就随时告诉我们。"

"好。"

迅速吃光了面前的早餐,乔苏敏感地察觉到兄弟二人貌似还有话要讲,于是找了个借口上楼去了。

两人目送乔苏的背影消失在楼上,顾梓星慢条斯理地将一块牛排放进嘴里,随后看向哥哥。

"什么时候走?"

"你知道了?"顾梓繁一脸惊讶。

顾梓星半眯着眼睛,脸上看不出什么情绪。

"张秘书在外面站半天了,我可不认为他是来晒太阳的。"

"我这次想逃也逃不掉。"顾梓繁苦着一张脸,"被临时抓去

第二章 岁月变美,你却不在

033

当壮丁的,爸妈忙得焦头烂额,走不开。"

顾梓星挑了挑眉,示意他继续往下讲。

"公司那帮人最近又蠢蠢欲动了……"

"跳梁小丑而已。"顾梓星冷笑一声,面上却没有丝毫关心。

顾梓繁收起有些忧虑的神情,拍了拍弟弟的肩膀,操碎了心。

"我要走了,你这几天一定要和苏苏和平相处,她毕竟是个女孩啊!"

"我又不会吃了她。"顾梓星似乎不满哥哥这么惦记那个丫头,不耐烦地摆了摆手。

顾梓繁看着口是心非的弟弟,眼睛闪烁着点点笑意。

5

顾梓繁离开家后,顾梓星双臂枕在头下,望着天花板出神。

虽然是白天,房间里却安静得仿佛没有人气,就在这时,一阵窸窸窣窣的声音传到了顾梓星的耳朵里。

灵机一动,顾梓星走到落地窗前守株待兔,不出意外地再次逮到了一只轻盈地从二楼跳下来的"小仓鼠"。

这丫头之前是江洋大盗吧?不会正儿八经走门吗?顾梓星在心里默默吐槽,手上却没闲着,他打开电脑,噼里啪啦操作一番后,别墅外壁的音响突然放起了歌。

刚爬了一半墙的乔苏被歌声吓得一抖,腿一软从墙上掉了下来,顿时感觉自己屁股摔得生疼,但"做贼心虚"的她顾不上疼痛,警惕地看了看四周,站起来一溜烟儿藏了起来。

落地窗前的顾梓星看到乔苏一系列的举动,心情大好,嘴角抑制不住地勾了起来。

不同于顾梓繁眉眼弯弯略带魅惑的笑，顾梓星的笑宛若冰川之雪消融，带着干净而纯粹的暖意，与平时他冷冷的气质判若两人。

刚藏起来的乔苏一抬头，便透过二楼的落地窗看到了让她难以忘怀的这一幕，她觉得自己有点儿晕晕的，仿佛被冬日的阳光灼伤了一样。

竟然有人可以笑得这般好看！

感觉周围似乎恢复了安静，乔苏第二次尝试"越狱"。她成功地翻出围墙，轻车熟路地摸回了原来的住处。她仍幻想着当她推开小屋门的时候，许恩正一脸焦急地等待自己，哪怕挨她一顿教训也很幸福。但终究还是要面对现实。曾经属于她们的家已经不复存在了。

乔苏默默地在门口站了许久，决定去寻找许恩。她不相信一个活生生的人就这么失踪了，仿佛从未来过一样，一点儿痕迹都没留下来。对于离别这件事，乔苏敏感得可怕，所以即使心中的答案呼之欲出，她也不愿相信是许恩抛弃了自己。

即使是寒冬，贫民窟狭窄的土道上也挤满了形形色色无所事事的人，看到乔苏这样穿着整洁的小姑娘经过，很多像蛇一样的目光黏腻在她的身上。

虽然在这里生活了很久，乔苏还是觉得脊背发凉，她硬着头皮挨家挨户打听许恩的消息，殊不知危险正慢慢逼近。几个小混混拦住了乔苏的去路，乔苏紧张得心脏都要跳出来了，表面却佯装淡定。

这帮人她不是没遇见过，两个小姑娘在这么乱的地方，其实很容易被盯上，只是当时有从小在贫民窟长大，又在这里吃得很开的许恩保护，倒也一直平安无事。

"你们想干什么？"乔苏不露痕迹地与对方拉开距离，心里飞

第二章 岁月变美，你却不在

快盘算着下一步该怎么办。

"没别的意思。"领头的小混混不怀好意地上下打量着乔苏,"看这一身行头,啧啧,小妹妹看起来是发达了?有什么好东西给哥儿几个一起分享呗?"

乔苏皱了皱眉头,刚想开口问对方究竟想要什么,突然一个高大的身影挡在乔苏面前。

"滚。"顾梓星一把抓住了领头小混混的手臂,用力将他甩到了地上,眼神就像看蝼蚁一样充满蔑视。

被护在身后的乔苏不可置信地瞪大了眼睛,看着突然出现的男生,她觉得仿佛真的像童话故事讲述的那样,王子蓦然降临在最危难的关头,即使没有骑着白马,也没有手握剑刃,却是这个世界上最坚固的灯塔和港湾。

"认识出去的路吧?"乔苏听到顾梓星小声问自己,忙点了点头。

"认识。"

"对方人太多,周围应该还有同伙,不能硬碰,听我指挥,等下找个合适的时机离开。"

"好,听你的。"

"还有……跑快点儿,别拖累我。"

阳光洒在顾梓星傲娇的侧脸,听到大魔王这个时候还不忘记嫌弃自己,乔苏哭笑不得,心中却暖暖的。

"我不会拖累你的,你也要注意安全。"顾梓星招牌式地冷哼一声表示应和,脚下却没有闲着,把一个刚冲过来的人踹在地上。

"准备……跑!"顾梓星一把抓住乔苏的手,两人像离弦的箭一样,一路狂奔。跑了很久以后,终于抵达了安全的地方。

乔苏扶着墙大口地喘着气,缓了好几分钟才觉得好了点儿,她转过头想向顾梓星道谢，却突然意识到两人还交握着双手，又红着脸将手抽了回来。

"顾梓星，谢谢你……"

乔苏没想到本该很讨厌自己的顾梓星会不顾危险来救她，心中充满感激和愧疚，也决定以后要对他好一点儿。

外婆常说人要懂得感恩，不把自己的恩强行捆绑他人来求回报，但也别因为一点儿不顺心而忘却了别人曾对你的好。

顾梓星没有回应乔苏，而是反常地靠着墙根滑坐下来。迟钝的乔苏才发现了不对劲，她蹲在少年的面前，却发现他的脸白得像纸一样，呼吸也异于常人地急促。

"你没事吧？"

顾梓星摇了摇头，艰难地将手伸向大衣兜，乔苏立刻心领神会，帮他把口袋里的药掏了出来。

原来顾梓星有哮喘……

乔苏心里沉甸甸的，曾经一个朋友也有同样的病，所以她知道患哮喘的病人是不能情绪激动和剧烈运动的，今天顾梓星却因为救自己而触犯了这两大忌，导致病发。喷完药的顾梓星呼吸逐渐平稳，片刻后他缓缓睁开眼睛，正对上看着自己满脸焦急的乔苏。

"感觉怎么样啊？还难受吗？用不用去医院看看……"

细细打量了一下面前的女孩似乎并未受伤，顾梓星暗自松了一口气，嘴上却不饶人："每次碰到你都没有好事。"

"对不起……"

乔苏没有反驳，软软糯糯地道歉。这次换成顾梓星惊讶了，他将自己时常半眯的眼睛瞪得溜圆。这还是昨天张牙舞爪和自己斗嘴的小姑娘吗？

"别多想,只是因为你出事了会给家里带来麻烦而已。"

乔苏咬了咬唇:"我知道。"

出乎意料的认错态度,让顾梓星因为被一群不入流的小混混追得如此狼狈,从而积攒了一肚子的火气瞬间就没了大半,他摇晃着站起身,态度依旧冷淡:"回家吧!"

乔苏却拽住了顾梓星的衣角,道:"我们再休息一会儿可以吗?"

顾梓星居高临下看了眼乔苏,最终还是重新坐了下来,两人再次陷入沉默。

"顾梓星,你这病是天生的吗?"

顾梓星没有回答,他的眼神变得幽深起来,他似是看着前方,眼底没有焦距,似是在回忆什么。

没有听到身边人回答,乔苏想了想,似乎感到了一丝不寻常,最终还是决定换个话题。还没等乔苏说话,顾梓星却突然开口:"我小的时候被人陷害掉进湖里,因为被困在水里太久,所以落下了这个病根。"

少年讲得不痛不痒,听的人却胆战心惊,乔苏知道当初顾梓星经历的肯定远远比这三言两语讲出来的要惊险、复杂许多。

少女瞬间有些自责勾起他不开心的回忆。

"抱歉啊……"

感受到身边人情绪蔫了下去,顾梓星站起身,自然而然地伸出手将乔苏也拉了起来。他又变回平日里慵懒的状态,看了一眼乔苏,顾梓星缓缓开口,语气却充满不羁和自信:"要做强大的人,就没有什么不能提的伤痛。"

第三章 我家有个大魔王

要做强大的人,就没有什么不能提的伤痛。

1

冬天的欧塞登仿佛存在于童话中。

不同于欧洲的其他地方,这里以自行车作为主要交通工具,因此污染少,空气出奇地好,连雪也是无瑕的,将整个世界裹成了白色。

即使生活了多年,乔苏还是会被冬天的丹麦惊艳到。

老街区还保留着安徒生时代的风貌,仿佛追随着当年安徒生踏过的脚步,就能去往童话当中。

今天是开学的日子,乔苏专门起个大早,婉拒了养父派来准备送她上学的司机后,独自前往学校。

学校是当地赫赫有名的贵族大学,而乔苏就读于该大学预科班。学校离家不算近,步行40分钟左右才能到达,乔苏却不觉得累,反而很享受这种可以在上学路上边欣赏风景边想心事的感觉。

这几天仿佛经历了人生剧变,一直陪伴自己的许恩不告而别,而她又突然被人收养,有了新的家,仿佛之前食不果腹、衣不遮寒的日子都是幻觉,但乔苏清楚地知道那些苦与痛都是切肤之感,而现在所拥有的也是别人给予自己的。

她太渺小了,以至于面对一切都无能为力。

一个少年的身影突然浮现在眼前,乔苏犹记得那天,顾梓星双手插兜随意地站在那里,即使背后是肮脏破旧的贫民窟,但他的眉眼也折射着太阳的光芒。

"要做强大的人,就没有什么不能提的伤痛。"

他的语气那么酷,乔苏却听得眼睛一热,她想起外婆对自己说过的话和那个被自己淡忘的目标。即使弱点一堆,内心也不够坚韧,但她还是很想努力成为一个强大而优秀的人。

一路思绪万千，不知不觉，乔苏就走到了学校门口，不同肤色的学生三五成群，洋溢着青春的活力朝气。看着久违的校园，乔苏兴奋之余却倍感紧张，一时怔在原地。

身边传来一声短暂的汽车鸣笛，乔苏下意识地回头，却对上顾梓星的脸。此时他正开着一辆看起来就价值不菲的汽车停在自己身边，透过摇下的车窗，一脸嫌弃地看着自己，同时也引得周围的学生纷纷侧目。

"你挡我路了。"大魔王语气十分不爽。

"啊……抱歉。"乔苏才意识到自己正站在学校大门中间，赶忙挪到一边，目送大魔王的汽车从自己身边缓缓驶过。

虽然早已到驾驶年龄，开车来学校的人也不是个例，但像顾梓星这么招摇的人还是很少啊……乔苏在心里默默吐槽。

2

兜了好几圈，乔苏才找到顾父嘱咐过自己第一天来学校报到时要去的校长室。

校长是一个慈眉善目、典型欧洲人长相的老爷爷，在听了乔苏用流利的丹麦语自我介绍后，他笑得眼角堆满了皱纹。

"顾总是我的老朋友了，他的小儿子也在我们学校上学，是非常优秀的孩子。"

乔苏更觉得压力很大，她感觉自己拖了后腿，紧张得手指绞在一起。

"说来惭愧，我的学习成绩不太好……"

"我已经听说过你的情况了，乔小姐。"校长摩挲了一下下巴

上的胡子，"听顾总说，他本来想直接安排你进大学学习，但你主动要求先读预科班？"

"对……"乔苏咬了咬唇，头垂了下去。

"为什么？"校长饶有兴致地看着她，"要知道直接进大学，你不必再应对困难的升学考试，会轻松很多。"

"很感谢顾先生和您愿意给我这个机会，但我很清楚自己目前的学识是无法担起一个真正的大学生应有的水平的。"说到这儿，乔苏抬起头，眼神清亮地看着校长，"所以更想通过自己的努力去拼一个结果！"

听着乔苏的话，校长眼中的笑意一点点溢了出来，他赞赏地看着面前的女孩道："明白了，如果你不介意，我们先进行一场入学测试怎么样？这样有利于为你找到适合的班级。"

"没问题。"

一场测验下来，乔苏被分到了预科班学习进度最慢的班级，即便如此，辍学几年的她，学习基础也差了同龄人不是一星半点儿，就算早知道结果，乔苏仍旧有些黯然。

校长让同年级一个笑起来很可爱的华人女孩瑞秋带着乔苏去自己的班级，女孩一路叽叽喳喳地为乔苏介绍学校。

"前面那栋就是实验楼了，咱们学校有专业的科研团队，在整个欧洲都是获过大奖的！"瑞秋语气十分骄傲，随即又用手指向不远处一栋四层小楼。

"那是学校的食堂，吃饭刷学生卡就可以了，因为学校里华人占大半，有一层是专门为中国学生开放的中式餐厅。"

似乎想到了什么，瑞秋看向乔苏，一脸羡慕。

"对了，苏苏，你是什么时候来的丹麦啊？你的丹麦语讲得好棒。"

"我从小就在丹麦长大的。"乔苏笑了笑。

"怪不得呢!可是你中文说得也很好啊!"

"家人从小也会教我中文,平常对话还行,如果参加中文考试可能就原形毕露了。"

两人聊着天,不知不觉就走到了一栋高楼下。

"这里就是第一教学楼,我们平常上课就在这里,会和大学的学长学姐们在一起哦!"瑞秋耐心给乔苏讲解,两人缓慢地向电梯间走去。

"七楼、八楼就是咱们的地盘啦!"电梯上,瑞秋笑着看向乔苏。

电梯缓缓在二楼停了下来。

"天哪!竟然是顾梓星学长。"电梯里气氛突然沸腾起来,一个熟悉的名字飘进耳朵,乔苏愣了一下抬起头。

他一定是在学校很受欢迎的人吧?

少年戴着耳机站在那里,似乎将自己隔绝在另一个世界,别人进不来他也不出去,可即便如此,他也仿佛是天生的发光体。

顾梓星慵懒地眯着眼,神色淡淡地扫了一圈电梯里后,缓缓走了进来。他的眼神并没有在乔苏身上有任何停顿,仿佛从未认识一样。

收回目光,乔苏低下了头。

3

下课的铃声将顾梓星从睡梦中叫了起来,教室里已经没什么人了,在目无焦距地呆怔了一会儿后,少年漂亮的双眸逐渐恢复了神采。

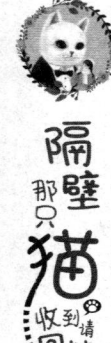

"老大,你终于醒了。"

正慢条斯理地收拾着背包,一个人影瞬间从教室门外扑了上来,顾梓星黑着脸伸手,制止了尼尔森即将趴到他身上的行为。

尼尔森是顾梓星的同班同学,是个个子不高身材圆滚滚的小胖子,土生土长的丹麦人,因为崇拜顾梓星而自诩为他的跟班。

"以后不要出现在我方圆三米以内的地方。"

"不要嫌弃我啊,老大!"教室里传来尼尔森的哀号。

顾梓星自然是不会搭理他。

"老大,"尼尔森突然扭捏起来,抠着手指满脸愧疚,"今天我得先走了。"

顾梓星丝毫不在意:"随便你。"

"都怪汉森,非要去保龄球馆庆祝自己脱离了倒数第一的位置。"尼尔森毫不犹豫地卖了自己的亲弟弟。

"没想到他们那里还有比他成绩更差的人,听说是今天刚来的转学生。"

刚要准备迈出的脚步收了回来,顾梓星似是漫不经心地问:"什么转学生?"

尼尔森受宠若惊,没想到顾梓星竟然对这种无聊八卦感兴趣,于是赶忙事无巨细地汇报。

"汉森之前不是一直稳坐他们整个预科年级倒数第一的位置吗?要知道他的成绩可是离倒数第二名还能差一截的那种!"尼尔森声情并茂、语气夸张,被顾梓星不耐烦地打断。

"说重点。"

"今天预科年级随堂测试,居然有人抢走了汉森倒数第一的位置。"尼尔森啧啧称奇,"那女生是今天刚来的转校生,还是一个挺可爱的女孩。"

末了，尼尔森又补了一刀："连汉森都考不过的人得有多笨啊！"

顾梓星默默无语，他们口中的笨蛋自己不光认识，还是他名义上的"妹妹"。

"我也去。"顾梓星突然开口。

"什么？"尼尔森被他没头没尾的话弄糊涂了。

"晚上的聚会。"

顾梓星居高临下地看了呆呆的尼尔森一眼，背着包扬长而去。

4

"砰！"

随着一声清脆的撞击，十个保龄球瓶干脆利落地倒下，围观的人群瞬间发出尖叫。

汉森羡慕地看了一眼被一群女生围着的顾梓星，此刻他正甩开额前的碎发，露出一张不耐烦的脸朝这里走来。

"哥，你怎么把这尊大神给请来了？"汉森咬着吸管小声嘀咕，却看见哥哥站起身向顾梓星迎去，压根没听自己说话。

"什么嘛……"瘪了瘪嘴，汉森似乎十分不满哥哥对一个外人这么热情而忽略自己。

这个顾梓星不就长得帅一点儿、学习好一点儿吗？有什么厉害的？

"老大辛苦了，我去给你买点儿喝的吧？"尼尔森殷勤地围绕在少年身边。

"不用。"顾梓星坐了下来，装作不经意地说。

"今天不是为你弟弟来庆祝的吗?"

尼尔森这才想起来,拍了拍亲弟弟的肩膀道:"太不容易了,竟然有人学习比你还差!"

汉森满脸尴尬:"我压根儿没好好学,好吗?"

"呵呵!"顾梓星意味不明地笑了一声,懒懒地起开一瓶汽水。

汉森却觉得对方这一声笑饱含讽刺、轻蔑等多重意思,却又屈于对方的威严不敢反驳。

"改天我一定要去围观这个转校生,能把你挤下'神坛',她在学校已经一战成名了。"尼尔森夸张地抖抖肩,却莫名觉得脊背一凉,环顾四周又没发现什么异常。

"不用改天了。"汉森突然一脸惊讶地看着保龄球馆大门,随即努努嘴。

"说曹操,曹操到。"

本来慵懒地靠在沙发上的顾梓星慢慢坐直了身体看向门口。

女孩刚从外面进来,脸蛋被冻得红扑扑的,她轻轻地跺了跺脚,熟稔地和吧台接待打了声招呼后,钻进了换衣间。

顾梓星目光微沉,她来这里干什么?

没过几分钟,乔苏便换好工作服从换衣间走了出来。

在贫民窟的时候,她为了赚钱,一天打好几份工,保龄球馆便是其中之一。而来到顾家并重回学校后,乔苏辞去了白天的所有兼职,唯独保留了保龄球馆这份工作,一来它工作时间正好与放学时间衔接,二来乔苏还是希望能凭自己的努力去赚点儿钱,哪怕不多,但也好过坐享其成。

熟练地穿梭于客人中,乔苏并没有觉察到有一双眼睛在盯着自己。

"乔苏！"

乔苏正在擦桌子，新来不久的吧台招待汤姆神色慌张地跑了过来。

乔苏诧异地抬起头："怎么了？"

"有客人闹事……"汤姆有些焦急，老板不在，而乔苏又是店里的老员工，所以一出事他第一时间便跑来找她。

"一桌客人莫名其妙地拒绝买单，在那儿闹呢！"

乔苏将抹布丢给汤姆，用围裙擦了擦手。

"你来擦桌子吧，我去看看。"

"我跟你一起去！"汤姆跟在乔苏后面，语气充满担忧，"他们看起来可不太好惹。"

馆中大部分人的目光此刻都集中在一个地方，乔苏缓缓走到那些闹事的人面前。对方五六个人一看就是典型的街头小混混，此刻正流里流气地叫嚣着让馆内负责人出来，明显就是想赖账。

乔苏目光微凝，深吸一口气上前。

"我是负责人，各位先生有什么不满可以和我说。"

对方一看来人是个年纪不大，样子颇为可爱的小姑娘，立刻嬉笑成一团，完全不把乔苏放在眼里。

"出门忘记带钱了，要不然给我们免单吧！"

"如果先生们没有任何不满意，还请把账结了吧！"乔苏面不改色，"如果没钱，我有两个办法，一是可以让您的朋友或者家人送来，二是我们交给警察处理。"

"你敢？"听到乔苏说要报警，几个小混混顿时急了，面露凶色地盯着乔苏。

乔苏暗自握紧拳头，毫不畏惧地与对方对视。

"不给钱还有理了？"

不知道谁喊了一句，立刻得到了周围人的应和，馆中响起了此起彼伏的起哄声。领头的小混混眼看着引起众怒赖不下去了，又生怕乔苏真的会报警，赶忙给自己找了个台阶下。

"咳，只要你干了这酒，我们立刻付钱走人。"似是要为自己找回点儿场子，领头的小混混推了一瓶黑啤到乔苏面前。

话音刚落，汤姆便一把拉住乔苏："乔苏，不用管他们，我们报警吧！"

乔苏迟疑了一下，不动声色地挣脱开被汤姆拽着的胳膊，摇了摇头。

"还是尽量不要闹大，不过是一瓶啤酒而已。"

汤姆无奈地叹口气："你不是不会喝酒吗？我来替你喝！"

"对了，我刚才说的条件仅限你本人完成哦。"似是听到了汤姆的打算，领头的小混混欠扁地补充了一句。

乔苏苦笑着举起瓶子，仰起头灌了下去。

苦涩的味道混着冰碴滑入喉咙，胃里翻滚着阵阵凉气，乔苏觉得今天真是糟糕的一天。刚去学校就在随堂考试来个倒数第一，上大课被老师提问答不上来又挨了一顿嘲讽，现在又被一群小混混欺负。

看着乔苏毫不犹豫地喝完了一大瓶啤酒，几个小混混悻悻地坐下不再出声了。

"先生们，请说话算话哦。"随意抹了一下嘴角，乔苏转身准备离开，小脸上还有来不及退去的委屈和倔强，随即她像又想起什么似的，一本正经地看向身边的汤姆。

"汤姆，刚才那瓶酒是我喝的，就不要记到几位先生的账上了，其他的钱，请结清。"

汤姆目瞪口呆。

而另一边，顾梓星收回目光缓缓闭上眼睛，脸色十分难看，汉森和尼尔森在一旁仿佛说些什么，但他一句也听不进去。

虽然听不清乔苏与那些人具体的对话，但也能猜个七八分，他不知道此刻自己是一种什么样的心情，总之烦躁得可怕。

片刻后，少年睁开眼睛，伸手打了个响指将服务生叫到面前，随后拿出几张大额的丹麦克朗："帮我去买一杯饮料，剩余的钱当小费。"顾梓星指定了一个比较少见、需要多跑几家商店才能找到的牌子，遥遥指向远处的乔苏，"让她去买。"

服务生诧异地看了面前的少年一眼，小心翼翼地接过足够买几百瓶普通饮料的钱。

"今天的客人为什么都喜欢针对同一个人？"服务生在心里嘀咕了一句，向乔苏跑去。

目送乔苏接过钱离开店后，顾梓星伸了个懒腰缓缓站了起来。

"老大，你是要走了吗？"看到顾梓星的动作，尼尔森十分失落，汉森在一旁偷偷翻了个大大的白眼。

"不，找场子。"顾梓星言简意赅，留下一头雾水的两人，转身向刚才闹事的那帮小混混走去。此刻，他们正不情不愿地结完账准备离开，却突然被人拦了下来。

"滚开，别挡道！"领头的小混混本就心情很差，看到一个学生打扮的"小白脸"挡在面前，于是语气恶劣地大声叫嚷。

顾梓星眼中闪过一丝寒意，目光幽深地看着面前的几个人，仿佛在看蝼蚁一般。

"我是来和你们打赌的。"

第三章　我家有个大魔王

5

抱着跑了半个街区才买到的饮料，乔苏边嘀咕着有钱人的世界她不懂，边向店里赶。

快到店门口时，乔苏发现外面反常地聚集了里三层外三层的人，其中还有几个店员和警察。

不会又出什么事了吧？想起今天自己身负霉运，乔苏吓得赶忙冲向人群，钻进了最里层。

此刻几个看起来有点儿眼熟的人正横七竖八地躺在地上不省人事，警察在给他们挨个戴手铐，空气中弥漫着一股浓烈的酒精味。

什么情况？乔苏有些茫然，突然身后有人在叫她的名字。

"乔苏……"汤姆开心的脸出现在女孩面前。

"发生什么事了？"

"你一定想不到。"汤姆的语气有些激动，"这几个闹事的小混混刚出店门，就有人买空了对面酒吧所有的酒找他们打赌，喝得越多给他们的钱就越多，那场面太壮观了。"

乔苏仿佛听到了天方夜谭。

"那怎么连警察都来了？"

"谁知道？"汤姆嫌弃地看了看地上几个烂醉的人，"可能是他们喝太多闹的吧！"

"也算是恶有恶报。"乔苏不再凑热闹，转身往店里走去。

"没准儿是刚才有人看到你被欺负，帮你报仇呢！"

汤姆傻乎乎地挠挠头跟了上来，乔苏闻言"扑哧"一声笑了出来。

"你说得对，可能是哪个有正义感的好心人吧！"

但怎么可能真的有人为她做这些呢？在乎她的人都已经不在她

身边了。

回到馆里,要求乔苏买饮料的那个人已经不在了,直到打烊也没再出现,乔苏无奈,只好下班。

待她回到家已是晚上十一点多了,乔苏悄悄地打开大门,客厅也是漆黑一片。

大魔王已经睡觉了吧?乔苏想着,便放轻了脚步。

由于不知道灯在哪里,她只得摸着黑向楼梯走去。

"你去哪儿了?"黑暗中突然传来顾梓星幽幽的声音,没料到客厅还有人,乔苏吓得灵魂像被震出体外,她捂着胸口,心脏突突跳得飞快。

"没……去哪儿。"深吸了几口气,乔苏故作淡定。

"哦?"灯突然被打开,照亮了两人的脸,顾梓星眯着眼,意味深长地看着有些心虚的乔苏,冷笑一声,大步走到乔苏面前。

他离得很近,高大的身影遮住了乔苏头顶的大部分光,乔苏突然感觉呼吸有点儿困难,下意识地向后退,却无奈地发现身后是墙,只好缩了缩脖子低下头。

"你最好实话实说。"

听到这话,乔苏觉得有点儿委屈,大魔王的口气好像自己去干了什么十恶不赦的事一样,但她又不能坦白去打工这件事,于是只好硬着头皮怼他:"你管得太宽了吧?"

她回来这么晚还敢理直气壮?顾梓星气不打一处来,正要暴跳如雷,转念一想,又将怒火压了下去。

"我是你的监护人,当然有权得知你的行踪。"大魔王冷冷地说。

乔苏感觉一口老血就要喷出来,顿时忘了自己刚才的窘迫,抬头瞪他:"你什么时候成我的监护人了?"

她突然抬头，却猝不及防地撞上了大魔王正低头瞧着自己的目光，两人近得能清晰感受到彼此的呼吸。

第一次这么近距离地看着顾梓星，乔苏才发现原来他真的很好看。

他总是习惯性眯着眼睛，眼尾微挑，卧蚕的线条十分优美，衬托着眼睛似笑非笑，像一只狡黠慵懒的猫，有种言喻不出的不羁与傲气。

灿若星河，却有着最纯净的目光。

一时间，气氛变得有些微妙。

看着女孩目不转睛地盯着自己，顾梓星顿觉不好意思，清了清嗓子，转身走向沙发坐了下来。而乔苏这才后知后觉，脸像火烧一样烫了起来。

"总之……我爸走的时候把你托付给我，所以我说是就是。"刻意忽略刚才的小插曲，顾梓星说道。他突然觉得自己对付乔苏越来越得心应手，内心有些小小的得意。

乔苏却突然心情低落起来，懂事的她觉得自己无法什么都不做就理所当然地去接受养父母的资助，所以决定以后放学就去做兼职，没想到第一天就被抓了现行。

"你很缺钱？"看了一眼神色怏怏的乔苏，顾梓星突然开口。

女孩一脸震惊："你都知道了？"乔苏咬了咬唇，"我只想独立一点儿。"

少年的心蓦然软了下来。

随后两人陷入长久的沉默，顾梓星不知道在想什么，房间里只剩下他手指敲击桌面的声音。

"听说你学过画画？"顾梓星突然没头没脑地问了一句。

乔苏愣了愣："对……外婆在世时给我报了美术班。"

"我朋友的弟弟正巧要学画画,想找私教,你可以吗?"顾梓星想了想又补充了一句,"只是教教绘画基础。"

乔苏的眼睛瞬间亮了起来:"我可以吗?"她有些不自信。

"会考核,水平太差就别去丢人了。"顾梓星恢复之前懒洋洋的样子,挑衅地看了乔苏一眼。

顾梓星这个人,即使是在做好事,也要摆出一副欠扁的样子。

乔苏握了握拳,神情坚定。

"我会努力的。"

少年的嘴角几不可见地微微勾起,站起身来向楼梯走去,却见女孩还停留在原地不肯走,欲言又止地看着自己。

顾梓星用眼神示意乔苏有话赶紧说。

"你以前的课本还留着吗?可不可以借我?"乔苏破天荒地有些腼腆,顾梓星挑了挑眉答非所问。

"听闻你考了倒数第一?"

乔苏顿时变成一只漏了气的皮球:"啊……这你都知道了。"

顾梓星嗤笑一声,转身向楼上走去,空中传来他酷酷的声音:"以前的课本都在三楼的书房里。"

乔苏开心得跳起来,转身向书房跑去。

房间中间放置着一张原料开采于意大利的鱼肚白大理石桌案,上面简单地摆着几本书籍,除了靠门的墙壁挂着字画外,其余三面全部是镶嵌在墙里的书架,摆放着密密麻麻的书。

看了一圈后,乔苏终于在书架一个角落里发现了整整一排的课本,抽出自己需要的几本以后,乔苏抱着它们准备离开。

突然,一本书引起了她的注意。

它被放置在一个十分不起眼的位置,露出的侧面灰蒙蒙的,烫金的书名也有点儿脏兮兮的。

乔苏缓缓将它从书架上抽了出来。书颇有分量,封皮也不像看上去那么廉价,反而很有质感。

这是一本典藏版的《安徒生童话》。

作为安徒生的忠实粉丝,乔苏显然对这本书爱不释手,她轻轻翻开书,一张夹在书里的纸片却随着她指尖的拨动而掉在地上。

乔苏赶忙蹲下将纸片捡起来,手指触摸之时,她才发现这不是纸片而是照片。

缓缓地将照片翻到正面,一阵天旋地转的眩晕感突然袭来,乔苏一个趔趄坐在了地上。

照片上是一个清秀而富有魅力的女人,笑靥如花,乔苏没见过,却似曾相识。

梦里的许恩回到了她和乔苏位于丹麦贫民窟几平方米的小屋,可就在那个下雨漏水、冬天灌风、就连阳光也照不到的地方,乔苏的笑却比太阳还要暖。

一切都是她无比怀念却又毫不留情地舍弃的样子。

这样的梦没维持多久,巨大的雷暴声伴随着闪电,几乎让整个窗子都为之一颤,狂风拍打着乔家老宅的通风管道,发出奇异的金属低鸣声,也吵醒了正在睡梦中的许恩。

她直起身打开床头的台灯,许是房间太大,昏黄的灯光没有填满整个屋子，房间阴郁黑暗的角落里仿佛有双眼睛在时刻观察着许恩的动向。

许恩无意识地抚摸着脖子上的项链，抱膝缩在被子里发呆。

来乔家这两天，她疲于应付各种试探、盘问，没有睡过一个安稳觉。

万千思绪扰得许恩毫无睡意，她伸手够到床头，随意拿了上面放的一本书，是《安徒生童话》，她和乔苏的睡前读物。

许恩瞬间有些发怔。

乔苏她……现在在哪里？那个傻丫头一定会到处找自己，也一定会发现秘密基地里她的留言，然后……对自己失望透顶吧？

或许是出于心底的愧疚还是某种逃避情绪，想到这里，许恩一把将书丢到地上，一个翻身重新躺回了被窝。

但这是她的选择，她也不清楚自己未来会不会后悔，可现在身后俨然已是万丈深渊，无路可退。

7

做了一夜断断续续的梦，第二天起床后的许恩头痛欲裂，她用指腹重重地按压了几下太阳穴，使劲吸了几下鼻子，直至感到鼻腔通畅后，才拖着沉重的身体从床上爬了起来。

"乔苏小姐，洗漱用品已经给您准备好了，请您尽快收拾完来餐厅用餐，家主正在等您。"保姆催促道。

现任乔家家主乔睿，是乔苏的叔叔。

"好。"许恩点了点头，看了一眼一旁洗漱间内摆放整齐的用品，眼中冒出一丝疑惑，"我自己带的牙刷呢？昨晚我明明放在里

面了啊!"

保姆眼神微微一闪,答道:"牙刷都旧了,我已经扔掉了,我给您准备了全新的。"

"好吧。"许恩有点儿失望,并未多想。

"如果没有其他事情,我就先下去了。"保姆不动声色地观察了一眼许恩的表情后,说道。

许恩点了点头,便关上了洗漱间的门,却神色复杂地贴在门口迟迟未动。

而另一边,保姆离开后立刻找到张青,将牙刷递给了他。

"张管家,这个是她自己带过来的,看样子应该使用很久了,应该可以用来做亲子鉴定吧?"

张青接过牙刷后看了看:"可以。"他小心翼翼地将牙刷放进干净的袋子。

而回到房间后的许恩重重地将自己放倒在床上。

在发现许恩似乎得了感冒后,乔家家主乔睿,也就是乔苏的叔叔,竟然像避瘟疫一样匆忙打发了自己第一次见面的"侄女"。这让许恩十分开心,这次感冒来势汹汹,自己压根儿没有多余的精力再去应付任何人或事。

但是和乔睿的对话虽然短暂,许恩却敏锐地捕捉到一丝不寻常的信息,他问及乔苏的妈妈是否留给乔苏什么东西。

他们似乎在找什么重要的东西,所以,他们突然找回乔苏难道另有原因?许恩迷迷糊糊地想着,沉沉地睡了过去。

"苏苏!"许恩从睡梦中猛然惊醒,大脑中却还环绕着乔苏遇到危险时绝望的呼喊声。

仿佛迎面浇来了一桶冰水,她一下子被拽回现实。

她是这段友谊的背叛者……又有什么资格还想着她？想到这里，许恩自嘲地一笑，将脸埋入了膝盖间。

可当她闭上眼，脑海中就会回放乔苏无助的面庞，她该不会出什么事了吧？

许恩被自己突然的想法吓了一跳，她重新抬起头，望向窗外。

一层暖橙色余晖洒进窗户，像极了在欧塞登时伴随着她和乔苏结束一天工作后回家的黄昏。原来不管在哪个国度，它都是这么美。

最后再打一次电话确认她的安全吧，打完这个电话以后，就再也别挂念了。

许恩迅速从被窝爬了出来，酸痛发烫的身体不停释放出红色信号，她却全然顾不上，裹了一件大衣偷偷出了家门。

为了不让乔苏知道是谁打的电话，许恩在一个偏僻的角落找到了一部公用电话。

不断发冷的身体和已经发软的双腿让她不得不倚靠着电话亭，电话终于传来了接通的声音。

"您好？"熟悉的声音通过一条长长的电话线传到了许恩的耳朵里，一瞬间，她便泪流满面，深吸一口气后，许恩缓缓地挂掉了电话。

一直绷着的那根弦终于松了下来，下一秒便天旋地转，陷入了一片黑暗。

8

转眼又迎来了一个周末。

万里天空没有一片云彩，不掺杂一丝杂质的阳光直直地洒向午

后的欧塞登，房顶还未融化的积雪此刻衬着金色的太阳，将整个城市镀上了一层童话般恬静而神圣的光芒。

顾家的别墅此刻却异常热闹。

"这道题我当初是这么教你的吗？"头上的青筋一跳一跳的，顾梓星指着试卷，凶巴巴地吼向身边的女孩，一副恨铁不成钢的样子。

乔苏缩了缩脖子，没有说话。

"还有这道题，大街上随便抓个人都会做，你竟然还会做错？"

最近乔苏的每一天都是这么度过的，起初她都是自学到深夜，但无奈底子太差，不会的题太多了，只得厚着脸皮去向大魔王求助，一来二去，大魔王就变成了她的"辅导老师"。

"我本来就不是聪明的人，"乔苏委屈巴巴，"以前都是拼命努力换来的成绩，可是现在落下的课程太多，我接受起来的确很困难。"

少年心中的火一下子被熄灭很多，仿佛在和自己生气一般，他有点儿后悔自己没控制住脾气，却又觉得乔苏的成绩好坏与自己没有关系，为什么要管她？

"反正成绩不好你自己丢人，和我也没关系。"顾梓星站起来，冷冰冰地撂下这句话，转身走出房门。

目送少年离开的身影，乔苏叹了口气，心中很愧疚。她有心事，所以总是心神不宁，学习效率也低了很多。

想起在书房的那个夜晚，她慌慌张张地将照片夹回书里，逃也似的跑回房间，直到欧塞登的日出透过巨大的落地玻璃窗照到了乔苏的脸上，她才恍恍惚惚地发觉自己已经坐了一个晚上。

伸手揉了揉有些酸痛的眼睛，指尖却触及一片温热的湿润，少女才发觉自己不知何时已泪流满面。

楼下客厅传来的嘈杂声将乔苏从思绪中拽了出来，顾父顾母最近几乎没怎么回过家，顾梓繁离开的时间也比预计的久，偌大的房子已经一周多没有这么热闹了，乔苏决定出去看看。

刚打开房门，乔苏就和顾梓星碰个正着，顾梓星睨着眼睛居高临下看了她一眼，冷哼一声转身向楼下走去。真是教科书式的死傲娇啊！

原来是顾梓繁回来了。

此刻他正和司机一起搬弄行李，顾梓星站在一旁，脸上罕见地露出一丝笑意。看到楼梯上的乔苏，顾梓繁笑着冲她挥挥手。

"苏苏，有你的礼物。"

乔苏愣了愣，心里涌出一股暖意。

像曾经和外婆、许恩度过的那些岁月，不论身处温暖的房屋还是四处漂泊，被惦念的人总会心有归处。

"谢谢繁哥哥。"乔苏有些不好意思。

"其实不用给我带什么东西，你回来大家就已经很开心了。"

"哼。"某人似乎很鄙视乔苏的商业式客气。

顾梓星似是用眼神控诉着哥哥，乔苏却生出一种错觉，觉得他的样子好像在讨要糖果的小孩子一样。

"抱歉，梓星。"顾梓繁愧疚地看向弟弟，"没有买到适合你的礼物。"

顾梓星的脸黑了下来。

"我才不需要什么礼物，幼稚。"语气酸酸的。

顾梓繁眼中闪过点点笑意，无奈地将随身携带的背包丢给顾梓星。

"逗你的，拿去。"

第三章 我家有个大魔王

已经不知道被哥哥坑了多少次了,顾梓星接过包,感觉气不打一处来。

"苏苏,你已经去过学校了吧,感觉怎么样?"

"嗯……挺好的。"想起自己因为成绩差而闻名全校,乔苏有点儿心虚地小声回答。

"是挺好的,刚来就一战成名。"大魔王毫不吝啬地揭了乔苏的底。

"我会努力翻身的!"乔苏一脸不服气,挥了挥小拳头,像一只张牙舞爪的小仓鼠。

"人还是有自知之明比较好。"顾梓星不屑地反驳。

看着面前两人你一言我一语的,却怎么都不像真正的吵架,反而有种说不上的和谐,顾梓繁垂下眼眸,却只是一瞬间的事。

"对了,我还有个消息要告诉你们。"

顾梓星和乔苏同时望向顾梓繁,只见他狡黠一笑:"下个月我要去你们学校实验室实习当助教了,说不定我们能在实验课上遇见。"

9

乔苏在床上翻来覆去,却怎么也睡不着。挣扎了一会儿,她终于一个鲤鱼打挺从床上坐了起来。

北欧的冬天十分漫长,所以丹麦拥有十分完善的室内供暖设施。但平日暖洋洋的屋子此刻让乔苏觉得有些燥热,她光脚跑到窗户旁边,打开窗户,准备放入点儿寒风缓解一下。

月亮出乎意料地圆,染亮了周围大片的云彩,想象中刺骨的寒风并没有透进来,只能感到丝丝凉意沁人。

乔苏想起了她最喜欢的作品，安徒生的《月亮看见了》，里面的他化身为月亮，娓娓道出一个个月色下的秘密，却真实而残酷，是他此生唯一写给成人的童话。

传说安徒生最初的灵感迸发也是源自一个夜色很美的夜晚，乔苏突然想到院子里去看看月亮，这么想着，她裹了一件超长款的羽绒服，蹑手蹑脚地出了房间。

庭院里自然是静悄悄的，只余下微风偶尔吹动落叶而发出的沙沙声，乔苏缩了缩脖子犹豫了一下，还是没往深处走，而是找到一处离大门不远的藤椅坐了下来。

夜空很亮，乔苏抬起头专注地望着，心中的烦躁感减轻不少。

突然，她敏感地察觉身后似乎有什么东西。

一个黑影缓缓向她靠近，乔苏身上的汗毛瞬间竖了起来。

即使这几年在社会底层摸爬滚打，她却有一个永远都改不了的弱点——胆小。

乔苏牙齿打战，话都说不利落："什……什么东西？"

听到女孩的声音，黑影顿了顿，随后"扑哧"一声笑了出来。

"小仓鼠？"熟悉的声音像滴在山涧岩石上的清泉一样，沁入每个毛孔。乔苏紧绷的神经瞬间放松，随即十分惊讶。

"繁哥哥，你怎么这么晚了还在这里？"

黑影正是顾梓繁。

"这么晚了，你不也还在这儿吗？"

顾梓繁并没有正面回答乔苏的问题，反而反问了一句，一阵干枯的落叶被碾碎的声音后，顾梓繁在乔苏身边坐了下来。

月色透过头顶藤架的缝隙，细细碎碎地照在少年微微仰起的脸上，垂下的浓密睫毛掩盖住了平日里那双宛若冬阳的眼睛，即使离

第三章 我家有个大魔王

得很近,乔苏也觉得面前人的面容似乎变得朦朦胧胧,看不大真切。

乔苏觉得顾梓繁和平日里不大一样,却又说不出哪里不一样。

气氛陷入了沉默,两人各自发着呆,互不干扰却也不会尴尬。

"小仓鼠,你有过害怕的时候吗?"

正百无聊赖地掰着手指时,顾梓繁却突然开口,语调里听不出什么情绪。

小仓鼠?乔苏听到称呼愣了愣,记忆中好像不是第一次听到顾梓繁这么叫了,但比起称呼来,更让人奇怪的是他这个没头没脑的问题。

虽然有一肚子疑问,但乔苏还是老老实实回答。

"我这人害怕的东西有很多啦……我怕吃不饱肚子,怕被打工店的老板突然炒鱿鱼,在贫民窟的时候也很怕那些无所事事的小混混……"似乎是想到了什么,乔苏笑得有些不好意思,"对了……我还怕黑怕鬼,是不是很没出息?"

"还有吗?"顾梓繁的追问让乔苏愣了一下,她不明白对方究竟想听到什么回答,但她知道顾梓繁这样反常一定是有原因的。犹豫了几秒钟,乔苏咬了咬唇说:"我最怕的……是重要的人弃我而去……"

说来好笑,都说怕什么来什么,所以乔苏在她 18 年的人生中一直在忙着告别。

感受到身边小姑娘的情绪明显低落很多,顾梓繁不再追问,他叹了口气,伸手揉了揉乔苏的头发。

"今天是我妈妈的忌日……"

"忌日?"乔苏瞪大眼睛,一时没理解顾梓繁的意思。

"我说的是我的亲生母亲。"顾梓繁的语气有些沉甸甸的,"我和梓星不是一个母亲所生。"

"可是你们……"

"可是我们长得很像是吧?"顾梓繁一笑,夜色里泪痣却异常显眼。

何止很像,几乎一模一样。

乔苏在心里默默吐槽,今晚信息量大得让她有些难以消化。但想到刚才顾梓繁提到生母的忌日时哀伤的样子,乔苏迟疑片刻,开口安慰:"别难过……你现在这么优秀,阿姨一定会很欣慰。"

顾梓繁惊讶地看了身边人一眼,笑着摇摇头:"不用安慰我,她生下我以后没多久就去世了,对我来说更像是最熟悉的陌生人吧。"

最熟悉的陌生人?乔苏在心里默念了几遍,想起了自己从未谋面的父母。

"那你不好奇她是怎样一个人吗?"

"好奇呀,所以我小的时候想尽办法打听,还因此被父亲发现教训了几次。"

乔苏呆了呆:"顾叔叔吗?为什么要教训你?"

"不知道。"顾梓繁耸耸肩,脸半隐在夜色中。

"或许他不喜欢让这样一个昙花一现的人影响到以后的人生吧,毕竟他们只是包办婚姻,没有什么感情。"

少年说得轻描淡写,乔苏却觉得心情沉重,她觉得自己好像知道了一些本不该知道的秘密,于是陷入沉默。

突然有人轻轻地弹了一下她的额头,乔苏下意识地抬头,顾梓繁灿若星辰的眼眸中,映着自己的身影。

"小仓鼠……"尾调微微上扬,面前的少年又恢复到了乔苏所熟悉的那般模样,眉眼弯弯,暖而温柔。顾梓繁看着将自己裹成一

个小粽子的女孩,羽绒服蓬蓬的毛领衬得她的脸蛋越发小,圆圆的眼睛黑白分明,干净纯粹。

"该回去了,女孩子不要睡太晚。"

"好,你也早点儿休息。"乔苏乖巧地回答,站起身来准备走,手却被拉住了。

冰凉的指尖让乔苏下意识地颤抖了一下,她没想到像顾梓繁这样温暖的人,手却冰得吓人。

"今晚的事儿就当是我们俩的秘密,不要告诉任何人,梓星也不可以。"

"放心,我不会说。"乔苏点点头,转身离开。在进入大门的一刻,她忍不住回头看了一眼离开时的方向,顾梓繁模糊的身影还停留在原地,看起来有些孤寂。

他一定还是在意和想念的吧?

乔苏默默想着,觉得自己在某些地方和顾梓繁有点儿相似。

如果这个世界上没有分别就好了。

第四章 就这样努力生活吧

弱小、胆怯、孤独,任何一样都能轻易地蚕食一个健全的人。唯有拥有守护一样东西时的力量,才会永久立于不败之地。

1

丹麦人一年有一半时间都在放假。

这话一点儿也不假,这个被誉为幸福感爆棚的国度,大大小小的节日都成为丹麦人度假和享受生活的日子。

譬如即将到来的复活节,它本是基督教纪念耶稣复活的一个宗教节日,也有长达一周的假期。

而在学校里,假期的氛围已经提前洋溢起来。

下课铃响,教室里立刻嬉笑打闹成一片。乔苏安静地坐在座位上,打开手中的牛奶,喝了一口后就埋下头来做题。

"嗨。"一只手搭在乔苏桌子的右上角,乔苏疑惑地抬头,班长齐宣此刻正面无表情地看着她。

"假期学校组织去挪威滑雪,你报名吗?"顿了顿,他又补充道,"需要缴纳一部分费用。"

随后他报出来一个数字,乔苏听闻犹豫了一下,这是她打工半个月的工资。

"那……我就不去了吧!"乔苏笑了笑,"希望大家玩得开心。"

"OK!"齐宣挑了下眉,在本子上记录了一下后离开了。

乔苏轻轻叹了一口气,支着下巴望向窗外。

慢慢来吧,她对自己说。

放学回到家,许久未见的顾父顾母竟然回来了。

乔苏赶忙恭敬地上前问候。

"快来坐,苏苏,饭马上就好。"看到乔苏回来,顾母笑着招呼她,顾父坐在餐桌前冲乔苏点点头,平日严肃的脸上也露出罕见的笑容,道:"回来了?"

"嗯!"感到心中暖暖的,乔苏露出一抹甜甜的笑容,走到桌子前坐了下来。

顾梓星在低头玩手机,并未抬头看乔苏,反而是一边的顾梓繁笑眯眯地冲她打了个招呼。

"学校怎么样,还适应吗?"吃饭时,顾父问乔苏。

"适应。"乔苏笑得很腼腆,"谢谢叔叔阿姨能给我这个机会。"

"别客气。"顾父怜惜地看向乔苏,"我们是一家人。"

正在为乔苏夹菜的顾母手抖了抖,随即也笑着应和:"同学们怎么样?还好相处吗?"

"嗯……大家都很友善。"乔苏斟酌了一下答道,心里却在苦笑。

许是脱离校园太久,来学校快两个月了,她依旧没交到什么朋友,也融入不到集体中去。

当然,她是不会说出来的。

"对了,苏苏,听说学校要带你们去挪威滑雪?"顾母好奇地问乔苏。

"是……"乔苏斟酌了一下答道,"不过我不会滑雪,就没有报名。"

"这样啊……"顾母有点儿惋惜。

"我和梓星可以教你啊!"顾梓繁的声音插了进来,语气颇为无奈。

顾梓星默不作声,竟然很给面子地没有当场拒绝。

"你俩去吗?"顾母问道。

"去。"顾梓繁看了一旁默不作声吃饭的弟弟一眼,"我们学校只组织学生们参加,但我们实验室恰巧要去挪威开会,就顺便沾光了。"

顾母点点头,笑着看向乔苏。

第四章 就这样努力生活吧

"苏苏,既然哥哥们都去,你就一起去玩玩吧!"

"好。"乔苏乖巧地回答。

饭吃到一半的时候,顾母突然拍了拍脑袋。

"瞧我这个记性。"全桌人诧异地望向她。

"前两天去巴黎看到一串特别适合你的项链就买下来了!"顾母笑着看向乔苏站起身,"我去给你拿来。"

乔苏受宠若惊的同时又想嘱咐顾母不用那么着急去拿,她却已经转身离开了。乔苏只好先坐了下来。

目送妻子离开,顾盛的脸却莫名沉了下来,他突然放下筷子站起身,跟着离开了。没有任何前兆和理由,却能明显察觉到异常。

乔苏有些不知所措地抬头,此刻顾梓繁的目光还停留在父亲离开的方向,而顾梓星则是置若罔闻地吃着饭。

气氛陷入莫名的尴尬当中。

"你们先吃,我去看一眼。"顾梓繁收回目光,站起身离开。

上一秒还其乐融融的餐桌上莫名只剩下了乔苏和顾梓星两人。

顾梓星缓慢地放下筷子,目光沉沉地看着哥哥的背影,不知道在想什么。

2

"你太心急了!"

顾盛推开门疾步走到妻子面前,脸上是掩饰不住的怒意。

顾梓星的母亲安雅正将手中装着项链的礼盒打开,看到丈夫跟了进来,脸上明显一怔:"你怎么上来了?"

"她才来没多久,你不应该现在就行动!"

意识到丈夫在说什么，安雅有些不理解他为何会这么生气。

"我也不想，但我们没有时间了！你又不是不知道，他们已经蠢蠢欲动了。"

"听我说，安雅。"顾盛从妻子手中夺过礼盒，双手扳正妻子的肩膀，"乔苏还是个孩子，我们得对她好点儿，一切得慢慢来！"

"我并不觉得对她有什么不好。"安雅有些不明白地看向丈夫，"她现在享受着靠自己几辈子努力也换不来的锦衣玉食，比之前过得不知道好了多少倍！"

顾盛有些着急了，觉得妻子根本就没明白他所说的重点，他重重地叹了口气，眉眼一瞬间苍老了几分。

"算了，和你说你也不明白，总之，我不同意你现在就行动。"

安雅不可置信地看向丈夫，脸瞬间就失去了血色，即使努力地压抑着自己的情绪，她的嘴唇仍旧不住地颤抖。

"你到底在说什么？你别忘了，这一切都是拜你所赐，我这么做还不是为了守住你和这个家！"

一瞬间，顾盛抬起头，眼中闪着熊熊烈火。但想象中的爆发并未来临，他逐渐低下头沉默了好一会儿，疲惫地转身向门口走去。

"是我对不起你，安雅，可我不能这么对乔苏。"

"顾盛，你别忘了我们的目的，当初我们说好的！"安雅的声音尖锐地在身后响起，仿佛被触碰到了某个血淋淋的伤口，迎来的是难以容忍的疼痛，"你该不会真的想帮她养女儿吧？这么多年了，你是不是还在惦记着她？"

回应她的是顾盛重重的摔门声。

顾梓繁静静地靠在门口听着两人的对话，似是察觉父亲即将离开，他向后退了几步，将自己隐入一片不起眼的黑暗当中。

第四章 就这样努力生活吧

顾盛出门后在原地站了一会儿,才脚步沉重地离去,顾梓繁目送他上了三楼后,缓慢地从阴影中走出来打算跟上去,路过父母房间时,他顿了顿脚步。房间里传来继母压抑的啜泣声。

天色早已黑了。

顾盛坐在书桌前,只开了一盏小小的、昏黄的台灯。

他眉眼温柔沉静,轻轻地摩挲着手中的照片,一遍又一遍地刻画着照片中人物的轮廓,仿佛将自己沉溺于回忆当中。

"咚、咚、咚!"

"请进。"敲门声打断了顾盛的思绪,他小心收起了照片,神情瞬间恢复到了平日里的样子。

"爸。"顾梓繁走了进来,手中端着的托盘上放着水和药,"头还疼吗?"

"有点儿。"顾盛狠狠地揉了两下眉心,"你来公司帮我吧,我也能休息休息。"

顾梓繁哭笑不得:"您忘记我现在在梓星他们学校当助教啦?"

顾盛怔了怔,想起是有这么回事,脸立刻就沉了下来。

"公司都要后继无人了,你和梓星能不能务点儿正业?"

顾梓繁苦笑:"您又不是不知道我们两个志不在此。"他顿了顿继续说,"尤其看您这么累,更让我觉得实验室简直是天堂……"

顾盛气笑了:"知道我累还不帮我分担?"

顾梓繁默然,不知道该怎么接下去。

"我快撑不住了。"看了大儿子一眼,顾盛叹了口气,带着浓浓的沧桑。

顾梓繁看着父亲，突然发现不知道从什么时候开始，他的头顶已经花白了，眉间拧着化不开的结，刚过四十岁的人看起来却像是年过半百一样，原来他真的老了。

"爸，"顾梓繁似是下了很大的决心，"我尽量抽空多去公司帮您。"

即使不知道儿子是为了安慰自己还是出于真心，顾盛的嘴角还是勾起一抹笑意，冲他挥挥手。

"行，你下去吧，我想休息一会儿。"

顾梓繁应了一声后准备离开，顾盛却又忽然想起什么赶忙叫住他。

"去滑雪的时候照顾好乔苏。"

顾梓繁点了点头。

3

手中的项链在灯光的照耀下折射出点点十字星光，如果乔苏在，一定会认出来顾盛拿的这条项链和她送给许恩的那条项链几乎一模一样，细看会有一些细小的差别。

而对于顾盛来说，这是他凭借记忆找工匠仿造出来的一条项链，之所以这么做，就是为了观察乔苏看见它时的反应，以此推断她是否见过原版的项链。

那是一条藏了秘密的项链。

对于顾盛来说，那是他一生中最黑暗的时刻。

那时候的他，年轻气盛，还不到三十岁，就已经凭借出色的能力成为被业内最为认可的顾氏家产继承人，也因此成为亲兄弟的眼中钉，最终被人绞尽脑汁逐出家门。

前任妻子用尽最后一丝力气生下顾梓繁,来不及道别就撒手人寰。而刚出世的孩子还未来得及见一眼,就被家族派来的人带走。

人生几乎毫无回寰余地。

那天,他爬上常去的那个天台买醉,俯瞰整个霓虹闪烁的S城,这里有人一夜成名,有人瞬间倾家荡产,以及那些藏在无人角落里的悲欢离合。

他就是在这里遇到了改写他命运之轮的那个人,那个二十几岁便已经坐上顾氏高管位置,被无数人冠以"惊才绝艳的小魔女"称号的乔心然。那时的她,就那样一手拎着高跟鞋,一手举着一瓶啤酒,毫无形象却也毫无预兆地闯进他的世界。

那天,他狼狈得像一摊烂泥,多日颓废放纵的生活又导致心脏病复发,是她伸出手将他从死亡的深渊拉了回来。而从鬼门关走了一遭再次醒来的顾盛宛若新生,第一眼便看到她甜美的娇容。

顾盛还记得那时天已经微微亮了,心口还残留着未散去的痛感,让他记起来昨晚被剧烈疼痛撕扯的瞬间,而守了他一夜的女孩向他挥了挥手,招呼他一起等天台的日出。

鱼肚白的天空,太阳从地平线一跃而出,蓦然点亮了整座城市,带着初生的光和希望。

早风吹起乔心然散落在肩头的秀发,她回头看向顾盛,太阳金色的光芒照亮了她姣好的面容,一双眼睛熠熠生辉,闪着动人的光芒,笑眯眯地对他说了一句话,她说:"黑夜无论怎样悠长,白昼总会到来。"

那时候的乔心然之于顾盛不仅是救命恩人,也是生命中唯一能抓住的光,所以在她要离开天台时,顾盛本能地拉住她,卑微而小心翼翼地询问自己能否跟随乔心然。顾家,他不想回去。

却未承想她最终答应了自己这个近乎无理的恳求,将他带回家,给了他一个可以安心酣睡的避风港湾。起初顾盛有些拒绝,毕竟和一个陌生的男人生活在同一屋檐下,他怕会为乔心然招来什么闲言碎语,她却目光坦荡不甚在意。

她从未问过他的出身,他也羞于主动提起自己难以启齿的过去,只有加倍对她好,来回报一切。

乔心然将他安排进自己开的一家甜品店,并将甜品店全权交由顾盛打理。她说她梦想定居在丹麦的童话镇,开一家不大的甜品店。但梦想过于遥远,就只能先在S城开一家了。

恬静的生活一点点地治愈着顾盛,而曾经的家也会逐渐淡漠于时间的洪流中,他从未想过复仇,也疲于再周旋于那样的旋涡当中,唯独能让他牵挂的只有那个出世就未见过的儿子顾梓繁。

打听了很多天,顾盛才知道儿子被归在顾家现在的掌权人——自己的亲哥哥顾全名下,顾全由于身体原因膝下无子女,顾梓繁的出现无疑成了巩固他地位的工具。

顾盛曾冒着被发现的风险,偷偷地潜入顾家为儿子举办的百日宴,只为远远地看儿子一眼。他不是没想过夺回儿子,但与其儿子跟着自己受罪,起码顾全为了利益也会一辈子对顾梓繁好。

时间飞逝,转眼半年就过去了。甜品店在顾盛的经营下有了飞速的发展,连乔心然也觉得十分惊奇,这是顾盛对救命恩人最好的回报。那天晚上,顾盛正和乔心然在客厅聊甜品店计划扩大的事情,突然一阵急促的敲门声响起。

"我先回房间了。"顾盛识趣地避嫌,将桌子上的材料收拾好就离开了。

乔心然打开门,有些意外:"你怎么来了?"

第四章 就这样努力生活吧

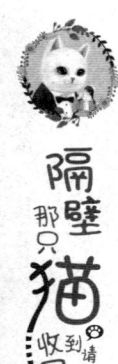

乔湛三步并作两步走到乔心然面前,十分焦急:"今天顾氏抓到的那个商业间谍是怎么回事?我还以为是你!"

听到来人提到"顾氏",顾盛愣了愣,准备戴耳机的手缓缓放了下来。

"和我没有关系,我还没有开始行动呢!"

乔湛闻言却沉默下来,过了好一会儿才抬起头看向乔心然,担心地说:"心然,我带你走吧?我一定会对你好的,不要继续做这么危险的事情了,我们乔家不值得你这么做……"

乔心然深深地看了乔湛一眼,"扑哧"一声笑了出来。

"你这句话已经对我说过八百遍了,先不说你是不是真的舍得抛弃乔氏少爷这个身份陪我去过颠沛流离的生活。"乔心然自嘲地说,"况且我陷得太深,只能一条道走到黑了。"

气氛陷入沉默。顾盛仿佛遭受雷劈一样怔在原地,他没有开灯,黑暗里只有他沉重的呼吸声。她是顾氏高管,却和竞争对手乔氏有千丝万缕的联系,难道她是商业间谍?这个猜测缓慢成形于顾盛的脑海中。

过了不久,乔湛离开了,乔心然转身进了厨房,从冰箱里拿了两瓶酒后敲了敲顾盛的房门。顾盛打开门,脸上还有未敛去的复杂。

"走,陪我出去喝点儿。"

女人举着两瓶酒笑眯眯地在他面前晃了晃,一点儿也不像刚经历完一场沉重的对话的样子。两人轻车熟路地穿着拖鞋爬上天台,夜晚的风有点儿凉,顾盛把自己的外套脱下来披到了乔心然身上。

"你都听到了吧?"乔心然突然悠悠地问道。

"嗯……"顾盛低下头,"我不会说出去的。"

"别有负担,我没打算避着你。"认真地看了身边的人一眼,乔心然大大咧咧地说。

她就这么信任自己吗？顾盛的心狠狠抽动了一下。那她知不知道此刻她身边的这个人就是顾家人呢？即使对顾家失望透顶，他也不愿目睹它逐渐垮掉，毕竟，儿子还留在顾家。

"顾家掌握了大量对乔氏不利的证据，我潜入顾氏工作，目标是拿回这些资料而已。"乔心然满脸不解，"没什么可隐瞒你的！"

顾盛本来暗淡的眼睛突然亮了一下。如果只是拿回对乔家不利的资料，那对顾家不会有太大的影响吧……他看向乔心然，把她拉入怀里，语气是从未有过的坚定："心然，我会一直站在你这边。"

乔心然似是没理解他说这话的含义，心里却甜得发软。但对顾盛来说这只是他的一个承诺，她是否听得懂都没关系。因为从那天起，他决定，相信她，保护她。不料，那些他单方面的誓言，并未实现。

4

在他对她交付信任的第七天，乔心然失踪了，顾盛也被强行带回了顾家。

顾家人最终还是发现了他和乔心然的事情。面对盘问，顾盛什么都没说，但他在心里确认了一件事，乔心然的失踪，与她拿走装着两家机密资料的芯片有关。

顾盛的哥哥顾全，那个毁了他人生的男人走到他面前，居高临下地看着他："协助我们找到乔心然，事成后我光明正大地迎接你回到顾家。否则你就再也别想见到你儿子。"

顾盛表面妥协了，暗地里则偷偷寻找乔心然。他疯狂地走过了S城的每一个角落，都没有寻觅到乔心然的踪迹。时间越长，他的

心越发沉了下去,整个人恹恹的,像行尸走肉一样。而就在他路过一个巷子口时,一双手把他拽进了黑暗的角落。

"你怎么这么消瘦?"看着憔悴的顾盛,乔心然很心疼。

看着自己翻遍了所有地方也没有找到的人,突然从天而降站在自己面前,顾盛呆怔着没有反应过来。

乔心然蓦然低下头,满是愧疚:"对不起……我本来出了事想第一时间告诉你,但对方行动太快了,我来不及去找你,这两天好不容易找到机会才出来……"

顾盛一把抱住了她,声音中夹杂着无法克制的哽咽:"我以为再也见不到你了……"

乔心然明显愣了愣,犹豫了一下,缓缓抬起手轻拍对方后背。

缓了好一会儿,顾盛情绪逐渐稳定下来,他扳住乔心然的肩膀,面色是从未有过的严肃和坚定,似乎是下了什么决心一样:"心然,我有事情想要告诉你。"

5

"你是说顾家让你协助他们找到我?"听完顾盛的讲述,乔心然不可置信地瞪大眼睛。

"他们承诺给你多少钱啊?"乔心然俏皮地眨眨眼,"你岂不是要一夜暴富啦?"

唉!这个女人哪有半点儿身处险境的紧迫感啊!

"心然,我还有一件事想告诉你。"顾盛终于决定坦白,却如鲠在喉,每说一个字,都像一把小刀狠狠地剜在他的喉咙里、心尖上。

"如果我说我是顾家人你会怎么做?"言毕,顾盛死死盯着乔心然的眼睛，不放过她一丝神情。乔心然似是没反应过来，结结巴巴地说："你姓顾……可不就是顾家人吗？"

"不，我说的是顾氏。"顾盛的语气蕴含着浓浓的悲哀，"顾全是我亲哥哥。"

听完，乔心然先是愣了一会儿，什么话都没说，站起身跟跟跄跄地离开了，顾盛安安静静地跟在她的后面走了一路，他知道她需要足够多的时间来消化这件事情。两个人就这样不知道走了多久，前面的乔心然突然停住脚步，转身跑到顾盛面前："你会背叛我吗？"她的眼睛略微红肿，看得顾盛心里很难受，他随即苦笑一声："我说过，我会一辈子站在你这边的。"

乔心然破涕为笑。她还是选择相信他，一如半年前，她义无反顾地收留他时那般。

重逢后的两人暂时找了个隐秘的落脚处，来躲避顾家的追踪，也等待乔家接应。

"心然，你……取回那些对乔氏不利的资料了吗？"顾盛迟疑了一下问道。

"取回了。"乔心然手中正把玩一条精致的项链。

那条项链做工十分精细，项链是银制的，前部有一个不大不小的吊坠，吊坠被许多手工镶嵌的碎钻包裹。

因为是乔心然的贴身信物，顾盛看得格外仔细，他发现吊坠的后面刻着一个精致的花体字母"R"，含义应该就是乔心然英文名字的缩写。

"真好看。"他轻声赞叹。

"当然啦，里面可是藏着能颠覆一个集团的重要机密呢！"乔心然满不在乎地说。顾盛却吓了一跳。那时他还以为她是在揶揄他，他只深深地记得乔心然的信任，于是更加告诫自己不要辜负她。

第四章 就这样努力生活吧

两人深居简出了几天后,顾盛独自出门去置办一些生活用品。

他提了两大袋东西走在路上,突然一辆车拦住了他。原来,在地毯式的搜索下,顾家已将顾盛最后的活动范围缩小到了他躲避地附近的区域,即使顾盛不主动出现,顾家也迟早会找到他。

"你们回去吧,别做无用功了。"顾盛神色淡淡地看向他们,却无所畏惧,"想要怎样就冲我来,别伤害她,她只想救乔家而已!"

弱小、胆怯、孤独……任何一样都能轻易地蚕食一个健全的人。唯有拥有守护一样东西时的力量,才会永久立于不败之地。

车窗缓缓地摇了下来,顾全扭曲的脸逐渐显现出来,他眼神阴鸷地看着顾盛,仿佛要将他千刀万剐一样:"你心爱的女人是这么告诉你的?"顾全看向弟弟冷哼一声,眼中全是讥诮。

"我相信她。"顾盛握紧拳头看向哥哥。

"哈哈哈,愚蠢!"顾全仿佛听到了什么天大的笑话。

"能把顾氏耍得团团转的女人怎么会是省油的灯?她潜伏了这么久,带走的可不仅仅是她告诉你的那些东西。"

顾全突然停顿了一下,紧紧盯着面前的顾盛,透着近乎疯狂的目光:"你以为与她之间的感情牢不可破,那她是否有告诉你,她带走的还有能让顾家立即土崩瓦解的东西!"

顾盛脸上的表情一点点地阴沉下来。

6

那天的顾盛若无其事地回到和乔心然的住处,看似完好无损的外壳下隐藏的却是一片破碎的内心,他记得那天他们聊了很多,甚至计划一起去她梦想中的童话镇欧塞登。他也和乔心然讲述了这些年的经历，包括他已经过世的妻子和刚出生不久的儿子。

乔心然听完，沉默了很久说："我们都会重新开始的。"

是的，重新开始，去往没有彼此的新的人生。

第二天，乔心然收到消息，准备同接应的乔家人会合，顾盛在旁边默默地看着她，努力把这一幕深深地刻在脑海中。

"等我回来，我们就想办法把你的儿子接出来，我们一起养育他。"出门前，乔心然回头看向顾盛，眼睛笑成一道月牙，"一起离开，过我们三个人的小生活。"

"好。"两人心照不宣地对彼此说着谎话，心里却明白，如若转身，轻则永别，重则兵戎相见。

目送乔心然离开后，顾盛将房间收拾好也出了门。刚出门，就看到了顾家人正在等他。这么多年，即使顾氏叱咤整个 S 城时，他也从未想过要去争一杯羹。后来离开顾家，除了儿子，他也并无任何眷恋。而现在顾家危机重重，他却选择了回到顾家。

"你们不必过来，我会自己回去的。"

领头人却道："顾全总裁突发疾病过世，顾氏现在十分危急，需要您回去主持大局。"

"什么？"突如其来的变故让顾盛倍感不可思议，他瞪大眼睛看向对方。

"大家都在等您。"那人面无表情地看着顾盛，又顿了顿，说，"小少爷也在等您回去。"

7

对于作为家族企业的顾氏来说，最致命的一件事就是人丁稀薄，

历任掌权人几乎都是一脉单传。而顾全的突然去世对顾家更是毁灭性的打击，外姓股东也积攒了可观的筹码虎视眈眈，顾氏面临随时有可能被改名换姓的危险，顾家顺理成章地将顾盛当作最后一根救命稻草牢牢抓紧。

想到儿子，顾盛最终决定回去接这个烂摊子。在召开了无数次股东会议后，顾盛暂时稳住了内忧的局面。但顾盛知道，还有最大的危机在等着他，直接关系到企业的存亡。可是一个月两个月过去了，想象中的风暴却并未到来，乔家反常地一片宁静，乔心然就像带着那枚芯片失踪了一样，再无半点儿消息。

他每天忙得连轴转，顾梓繁也重新回到了他身边，而和乔心然在一起的那段时光就像梦境一样，渐渐变得遥远而不真实。

在顾家长辈的撮合下，顾盛为了巩固顾家地位答应和S城另一家商业巨头安家的千金安雅进行联姻。

初闻这件事时，他的内心出乎意料地没有抗拒，因为从选择回来的那一刻起，他就再也不是为自己而活了。可顾盛没有想到的是，在他订婚那天，乔心然却主动出现在他的面前。她俏生生地站在那里，穿着他们第一次见面时穿的衣服，看起来有些疲倦，却依旧笑眯眯地和他打了声招呼。

顾盛觉得自己的呼吸都仿佛要停滞了一样，他大步走过去，直至伸手触摸到她的体温，才明白眼前的这一切不是梦境。

"恭喜！"她笑得有些没心没肺，顾盛到嘴边的话一下子就噎了回去。又气，又怨，又惊，又喜。他曾在心里想象过无数次再次相见的画面，却在见到她的那一刻只剩下浓烈的思念。

"我来是为了跟你做最后的告别。"乔心然突然狡黠一笑，"虽然，我很想来砸场子。"

她还是老样子。

"心然,对不起……"顾盛顿时慌了起来,"能不能别走?"

乔心然笑了笑,继而说:"乔家不会放过我的,我只是乔家的养女,被迫为乔家卖命,被他们利用。还好有乔湛,他对我很好,我们会去一个别人都找不到的地方。也许,我会嫁给他。"

顾盛颓然地垂下了头,有些绝望,但又没有立场去争取什么,乔心然叹了口气,扭过头。

"芯片还在我手里。"她的语气很坚定,"但恕我不能给你,毕竟它不仅关乎顾家,还有乔家,我想你能理解我的心情。"

"嗯,我理解。"

乔心然拍了拍他的肩膀,恨铁不成钢道:"这都关系到你的生死存亡了,你怎么还这副呆样?你难道不应该威胁我,让我把芯片交出来吗?"

顾盛似乎又恢复到了曾经两人在一起时傻傻的样子,老老实实地回答:"我知道你即使不给我,也不会交给其他人。"

乔心然的眼眶瞬间就红了:"别摆出一副很了解我的样子,我骗你的还少吗?"

"心然,"他突然喊她名字,"别走可以吗?也别嫁给他可以吗?"

乔心然的身体轻微抖了一下,她吸了吸鼻子,盯着顾盛:"不可以,我再也没有理由留下了……"

言毕,她并未等顾盛做出反应,转身离开了。

看着乔心然离开的背影,顾盛缓缓闭上了眼睛。

两年后,大雪纷飞的丹麦。

一处静谧的民宅门口,女子将怀里尚在襁褓中的婴儿递给了对面的老妇人。她的长发染上了风雪,面露倦色,眼睛却亮得可怕。

第四章 就这样努力生活吧

"放心吧,小姐,我一定会好好照顾这个孩子的。"老妇人看着面前的女子,眼中全是疼惜。

做了乔家几十年的保姆,老妇人从小照顾乔湛和乔心然长大,如今他们颠沛流离,她自然心疼不已。所以宁可冒着背叛乔家的风险,她也要帮他们。

"以后让她跟您叫外婆吧!乔家的事,暂时别让她知道,等她长大了,再把项链的秘密告诉她。"乔心然把项链挂在婴儿脖子上,不舍地看着酣睡中的婴儿片刻后,又冲老妇人深深鞠了一躬,头也不回地转身离开了。

再见,我的苏苏,希望你顺遂无忧地长大。

8

后来,顾盛孤注一掷地将顾氏商业重心往海外转移,在顾氏的海外市场逐渐成熟后,他将公司总部直接搬到丹麦并举家迁了过去,一系列的举动让所有人都费解。只有顾盛自己知道,他或许对乔心然在童话镇开甜品店的愿望心存执念吧!

芯片的失踪对于乔家和顾家来说仍旧像一颗不定时炸弹一样,即使已经过了多年,乔家依旧在派人寻找。而顾盛也从最初的毫不在意,到现在参与寻找芯片。或许是身居高位开始忌惮芯片为公司带来的巨大隐患,也或许是还想趁机再见她一面吧……可这么多年她杳无踪迹,只留下一个女儿,她和乔湛的女儿。

可能真像乔苏说的那样,她或许已经不在人世了……顾盛从回忆中醒了过来,他愣了很久,突然伸手擦了擦眼角。

第五章 雪来时,风欲止

乔苏突然挪了挪,悄悄把自己的影子藏在了顾梓星的影子里,又仿佛怕被发现,她抬头看了眼前面的背影,见他并未有任何反应,于是轻轻地松了口气。

一并掩去的是小小的心事,还有朦朦胧胧的连她也无法捕捉的悸动。

但这一切只有化身为月亮的安徒生才能看见吧。

1

出发去滑雪的前一晚,乔苏趴在桌子上安安静静做着习题,偶尔累了抬起头揉揉眼睛。

门外突然响起了敲门声,伴随着顾梓繁的声音:"苏苏,我可以进来吗?"

"请进。"乔苏愣了下,不知道顾梓繁这么晚找自己有什么事。

门被轻轻打开,顾梓繁出现在门口,手中还拎了一个大纸袋。

乔苏赶忙邀请他进屋坐了下来。

"繁哥哥,这么晚找我有什么事情吗?"

顾梓繁将手中的纸袋递给乔苏:"这是给你准备的滑雪服,不知道你喜不喜欢。"

精美的外包装彰显着衣服不菲的价格,乔苏惊讶的同时自然是不肯收这么贵重的礼物,于是赶忙摆了摆手:"不用不用,我到滑雪场自己买一套就好了。"

顾梓繁似乎早就料到乔苏会拒绝,一脸惋惜:"可是它不能退货,你不穿就只好丢掉了哦!"

"我穿我穿!"听到会被丢掉,乔苏赶忙说道,她将纸袋接了过来,"谢谢你,我很喜欢。"

"那我就放心了。"顾梓繁扬起嘴角。

"其实不用特意为我准备的……"想了想,乔苏抿抿唇,"我这个新手穿这么好的衣服实在是暴殄天物。"

顾梓繁却柔柔地弯了下嘴角,忍不住逗她:"能让你穿是衣服的荣幸才对。"

乔苏的脸一下子就红了。

"好啦,早点儿休息吧,明天还要早起。"顾梓繁站起身揉了揉乔苏的小脑袋。

"好,繁哥哥晚安。"

乔苏乖乖地应和着,送顾梓繁离开后,她回房间简单地收拾了一下要用的行李,拆开了滑雪服的包装。

合适的尺码,喜欢的颜色,彰显了对她的了解与用心。

乔苏突然觉得有些沉重和愧疚。虽然她的人生不是一帆风顺的,却一直是被给予的那个人。

外婆、顾家还有许恩……

这一晚,乔苏彻夜未眠。

因为是早晨的航班,此时飞机上大部分人都在补觉,机舱里格外安静。

虽然失眠了一整晚,乔苏却还是没有睡意,她的座位是靠窗的,此时她正侧头望向窗外,纯净的阳光为她的侧颜镀上了一层恬静的金色的光芒,整个人暖洋洋的。

飞机已经在缓慢下降了,不同于之前仿佛被包裹在湛蓝色的海洋里,除了云海什么都看不见,一片冰雪的世界逐渐显现出来。连绵起伏的百万年冰川一望无际,与天边相接,映衬着太阳的光芒,散发出朦胧圣洁的美。不知道经历了多少个世纪才搭建出如此壮丽的景致。

飞机到达了挪威首都,也是其最大的城市奥斯陆,城市名字寓意为"上帝的山谷",背靠连绵巍峨的山川与丛林,整个挪威最大的滑雪胜地特吕西尔便建在这里,也是学校这次出行的目的地。

第五章 雪来时,风欲止

在机场稍作休整后,大部队又准备出发坐两个半小时左右的大巴赶往滑雪场。

北欧的冬季漫长而寒冷,这里几乎有半年时间都是被厚厚的雪覆盖的。

在这样得天独厚的环境里,滑雪也就成了北欧人一项基本的运动,他们自称"出生时腿就长在滑雪板上",所以像乔苏这样不会滑雪的人反倒十分稀少。

特吕西尔滑雪场内热闹非凡。

此刻顾梓繁正靠在墙边,脚下放着一堆滑雪器材,仿佛在等什么人。

浅灰色的滑雪服衬着他干净的气质,意外地与清清冷冷的冰雪融为一体。

一个叫芙丽嘉的女孩站在不远处,定定地看着顾梓繁。

身边几个好友笑成一团,鼓励地推了她一把:"去啊,顾老师正好一个人,说不定就是在等你呢。"

女孩的脸一下子就红了起来,她握紧手中的热水杯,有些不自信地问道:"你们说他会理我吗?"

"亲爱的,你可是公认的校花,怎么会有人不理你?"

"对,我要自信一点儿。"芙丽嘉在心里对自己说,迈开脚步坚定地向那个人走去。

靠在墙上的男人似乎察觉到了什么,缓缓地看向芙丽嘉的方向,眉眼弯弯地笑了起来,让她觉得一瞬间整个世界仿佛只剩下了他们两个人。走到顾梓繁面前,芙丽嘉十分紧张地将手中的热水杯递到他面前:"顾……顾老师,这是我专门为您准备的。"

顾梓繁一脸惊讶地看向面前的女孩,刚想张嘴说什么,就听到有一个声音插了进来:"繁哥哥,我换好啦!"

仿佛一瞬间她就将顾梓繁所有的注意力都吸引了。身边突然一凉,芙丽嘉便看到顾梓繁从自己身边越了过去,她不可置信地回过头,看到他正走向一个面生的小姑娘,两人的对话声传了过来。

"好好的衣服穿我身上就很奇怪。"小姑娘有些丧气。

"不会啊,很可爱。"顾梓繁很不赞同乔苏对自己的评价,语气带着宠溺。

后面的话芙丽嘉再也没听进去,她觉得浑身冰冷,好像掉进冰窟窿一样。等她再反应过来的时候,原地只剩下她一个人了。

"亲爱的,发生什么事了?"好友们赶过来围着芙丽嘉,她缓缓摇摇头,看向前方,谁也没发现此刻她的眼里充斥着难堪与不甘。

2

顾梓繁正在教乔苏怎么使用滑雪装备时,顾梓星从远处的大坡熟练滑下,闯进了乔苏的视线。

他穿了一身十分扎眼的红色滑雪服,乔苏却不得不承认,这样的他……格外好看。

巨大的色彩碰撞仿佛带着侵略性的温度,要将周围的雪融化了一样,映衬得少年肤色越发白皙,眼睛也越发深邃。

大部分人的目光都被他吸引。

顾梓繁笑着和弟弟挥挥手:"梓星,你先去吧,我带苏苏玩一会儿。"

仿佛是不高兴哥哥被乔苏抢走,顾梓星鄙夷地看了乔苏一眼。乔苏觉得自己又给别人添麻烦了,连忙说:"不用陪我,我自己可

以先练练基础动作,你们去玩就好啦。"

"没事,我和梓星常来,都玩腻了。"乔苏自是知道顾梓繁在找借口让自己安心,她不想拖对方后腿,所以也十分坚定。

"繁哥哥,你们去玩吧!不然我会在愧疚的海洋里被淹死的。"她做了个夸张的比喻后接着说,"这块都是平地,我不会有事儿的。"

说这句话的乔苏没想到她为自己立了一个巨大的 Flag(旗帜)。

顾梓繁被逗笑了,但他也不想让乔苏为难,只好点点头。

"那你先自己练习,我就在附近不会走远,还有……"他指了指滑雪场平地边缘,"这里的平地是会接着陡坡的,你注意别往边上跑。"

乔苏应了下来。

在经历了无数个平地摔后,乔苏终于摸出了点儿门道,胆子逐渐大了起来,开始尝试在一旁的小缓坡上滑行。

因为掌握不好停下来的动作,她滑落到缓坡底端的时候狠狠摔了一跤,手机直接从兜里飞了出去。

那是一款样式老旧的翻盖手机,许恩攒钱买给她的,能用的功能几乎只有打电话和发短信,但对只是为了方便联系的小姐妹来说完全够用了。

乔苏艰难地爬起来去捡手机,不料旁边正好有两个人在打闹,其中一个人又把手机踢得更远了。

乔苏只好追着手机,不知不觉来到了广场的边上。

果然像顾梓繁所说的那样,平地边缘连着一条长长的滑雪道,延伸向山下。

对于不会滑雪的乔苏来说,光是看一眼,她都觉得两腿在发软,止不住的心悸感在涌动。

她心疼地捡起手机检查了一下,乔苏庆幸它虽然破旧但很坚强,自从许恩不辞而别,又多次寻找无果后,除了乔苏偶尔会回去看看那棵梧桐树,这部手机便成为她用来思念许恩的唯一寄托。

而她身后有个人正盯着她,缓缓靠近。

芙丽嘉认出了几步外的人正是和顾梓繁说话的小姑娘,于是咬咬唇向乔苏走去。

女孩似乎正低头检查手机,并没有发觉有人走到她身后。芙丽嘉环顾四周,发现没有人注意到这里,鬼使神差地伸出手轻轻推了乔苏一把,乔苏下意识地尖叫了一声,不受控制地向坡下疯狂冲去。

对于不会滑雪的人来说,这样俯冲的速度简直就是噩梦。

"啊……救命!"乔苏此刻大脑一片空白,她张大嘴呼救,凛冽的寒风呼啸刮过,打在她的滑雪镜上,灌进她的嘴里、鼻腔里,直至将她的声音淹没。脚下的滑雪板不受控制地时不时撞击在一起,让乔苏感觉自己下一秒就要飞出去,她的内心出现了前所未有的恐惧。

滑道上人很少,只有最里面一条长长的传送带上站满了排队上坡的人,没有几个人注意到乔苏的异常。

顾梓星睁大本来慵懒半眯的双眸,脸上闪过从未有过的焦急,他抿着嘴,手中雪杖大力一撑,加速向坡下冲去。

大坡下又是一大片缓坡,很多学生正三五成群地聚集在这里欢快地聊天,很快便有人发现了上方冲下来的两个身影。

"你们快看,那个人的滑雪姿势好奇怪。"

一个女生指着坡上的女孩和同伴们说,大家顺着她的手指望去,发出一阵哄笑。

"哇,另一个男生是不是顾梓星学长?"有人认出了顾梓星,

第五章 雪来时,风欲止

十分兴奋。

而另一边,在顾梓星疯狂的加速下,他终于超过了乔苏并与她拉开一小段距离,眼看前面的缓坡上人群涌动,少年目光微凝,转了个弯停在了乔苏正下方的位置,以最快速度丢掉了滑雪板和雪杖。

顾梓星做了一个十分危险的举动,他张开双臂硬生生地接住了下一秒就冲下来的乔苏,将女孩紧紧护在怀里。即使穿得很厚,顾梓星还是感觉到身上传来阵阵痛感。如果不是因为他经验丰富,换成其他人这样做一定会当场受伤。

两人抱在一起后狠狠地倒在地上,滚了很久之后终于停了下来。

周围的人才意识到发生了事故,一窝蜂围了上来。

乔苏意识有些恍惚,她听不清楚嘈杂的人群在说什么,但感觉被人轻轻扶着坐了起来,缓了好一会儿才逐渐恢复过来。

"我真是每一次碰到你都没好事。"顾梓星咬牙切齿地盯着乔苏。

面前的小姑娘低下头,仿佛是被吓到了,小脸有些苍白,嘴唇也毫无血色。

"对不起。"她小声呢喃,嘴唇轻微地颤抖。

少年看着她这副委屈的模样,心头没由来地一阵烦躁,他冷哼一声,有些踉跄地站了起来,眉头却几不可见地一皱。

"苏苏!"顾梓繁焦急地拨开人群冲到乔苏身边,全然没管周围人惊诧的目光。

乔苏一只手撑着地缓缓站了起来,姿势有点儿怪异,顾梓繁却没有发现这个细节。他上下打量了乔苏一番,看她只是脸色不太好,行动没什么问题,便以为乔苏只是吓坏了,顿时松了口气。

"还好没出什么事。"

"抱歉,让你担心了……"乔苏低着头,几滴晶莹的水珠滴到了滑雪服上，瞬间没了踪影。

"傻瓜，只要你没事就行了。"顾梓繁弯腰把乔苏散落在一旁的器具抬起，"我们去休息室歇会儿吧！"

"嗯……"犹豫了一下，乔苏小声应和，刚要迈出脚步却突然被人一把抱了起来。

周围再次传来围观群众此起彼伏的倒吸冷气声。乔苏不可置信地瞪大眼睛，瞳孔中映出少年冷冷清清的面庞。明明看似冰冷，实则炙热如火。

"只会逞强的笨蛋！"顾梓星没有看乔苏，但语气能听出他的极度嫌弃。

乔苏却觉得仿佛有什么东西在她心中裂开了。

"梓星？"顾梓繁惊诧地看向弟弟，仿佛对他的举动感到无法相信。

"她的胳膊受伤了。"似是怕女孩掉下去，顾梓星抱着乔苏的胳膊又紧了紧，"我带她去医院。哥，你先帮我们处理一下这边的事吧！"

顾梓繁这才发现藏在弟弟怀中的乔苏此刻脸色又比刚才白了几分，大滴的冷汗从她的额头上掉落，将一张小脸都浸湿了。

静默了几秒钟，顾梓繁收起情绪，道："好，我处理完就去找你们。"

顾梓星点点头抱着乔苏离开。人群一片哗然，很多女生议论着刚才的一幕，语气充满妒忌与愤愤不平。

尼尔森惊恐地掐着自家弟弟的手，似乎不敢相信自己的眼睛："上帝啊，我竟然看到老大抱着一个女孩！这一定是在做梦！"

汉森嫌弃地甩开哥哥的手，却觉得自己突然忘了点儿什么细节。

第五章 雪来时，风欲止

"你没有做梦。"汉森望着已经走远的那个背影,眼睛亮晶晶的,"不过,刚才他救人的样子,是真的帅!"

芙丽嘉藏在人群中目睹了整个过程,握了握拳头,她转身准备离开,却撞到一个人的怀里。

"注意安全。"顾梓繁温柔地扶住面前的女孩,对上她瞬间变得慌张而复杂的眼神。

他微笑地看着她,泪痣带着诱人的风情,眼中却是一片晦涩。

顾梓星带乔苏回到了奥斯陆。

北欧看病程序很复杂,如果直接去医院预约可能要排几个月的队,一般人都会选择看私人医生。

最后是在顾父的帮助下,乔苏才顺利就诊。

"右胳膊轻微骨折。"医生将 X 光片举到灯前看了看,"幸好没有错位。"

"应该不需要手术吧?"乔苏不敢去看一旁低气压的某人,有些担忧地问医生。

她不想再给大家添麻烦了。

"不需要,但还是得给你打个石膏,再用吊带固定在胸前。"

刚松了一口气的乔苏听到后,脸顿时垮了下来。

"你是患者家属吗?"医生看向一旁的顾梓星,"要想恢复得快一些,有些事项我得嘱咐家属配合。"

顾梓星沉默了。

乔苏眼中闪过一丝黯然,刚想找个借口对付过去,就听到少年淡淡地开口:"我是她哥哥,可以和我说。"

4

等折腾完所有事情,天已经黑了。

胳膊做完固定以后,乔苏需要留院观察一晚,此刻她正坐在医院的病床上发呆,顾梓星出去给她办后续的一些住院手续了。

顾梓繁中途匆匆赶来看乔苏,没待多久就被团队叫走了,走的时候他怜惜地摸摸乔苏的小脑袋,像哄小孩子一样向她保证自己第二天一早就来接她出院回家。

乔苏心里很乱。家……这个曾让她痛苦万分的字,如今却仿佛有了失而复得的感觉,会被担心,会被保护,会觉得自己不再是孤零零的一个人。可她又害怕这些都是镜花水月,梦醒了就什么都没了。

乔苏,你不能这样。女孩对自己说,如果有人对你好,就全力去回报啊,这才是你该做的。如果因为害怕失去而止步不前,那是懦夫的行为。

再回到病房的时候,少年的额头上已经渗出一层薄薄的汗,他随意摆弄了一下头发,面色疲惫地将手中的各种医疗单据丢到了乔苏面前后瘫坐在了沙发上。和单据一起丢过来的还有一个纸袋,里面装着各种钙片和维生素。

浓浓的愧疚感再次向乔苏袭来。

"我知道现在说什么都晚了……"乔苏认真地看向顾梓星,"但是对不起,给你添麻烦了,还有,真的很感谢你。"

顾梓星看了她一眼,默不作声,乔苏也没打算得到他的回应,只是笑了笑,顺手拿起放在一旁的单据看了一眼。

上面的金额大得吓人。

"我回去把看病的钱给你。"

本来慵懒地瘫在沙发上的顾梓星眉头却蹙了起来,他嗤笑一声表示不相信:"你有钱吗?"

乔苏气结,不服气地反驳:"外婆之前留给我一些,我以前打工也攒下很多钱呢!"

其实真相是外婆留给她的钱,早就被她花完了,而她努力攒了五年打工费,也只够这一次医药费的。

"好的好的,小富婆。"顾梓星应付道,顺便给她取了一个夸张的称号。

乔苏哼了哼没再说话。两人之间的气氛缓和了很多。

"时间不早了,你快回酒店休息吧!"看了一眼表,乔苏才意识到已经很晚了,赶忙和顾梓星说。

顾梓星招牌式地冷哼一声,懒洋洋地起身准备离开。到门口时,他的脑海中闪过医生的嘱咐,脚步一顿,认命地又折了回来。

"晚上我住这儿。"他不情不愿地宣布,又坐了回去。

乔苏自是不答应的,但某人雷打不动,毫无商量的余地。

正当两人僵持的时候,"咕噜噜"的声音自女孩的肚子里传来,顾梓星嫌弃地看了一眼乔苏,她正红着脸不知所措地捂着肚子。

自己上辈子一定是炸了银河系才摊上这么一个人。顾梓星这么想着,叹了口气站起身。

"你去哪儿?"乔苏反应很快。

"去买吃的。"大魔王十分不爽。

"我和你一起去!"

"不行!"顾梓星不假思索地拒绝,伸手打开病房的门,却突然感觉自己被人拽住。

女孩似乎跑得着急，鞋子都没来得及穿，她光脚踩在冰凉的地板上，用仅能动的一只手轻轻地攥着顾梓星的衣角。

"医生说我可以走动，只要不动胳膊就行。"乔苏眼巴巴地看着他，"我保证不乱跑。"

大魔王最终妥协。

夜晚行人寥寥，奥斯陆静谧而宽敞的街道上，路灯像点点星光连成一片。乔苏亦步亦趋地跟在少年身后，两人的影子一高一矮俏皮追随，无比和谐。

鬼使神差地，乔苏突然挪了挪，悄悄把自己的影子藏在了顾梓星的影子里，又仿佛怕被发现，她抬头看了眼前面的背影，见他并未有任何反应，于是轻轻地松了口气。一并掩去的是小小的心事，还有朦朦胧胧的连她也无法捕捉的悸动。但这一切只有化身为月亮的安徒生才能看见吧，女孩低下了头。

5

作为世界海岸线最长的国家之一，捕捞及烹饪各色优质的海鲜，做成鱼类料理便成为挪威文化中非常重要的部分，也是来当地必吃的美食。

就好像乔苏面前的餐桌上，是由最有名的三文鱼组成的一场三文鱼的狂欢。而点了这一桌菜的大魔王，此刻正眯着眼面无表情地坐着，实则心里非常满意。

熏三文鱼、烤三文鱼、腌三文鱼……以及山羊奶酪等各色乳制品摆了满满一桌，看起来钙含量颇为丰富。

三文鱼块切得有点儿大，一口很难吃下，乔苏左手别扭地拿起刀，颤颤巍巍地切了半天却成效甚微。面前突然出现一只手，将被乔苏弄得乱七八糟的三文鱼连盘拿走。顾梓星没有看乔苏，默默将自己面前的盘子换给了她。是一盘干干净净、被切成均匀小块的三文鱼。

乔苏只觉鼻子一酸，轻声说了句"谢谢"。

"我只是没那个耐心等你切到明天。"顾梓星蹙着眉，语气不冷不热。

"顾梓星，今天真的很抱歉。"犹豫了半天，乔苏决定再给顾梓星道个歉，"害你一直在医院折腾，来一趟什么也没有玩。"

顾梓星听到道歉，表情却越发差了起来，终是控制不住自己，语气略含怒意地说："那你该怎么补偿我？"

"啊？"怎么自己给他道歉，却反而感觉他越来越生气了呢？

乔苏一脸蒙，微微张着嘴看向对面的人，头顶精致的小灯散发着昏黄暧昧的光，打在她白皙的脸上，圆圆的眼睛仿佛蒙了层雾，看起来楚楚可怜。顾梓星抬头看到的就是这样一幅画面，仅仅一秒钟，他便将头转向一边，破天荒地低声骂了一句："该死！"

气氛沉闷地吃完饭，两人回到医院已是深夜。

"我睡沙发，你睡床吧！"

一进病房门，乔苏就冲过去占领了沙发，努力将自己伸展在上面。

她心里过意不去，不好意思让顾梓星在医院陪她待着，但无论自己怎么和他说，他都置若罔闻。

看着乔苏警惕地盯着自己的小眼神，生怕沙发被抢了似的，顾梓星嘴角抽了抽："不行，你去睡床。"

"我就喜欢睡沙发！"乔苏胡诌。

"别让我再说一遍，去睡床。"大魔王凶巴巴的。

察觉到顾梓星的不耐烦，乔苏咬了咬唇，还是决定固守阵地。

"你就让我睡沙发吧……"她挺直脊背，倔强地看着对面的人，"不然我心里会很难受，本来就够麻烦你了。"

顾梓星的心瞬间就柔软下来。

"沙发太窄，你的胳膊放不好容易压到，到时候严重了，会给我带来更多麻烦。"

"可是……"乔苏张了张嘴，还想再争取一下，却发现顾梓星不知道什么时候走到了自己面前。他缓缓地弯下腰，直至与她平视。

"听话。"少年的语气里夹杂着少见的温柔，眼神却带着不容置喙，乔苏似乎能感觉到他温热的气息环绕在自己身边。

那么近。好吧，认输。

女孩的脸瞬间红了起来，她蓦然站起身，头顶差点儿撞到顾梓星的下巴。

"我……我去睡觉了。"乔苏眼神躲躲闪闪，拔腿逃跑，三步并作两步冲上床，用被子将自己裹成了一个球，脸都几乎看不到了。

顾梓星细细地看了半晌床上的"大粽子"，敛下双眸，伸手将病房的灯关掉。房间陷入了黑暗，唯有月光透过窗帘，朦朦胧胧洒在窗台上。过了好一会儿，乔苏才露出头来，她仔细听了听，房间里此时安安静静，感受不到那个人的气息。

女孩在被子里蠕动了半天，悄悄翻过身来。眼睛已经适应了黑暗，少年清晰的轮廓映在她的瞳孔中。他个子很高，却蜷缩在小小的沙发上，看起来很难受的样子。乔苏目不转睛地盯着沙发上的那个人，有黑夜的掩饰，她的胆子大了许多。

"乔苏。"安静瞬间被打破，被点名的乔苏吓了一跳，收回目光，心虚地缩成一团。

第五章 雪来时，风欲止

"你没睡呀？"女孩有些忐忑，仿佛心事被撞破。顾梓星轻笑一声，转移了话题："你今天为什么会突然从坡上冲下去？"

乔苏愣了愣，没料到对方会突然问她这个问题。她细细地回想了一下，才迟钝地捕捉到一个细节："当时好像有什么东西从背后撞了我一下……"

顾梓星不知道在想什么，没有再说话，房间又陷入了沉默。

乔苏等啊等却没有听到回应，只得老老实实躺平看着天花板，仿佛要盯出个洞来。过了很久，直至一天的疲惫不断袭来，她终于忍不住沉沉地闭上了眼睛。

乔苏做了个乱七八糟的梦，梦里她回到了小时候。梦中，她在和一个小女孩打架，两个团子扭在一起分都分不开，最终以小女孩把她按在地上而获得胜利，那个小女孩是许恩。小乔苏哭着和刚刚赶到的妈妈告状，妈妈转过头，却长得和书房照片里的那个女人一模一样。可她没有为小乔苏撑腰，小乔苏伤心地跑掉了，似乎跑进了一个硕大的花园里，花园里种着大片的玛格丽特，一个少年靠在花坛边，正一瓣瓣地摘下手中的玛格丽特花瓣。

似乎察觉到小乔苏的到来，他抬起头挑了挑眉，语气却霸道而不满："你怎么才来？"言毕，少年便起身向花园深处走去。小乔苏看着他的背影，迈开短腿追了上去。为什么他总是忽冷忽热的？像影子一样，看到却怎么也触碰不到。

耳边传来一声轻笑，半梦半醒间，乔苏对上了一双温柔的眸子，瞬间醒了过来。看到乔苏坐了起来，顾梓繁顺手拿了个靠垫塞在她的背后："胳膊好点儿了吗？"

"好多了……"刚睡醒的乔苏反射弧有点儿长，顾梓繁自然地将她额前的碎发别到耳后，又转身将窗帘拉开。

清透的阳光争先恐后地钻了进来，房间里一下就亮了。

乔苏这才从迷迷糊糊的状态中走出来。她的眼睛下意识地在房间里搜寻了一圈，没有发现大魔王的影子，有些失望。

顾梓繁仿佛看透了她的想法，道："他去买早餐了，很快就会回来。"

心事又被戳中，乔苏低着头胡乱地应了一声。

"没良心的小仓鼠，看我来了也没反应。"顾梓繁佯装生气地刮了一下乔苏的鼻子。

乔苏这才反应过来，赧然地看着顾梓繁。

"对不起……"说完觉得太应付，乔苏又补充道，"我只是小伤而已，反而是你，这次来有要紧事要做，别因为我耽搁了才好。"

顾梓繁没有立刻回答，而是将桌子上凉好的温水递给乔苏后，才在她旁边坐了下来。

"我这边已经没什么事了。"他的眼中蕴含着点点笑意，"况且妹妹生病，哪有哥哥不来看的道理？"

乔苏的心狠狠地颤了一下，沉默了几秒钟，她轻声开口，却带着轻微的鼻音："谢谢……"

顾梓星刚回来，就看到了这样一幕。他嗤笑一声走了进来，将早餐重重地放在桌子上，语气有点儿说不出的怪异："一大早就看你们在这儿上演兄妹情深的戏码！"

顾梓繁看了一眼弟弟，十分无奈："梓星……"

乔苏不想让某人莫名其妙的火气波及自己，赶紧降低存在感，并在心里偷偷吐槽，今天是阴阳怪气的大魔王。

吃完早餐，三个人赶到机场和大家会合。看到乔苏，同学们一窝蜂地将她包围起来。从未受过这等待遇的乔苏自然是知道原因的。

第五章 雪来时，风欲止

瑞秋冲上来晃着乔苏的手,最近正沉迷于国内的霸道总裁文无法自拔的她一脸八卦地问出了所有人都想问的问题:"苏苏,你和顾家兄弟是怎么回事啊?"

"我们的父母认识……"想了想,乔苏半真半假地回答,老实巴交的样子显得无比真诚,"至于为什么会救我,呃……估计是看在父母的面子上吧……"

"哦……"吃瓜群众一阵唏嘘,没听到什么劲爆消息的他们逐渐散去,乔苏这才松了口气。

滑雪回来之后,假期很快就过去了。

再开学的时候,乔苏像往常一样向学校门口走去。

"乔苏,你果然在这里!"

一道惊喜的声音叫着她的名字,乔苏听到后却如遭雷击,愣在原地。声音清爽悦耳,在她听来却像毒蛇一样充斥着黏腻恶心的感觉。

乔苏没有想到他还会再次出现。回忆泉涌而出,她憎恶这个人。

因为他是许恩的噩梦。

第六章 念念不忘的那段从前

女生往往都是心软的,遇到喜欢的人,所有的标准就瞬间土崩瓦解,说着不付出真心,却成了付出最多的那个人。

1

那是她们还在贫民窟的时候。

有段时间,许恩总是心神不宁的,没事喜欢发呆,和乔苏说话的时候也动不动就走神。

她是不是生病了?乔苏在心里琢磨,却又立刻否定了自己这个想法。

毕竟许恩看起来更有活力了,她似乎开始隐隐期盼上班,下班回到家的时候也总是半喜半忧的情绪。

"许恩姐……你是不是谈恋爱了?"

暗中观察了好多天后,某天吃饭,乔苏终于忍不住问了出来,正在喝水的许恩瞬间呛到了,咳得上气不接下气,乔苏赶忙伸出手拍了拍她的后背。

咳嗽缓解后,许恩红着脸支支吾吾半天,也不知道是呛的还是害羞。

"你……你在瞎说什么呢?"

乔苏越发狐疑地看着她,她从未见过许恩现在这副样子。

"你脸那么红,简直此地无银三百两!"乔苏有点儿生气地噘起嘴,"你连我都不告诉,哼!"

许恩看着乔苏气鼓鼓的样子笑了出来,随后又叹了一口气,语气有些惆怅:"我真的没有瞒着你啦,像我这样的人哪有资格谈恋爱呀……"

"什么叫你这样的人?"乔苏一听却不乐意了,"再说了,每个人都有自由恋爱的权利!"

许恩失笑,对乔苏天真的言论做出评价:"真是个孩子。"

不过既然许恩亲口否认了，乔苏自然就相信了，当她只是单纯的焦躁而已，毕竟有时候自己看到喜欢的男生也会这样。

直至后来，乔苏再次想起她们那天的对话，才会止不住懊恼自己的迟钝。

那天是晚上九点多了，乔苏像往常一样打完工往家走，却在回家的路上看到了一个熟悉的身影停在前方不远处。

"许恩姐！"乔苏开心地准备追上去，却看到一个男生走到许恩面前，将手里拿着的两个甜筒分给她一个后，两人并肩缓慢前行。

什么情况？乔苏心中自动开始播报红色预警，八卦之魂骤然燃起，几乎是毫不犹豫地选择悄悄跟在两人后面。

天色很黑，加之两人又是背对着她的，乔苏并不能看到两个人有什么互动，但一起生活了这么久，她还是能感觉到许恩是开心的。

离贫民窟不远处的一条街道，前面两人的脚步逐渐停了下来，乔苏赶忙藏到了与街道交叉的窄巷子里，努力探出头试图看得更清楚，穿堂风从她的耳边呼啸而过。

他们似乎在告别，说了两句话就分开了，两人相背而行，许恩走了几步后突然转过身来看着男孩的背影，但男孩并未回头，她只好独自在原地站了片刻后离开了。

乔苏也一溜烟儿地向家里跑去。

回到家时，许恩正托腮坐在桌子前，看到乔苏回来，她笑着打了声招呼，看起来心情不错的样子。

乔苏在心里啧了一声，故作深沉地在许恩身边坐了下来，道："我都看到了。"

第六章 念念不忘的那段从前

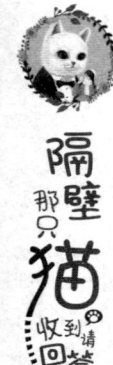

"什么?"许恩愣了愣,显然是没明白她在说什么。

"甜筒好吃吗?"乔苏语气酸得像打翻了醋坛子一样。

"你知道啦?"

"哼,要不是我刚好撞见,还不知道你要瞒我到什么时候呢!"乔苏佯装生气地转过头。

许恩从包里拿出一盒牛奶,举到乔苏眼前晃啊晃,乔苏眼珠子已经被吸跑了,嘴里却还不依不饶:"贿赂无效!"

"我没想瞒你。"许恩将吸管插好,直接送到了乔苏嘴里,"只是我还没有答应他。"

"可是你喜欢他呀!"

"那也不能代表什么。"许恩并没有否认乔苏说的话,表情有些复杂和黯然,"我现在没精力想这些。"

乔苏有些懵懵懂懂,知道她说的是自己的家境:"你是最棒的,他一定不会嫌弃你!"

"会吗?"许恩叹了口气,自言自语般呢喃,"但总不能一直过这样的生活吧!"

后来乔苏总是会想,如果许恩真的像她当初说的这么坚定就好了。可女生往往都是心软的,遇到喜欢的人,所有的标准就瞬间土崩瓦解,说着不付出真心,却成了付出最多的那个人。

那天晚上,姐妹俩像往常一样读着童话书消磨时间。

今天换乔苏来念,故事是《海的女儿》。

"'如果付出这一切却得不到王子的爱,'海巫婆的话在她耳边响起,'你就会因为心碎而死去,最后化成水上的泡沫,不再有知觉,也得不到一个灵魂。'"

念到这儿,乔苏顿了顿。

许恩转过头看向她，似是在用眼神询问怎么突然停下来了。

"凭我的经验这一定又是个 Bad End（坏结局）。"乔苏皱着眉头猜想，似乎不太喜欢虐的故事。

许恩失笑，刚想张嘴说点儿什么，突然响起的敲门声一下子让两个女孩的神经紧绷起来。

贫民窟这种地方鱼龙混杂，是三教九流的聚集地，谁这么晚了还来敲门？

乔苏和许恩互相交换了个眼色缓缓向门口蹭去，许恩还顺手抄起了墙角的一根棍子。

"小恩，是我。"一道清越的声音突然响起，许恩愣住，手中的棍子应声落地，迎来乔苏疑惑的目光。

"你怎么来了？"只是呆怔了几秒，许恩立刻反应过来，她慌慌张张地看了一眼屋里，确定整洁后，打开门走了出去。

乔苏瞬间猜到了来人是谁，顿时坏笑着跑到角落里企图当一个透明人。

"你的伞落在店里了，我怕明天下雨就给你送过来了。"

"可是你怎么会知道我住这里？"许恩低下头，脸上闪过一丝难为情。

许是自尊心作祟，她从未告诉过他自己住在贫民窟里。

"看到我不开心吗？"男孩却答非所问。

门半掩着，将两人对话尽收耳中的乔苏却感到一丝说不出的怪异，却又不知道是哪里的问题。

"你别误会，我只是有些惊讶而已。"许恩赶忙解释，随即又想到了什么，"对了，我给你介绍一下我的妹妹吧！"

说完就打开门，许恩招呼乔苏过来。

第六章 念念不忘的那段从前

被点名的乔苏瞬间头大,转念一想,正好帮许恩把把关,于是积极响应号召。

门外此刻站了个高高的男孩,穿着纯白色T恤和浅色牛仔裤,气质干干净净的。他有一张"初恋脸",典型的亚洲人长相,却镶嵌着北欧地区特有的祖母绿般的瞳色,是个混血儿。

外貌勉强配得上我们许恩姐,乔苏煞有介事地在心里先打了个分。

"嗨,我是布里斯。"男孩迎上来主动打招呼,露出了八颗牙齿的笑容,"总听小恩提起你。"

"嗨。"乔苏干巴巴地打了个招呼。

由于不知道该说些什么,气氛一下陷入尴尬,乔苏只好没话找话。

"呃……要不要去屋里坐坐?"乔苏想了想说道,目光干净澄澈,十分坦荡。

布里斯迎上这样的目光,明显愣了一秒。

"不用,我马上就走了。"

乔苏点点头没再说什么,随即布里斯和许恩寒暄了几句后便离开了。

乔苏和许恩回到了房中。

"上次还说不可能,现在都找上门啦!"

许恩眼眸微动,苦笑道:"他好像不是那么轻易就放弃的人。"

"那你呢?"

"我愿意给他一次机会。"

"唉!"乔苏突然重重地叹了一口气,浮夸地捂住胸口,一副被虐到的样子。

许恩一脸疑惑地望着她。

"我怎么有一种老父亲发现自家女儿突然被外人拐跑的心情?"

许恩哭笑不得地看了她一眼:"就你人小鬼大。"

乔苏撇撇嘴:"都说友情在某种程度上很像爱情,如果其中一方有了男朋友,剩下的那个人会有类似失恋的感觉。"

"我这八字还没一撇呢!"许恩弹了一下乔苏的脑门,声音却温柔而坚定,"况且,在我眼里,爱情总是患得患失的,哪像友情那么牢固啊!"

乔苏得意地笑了:"这还差不多!"

两个人笑闹成一团,又躲在被窝里讲了会儿悄悄话,许恩很快就睡着了。

乔苏却辗转反侧,她吸了吸鼻子,又甜又酸的。

她是真的有些失落,许恩的世界毫无预兆地多了一个人,并逐渐开始与自己分享她的信任、依赖和陪伴,乔苏不再是独一无二的存在了。

但她又是开心的,就像童话里的结局一样,终有白马王子会找到公主,成为守护她一辈子的骑士。所以如果许恩开心,那么她也会开心。

但乔苏忘了,骑白马的不一定是王子,也可能是恶魔。

对于布里斯这个"特殊的朋友",许恩是倾尽所能对他好的,明明是付出,整个人却比以前有朝气许多。

她是开心的吧?乔苏边想着许恩的事,边从商店出来,嘴里还含着奖励给自己的雪糕。

第二天,她和许恩约好了一起吃晚饭。

一群年轻人恰巧从商店门口嬉笑路过,乔苏无意中瞄了一眼,却发现其中一个酷似布里斯的身影,他此时正和一个女孩举止亲密地走在一起。

不可能！乔苏摇了摇有点儿发木的脑袋，觉得自己一定是看错了，可下一秒那个男孩就回头与她的眼神撞到了一起。

大脑还来不及做出反应，乔苏就已经冲了上去，质问道："她是谁？"

布里斯只有一瞬间的惊诧便立即恢复了自然，一看是乔苏，他竟然若无其事地打起了招呼："是苏苏啊，要和我们一起玩吗？"

他的尾调故意提高，引得同伴们一阵怪笑，和乔苏曾经见过的他的样子完全像是两个人。

乔苏又气又羞，但还是倔强地盯着布里斯，愤怒地问："你说啊！她是谁？"

"你是谁啊？"布里斯身边一个女生突然推了乔苏一把，乔苏一个趔趄，手中的雪糕掉在了地上。

雪糕接触到温热的地面很快就化了，在阳光的照耀下闪着奶白色的光泽。

乔苏怔怔地看了片刻后，压下了要直接冲上去和对方打架的冲动："布里斯，如果你什么都不说，我就只好回去告诉许恩了。"乔苏听到了自己咬牙切齿的声音。

"随便你。"布里斯兴致缺缺的样子。

乔苏不知道自己是怎么回去的。

复杂而愤怒的情绪占据了她整个大脑，她一路小跑推开了家门。

许恩此刻正将盒饭的盖子抠开。

"店里今天做错了一份餐,老板就让我带走了。"

乔苏的鼻子一酸,刚准备开口说的话就卡在了喉咙里化作一声叹息,她努力隐藏起自己的情绪,决定先一起吃完这份难得的饭再说。

"你怎么回来啦?"乔苏问。

许恩奇怪地看了她一眼,哭笑不得:"刚才还是我打电话叫你回来一起吃饭的呢,傻丫头。"

乔苏"嗯"了一声,绕到桌子边装作不经意地问:"怎么没去找布里斯啊?"

许恩有些诧异乔苏为什么会突然提到他,但还是忧心忡忡地回答道:"他最近都没来上班,说是妈妈生病了。"

乔苏拿叉子的手顿了顿:"是真的吗?"

"嗯,他前几天还很着急地跟我借钱给妈妈做手术。没想到,他那么孝顺。"

乔苏的大脑里蓦然像炸开了一样,她艰难地开口:"那你借给他了吗?"

"当然,毕竟是救命的钱!"

许恩给出了她最害怕听到的答案,许恩小半年的打工费都借给了布里斯。

乔苏拉着许恩疯了一样地跑向刚才遇到布里斯的那条街道上的一家电玩城——她恍惚听到过他们说要去那里。但她找遍了电玩城也没发现他们的影子。

或许是她太冲动了……其实没有自己想的那么糟糕吧?乔苏一屁股坐在电玩城的门口,在心里对自己说。

第六章 念念不忘的那段从前

"苏苏,你到底在找什么啊?"许恩也有些急了,"饭都不吃完就拉着我往外冲。"

"我……"乔苏还不知道该怎么开口解释,余光便被许恩身后的人吸引,眼球颤了颤。

许恩也疑惑地顺着乔苏的目光望去。

布里斯还是和那几个同伴在一起,之前推了乔苏一把的那个女生此刻正挎着他的臂弯。

"布里斯!"乔苏的声音有些尖锐,她一把拽住许恩就冲到布里斯面前。

布里斯身边的那帮人好整以暇地停了下来看着她们。

"你这是什么意思?"乔苏涨红了脸,胸脯剧烈起伏着,全身血脉偾张,"你这样对得起许恩吗?"

布里斯身边的女生眉毛倒竖,就要开口大骂,布里斯却轻拍她肩膀示意她少安毋躁。

"我们本来也没有什么啊,何谈对不起她?"

"没什么?没什么你大晚上跑来找她?还和她借钱!"乔苏被面前人的厚颜无耻打败,气得说话都不利索了。

许恩面色苍白,她狠狠咬住嘴唇,试图控制住自己的情绪,但听到布里斯这么说,眼睛还是止不住地红了。她一把拽住布里斯的胳膊:"所以你妈妈重病也是骗我的?"

布里斯狠狠甩开了许恩的胳膊,许恩没站稳,一下就摔到了地上,乔苏立刻冲过去扶住许恩。

"她们到底在说什么啊?"布里斯身边的女生鄙夷地看了两人一眼。

布里斯嘴角挂着微笑,乔苏却觉得那笑像恶魔一般狰狞。

"她是一个缠了我很久的女生,我也很困扰。"

"那说的借钱是什么情况?"

布里斯耸耸肩,一脸很苦恼的样子:"我怎么知道?毕竟……"他恶意地顿了顿,继续说,"我怎么会和住在贫民窟里的人借钱呢?"

"哦……"女生恍然大悟,随即又一脸厌恶,"她们该不会想讹你吧?"

布里斯瘪了瘪嘴,没有回答,示意同伴们离开。

即使是生活在底层的人,真心也是无价之宝,而最伤人的莫过于倾尽所能交付的真心,却被人弃如敝屣。

乔苏的脸愤怒得扭曲起来,站起来就要冲上去撕扯那张可恶的脸,却被布里斯的同伴们一把拦住了。

她从未见过如此厚颜无耻之人!

乔苏力气小,怎么也不能和对方抗衡,她眼睛里喷射出滔天的怒火,嘴里发出狮子般的怒吼。

身后一直低着头的许恩却站起来跑掉了。

"许恩姐!"乔苏又气又急地要去追,抄起拦着自己的其中一只手臂,使劲咬了一口,趁机挣脱束缚。

追许恩之前,乔苏回过头,带着恨意对布里斯说:"我是不会放过你的。"

布里斯自然是不会给她这个机会的,之后他就消失在欧塞登,再也没了消息。

北欧的夏天很少下雨,那天却没过多久就开始下大雨,乔苏淋着雨到处去找许恩,终于在贫民窟一处高地上找到了她。

"果然,像我这种人,是不该去幻想那些虚无缥缈的爱情吧。"许恩颓然地蹲在地上,脸上也不知道是雨水还是泪水。

第六章 念念不忘的那段从前

乔苏却发现她的双肩在颤抖,于是走过去紧紧地抱住了她。

"怎么会呢?"乔苏笑了,眼泪却像断了线的珍珠,"我们许恩姐可是宝藏,绝对值得最好的人啊!"

那天下了几个小时的雨,乔苏就陪着许恩在大雨里淋了几个小时。

所以,当乔苏看到消失的布里斯再现的时候,再次回忆起过去,乔苏觉得全身的血都涌了上来,她站定,剧烈起伏的胸口昭示着她此刻的愤怒,眼睛像夜晚的猫眼那么亮。

"我找了你好久啊!"乔苏牙齿咬得咯咯作响,她握紧拳头缓缓转过头。

布里斯还是那样,干干净净的脸,看起来人畜无害。

他依旧很爱笑,嘴角一直勾着,乔苏却知道这样阳光的笑容背后是多么虚伪,她恨不得一把撕碎那张伪善的面具。

"你还敢再出现?"

"有什么不敢的?"布里斯摊摊手,一脸无所谓,在他看来,无论什么可怕的表情配上乔苏那张可爱的脸,都变得毫无杀伤力,"一开始听说你在这里上学,我还不信,没想到是真的,据说你被有钱人家领养了?"

见识过他无耻嘴脸的乔苏还是被气得胃里一阵翻江倒海,她自然是不会接他的茬,而是翻出手机打算报警。

他当初骗走了许恩辛苦打工攒下来的积蓄,而乔苏想把钱要回来,再送布里斯进警察局。

"你在搞什么？"布里斯似乎觉察到乔苏的用意，一把就把她的手机抢了过来。

"你还给我！"

"哦……让我看看你在干什么。"布里斯翻了翻乔苏的手机，佯装伤心地说，"好歹我们也是旧识，你一见面就要把我送进警察局，这样不好吧？"

乔苏并不想搭理他，只是紧紧抿着唇去抢自己的手机，她另外一只手还固定着石膏，抢起来更加费事，没几下额头就出现了细密的汗，布里斯却十分恶趣味地将手机举过头顶逗弄乔苏，时不时还发出一声讥笑。

浓浓的屈辱和气愤包裹着乔苏，但那是许恩送她的手机，她必须得拿回来。

正当两人僵持不下的时候，布里斯举着手机的那只手却突然被人抓住了，他和乔苏停下动作，同时望过去。

对上的是顾梓星铁青的脸。

看到顾梓星，乔苏觉得自己快哭出来了。

"你想干吗？快放开我！"布里斯瞪着面前的少年，不断地挣扎着被抓的那只手，但那人的劲很大，仿佛要把他的手腕捏碎一样，布里斯疼得瞬间冒出许多冷汗，终于忍不住痛呼一声。

顾梓星轻描淡写地将手机拿下来递给乔苏，随后用力一推，布里斯一屁股坐到了地上。

"多管闲事,活腻了是不是？"布里斯终于挂不住脸上的面具了，他低声咒骂了一句，恶狠狠地看向顾梓星。

"要放他走吗？"顾梓星突然看向乔苏。

乔苏想了一会儿，咬了咬唇说："放吧！"

第六章 念念不忘的那段从前

113

她现在再坚持，就是给顾家添麻烦。

顾梓星颔首表示了然。

"如果你识趣的话，就赶紧滚。"他看着跟跄站起身准备摩拳擦掌冲向自己的男生，嗤笑一声，"在这里，我并不觉得你有什么优势。"

布里斯这才注意到周围已经聚集了不少学生在对他指指点点的，顿时十分心虚，他阴郁地瞪了一眼顾梓星二人后，头也不回地跑了。

"我会让人盯着他的。"顾梓星转身往学校里走。乔苏赶忙追了过去："谢谢你……"

"你怎么会跟这种人扯上关系？"厌恶地回头看了眼布里斯离开的背影，顾梓星鄙夷地说。

"你以为我想啊？"乔苏有气无力地回应。

"再碰见就绕道走吧。"顾梓星若有所思，"这个人看起来没那么简单。"

乔苏眼睛亮晶晶的："你是在关心我吗？"

"不。"顾梓星酷酷地说，"我只是怕你给我添麻烦而已。"

知道大魔王又在傲娇了，乔苏直接忽略，毫不吝啬地夸奖道："你今天超帅的！"

似乎没料到乔苏能来这么一出，顾梓星脸上闪过一抹可疑的红晕。

"我也想这么收拾他一顿！"乔苏煞有介事地学着顾梓星刚才的样子，睨着眼用一种俯视众生的语气说，"在这里，我并不觉得你有什么优势。"

顾梓星嘴角微微勾了起来。

"你不行。"

"什么我不行？"

"你太矮。"顾梓星破天荒伸出手拍了拍乔苏的脑袋,一脸嫌弃,眼中却透着点点笑意。

乔苏停下脚步愣愣地看向顾梓星,直到他走远了才反应过来。

4

第一节是实验课,班长通知大家去实验楼做实验。

不用在教室里学习枯燥的理论知识,班里瞬间沸腾起来,乔苏慢悠悠地收拾好东西跟在大部队后面。

早上的插曲还是严重影响到了她,整个人都快快不乐的。

进了实验室,老师还没来,班长把座位名单拿出来,让大家自行寻找座位和搭档。

一般两人为一组搭档做实验,实验台是随机分配的,乔苏按照名单上给自己分配的实验台编号找了过去,才发现这次的搭档竟然是汉森。

不知道是谁这么恶趣味,把年级倒数第一和倒数第二分到了一组,况且她因为受伤,只有一只手可以做实验。

"嗨,乔苏。"汉森冲她挥了挥手,露出两颗小虎牙,与平日连老师都不放在眼里的样子大相径庭。

乔苏受宠若惊地回应,将手中的课本随手放到了桌子上。

"咦,做实验不需要带课本吧?"

"是不需要……"乔苏有些不好意思地笑了笑,"但我没有理论基础,怕一会儿什么都听不懂。"

汉森了然地点点头。

突然,嘈杂的教室一下子安静下来,紧接着就变成了此起彼伏

的尖叫声。

乔苏抬起头,却意外发现顾梓繁走了进来。

可能是教室里有暖气的缘故,他上身只穿了一件一尘不染的埃及棉白衬衫,几乎毫无褶皱,合体的剪裁衬出了他肩部与背部完美的线条。

"嗨,同学们,我是顾梓繁,今天的实验课由我来为大家上。"

教室里立刻迎来一阵欢呼,本来顾梓繁就是往届毕业生里的名人,但毕竟百闻不如一见,本尊更是受欢迎。

顾梓繁在示意大家安静后,开始正式上课。

乔苏听得十分认真,偶尔和顾梓繁的眼神不经意地对上,他的眉眼便会更弯一些。

"今天的第一个实验简单但很经典,叫'制取氧气'。"顾梓繁紧接着阐述了一下具体操作方法,乔苏左手拿着笔吃力地记着笔记,不想拖后腿的她求生欲十分强。

"你会了吗?"汉森凑过来小声问道,"听说实操是会计入期末总成绩的。"

"不是吧!"乔苏在心里哀号道,嘴上却小声地回答汉森,"我在努力记笔记……"

"你太励志了!"汉森看了一眼她吊着的右臂,发自内心地称赞。

嘱咐完所有的事项,大家便开始热火朝天地做起实验来。

顾梓繁刚想去看看乔苏二人的情况,就被一个老师临时叫走了。

"首先组装仪器,检查装备气密性。"

汉森看着乔苏歪歪扭扭的笔记念道，心里十分佩服自己竟然还能认出她写的都是什么。

乔苏看了一眼邻桌，大概记下来该怎么做后，很快就指导汉森做好了这些步骤。

"厉害了！"汉森夸道。

"接下来呢？"

"呃……让我看看，现在要开始加热高锰酸钾了。"汉森拍了拍乔苏的肩，"你自己能点酒精灯吗？我现在把高锰酸钾放到试管里。"

乔苏点点头，小心翼翼地用吊着的那只手举着火柴盒，左手划火柴，很快就点燃了酒精灯，随即她又突然想起一个细节："你先别把高锰酸钾放到试管里，我记得要提前预热试管。"

汉森凑过头瞅了一眼笔记，发现的确是这样。

"可我已经都倒进去了……"汉森想了想，"你快拿张不用的稿纸给我，我先把它倒出来。"

他的语速太快，乔苏没有听清，急性子的汉森直接伸手去拿乔苏面前的稿纸，乔苏下意识地向后退了一下，胳膊肘不慎碰倒了桌子上的酒精灯。

带着火焰的酒精瞬间流了出来，铺满了整张桌子，就连放在桌子上的课本和稿纸也被酒精浸湿了一小块，跟着燃烧起来。

"该死！"汉森吓得赶忙后跳了一步，骂出了声。看着一桌子的火，乔苏的大脑也是一片空白，两大学渣顿时面面相觑，不知道该怎么办。而教室里的其他人也是第一次遇见这种情况，一时间竟没有人反应过来。

"灭火器？"学渣汉森看着乔苏，语气透着不确定。

第六章 念念不忘的那段从前

乔苏大脑还来不及反应,腿就先一步冲向了放置在教室后方的灭火器,随后凭借惊人的天赋迅速解开上面的栓,单手抄回来对着桌面一顿扫射。

灭火器里的干粉像面粉一样瞬间铺天盖地撒满整个教室,能见度顷刻间变成了零。

教室里一片哗然,抱怨声不绝于耳。

"发生了什么事情?"

实验室外传来了一阵快速的脚步声,似乎是看不清教室里的状况,脚步在教室门口戛然而止,而此时已经有一些学生跑出教室,乔苏听到他们正七嘴八舌地和来人告状。

"乔苏?"朦朦胧胧中,乔苏听到一道熟悉的声音在喊自己的名字。

"我在这儿。"乔苏小声回答。

粉雾渐渐散去,顾梓繁这才准确地跑到乔苏面前,看她安然无恙顿时松了口气,随即"扑哧"一声笑了出来。

因为离得最近,小姑娘此刻灰头土脸的,一只胳膊吊着的情况下,怀里还能抱着一个大灭火器,看起来有些可笑。

"你还笑!"使劲咬了咬下唇,乔苏万念俱灰,"我貌似闯祸了……"

她觉得最近自己好像成为一个事故源,走到哪儿都能搞个"大新闻"出来。

而这时一直当背景板的汉森弱弱地开口,语气夹杂着不安:"乔苏,都怪我,是我让你去拿灭火器的,真的很抱歉……"

乔苏知道他是好意,赶忙摇了摇头:"没有你提醒我,我可能会把教室烧了……"

这两人还谦让起来了。

这么大的动静，自然也引来了其他人。

"这到底是怎么回事？"一个高大的男人皱着眉走了过来，他是典型的欧洲人长相，面部很立体，眉眼离得很近，看起来颇为严肃，乔苏也认得他——学校教研组组长。他身后还跟着两个老师和乌泱泱一堆学生。

毕竟是自己闯的祸，乔苏硬着头皮迎向诸多目光，打算坦白从宽，却见顾梓繁突然向自己做了一个嘘声的动作。

"很抱歉，卡尔松先生。"顾梓繁挡在乔苏身前，满脸歉意地准备帮她解释，汉森却以迅雷不及掩耳之势一把抢过乔苏还抱在怀里的灭火器，冲到了组长面前。

留下见证他此举的一帮人在风中凌乱。

"亲爱的卡尔松先生……"对着面前已经黑了脸的卡尔松组长，汉森一脸视死如归地说着瞎话，"这一切都是因我而起……"

5

因为汉森的主动坦白，事情最终以罚他打扫一周实验室而告一段落。

送走了卡尔松等人，乔苏才从目瞪口呆中恢复过来。

"汉森……虽然很感谢你帮我解围，"乔苏纠结了一下，还是忍不住发出感叹，"可是你是吃错药了吗？为什么要帮我？"

汉森此刻也松了口气，得意扬扬地说："我是看在我老大的面子上帮你，你可是他罩着的人。"

乔苏一脸蒙："什么老大？"

"他向来做好事不留名,你就慢慢猜吧!"汉森摊了摊手,故意卖关子。

他突然感到身边射过来一道目光,抬头只见顾梓繁似笑非笑地看着自己。

"既然你不说,我也不追问了。"乔苏说,"但这值日必须得由我来做,毕竟是我犯下的错。"

"拉倒吧,你这样能干活吗?"汉森狐疑地看了眼她的胳膊。

"可以啦,也就是擦擦桌子之类的,不影响的。"

"随你啦。"汉森倒是乐得不干活,"不过如果需要帮忙的话,就随时找我吧。"

一放学,乔苏就收拾好书包快步向实验楼赶去,回想起自己跌宕起伏的一天,她无奈地叹了口气。

教学楼一层此刻是最热闹的,三三两两的学生往外拥出,嬉笑玩闹中扫去上了一天课的疲惫。

教学楼门口有七八级矮梯,匆忙赶路的乔苏并未注意到有一只脚伸到自己面前,随即被绊了一下,但好在她反应及时,踉跄几步后,最终以一个很狼狈的姿势勉强站稳。

乔苏心有余悸地看了眼楼梯,如果她没站稳滚了下去,那胳膊一定会伤上加伤,到时候不仅仅是轻微骨折那么简单了。

是谁绊她的?乔苏揉了揉脚腕抬起头,台阶的顶端,芙丽嘉二人正趾高气扬地看着她。

乔苏腹诽,不知道自己哪里惹到这两个人了,她甚至不认识她们。

"竟然没摔倒。"同芙丽嘉一起的金发女孩说,语气中透着幸灾乐祸。

乔苏没受伤,自然也不想成为周围人聚焦的对象,于是懒得跟她们计较,起身打算离开。

显然对方并不想如此轻易地放过她。

"这楼梯要是再高一些就好了,能把某些人的脑子摔清醒点儿。"金发女孩刻意放大声音,生怕乔苏听不到。

果然,乔苏的脚步停了下来。

她惯以善良去对待每一个人,但并不代表就能接受来自他人莫名其妙的恶意。

"你们是不是该给我道个歉?"乔苏干脆利落地原路返回,走到对方的面前。

对方二人却仿佛听到了天大的笑话。

"你在说什么呢?我看你不仅胳膊断了,脑子也坏掉了吧?"金发女孩讥讽地笑道。

"对。"乔苏气笑了,严丝合缝地怼了回去,"我就是胳膊断了脑子也坏了,那也比你们从来没有过脑子强。"

"你说谁没脑子呢?"金发女孩一把拎起乔苏的衣领。

一直在旁边沉默的芙丽嘉也轻飘飘地说:"听说你没怎么上过学?怪不得说话这么没教养。"

为什么有些人衣着鲜丽,内心却已经腐烂不堪了呢?乔苏这么想着,积攒了一天的火气"噌"地就蹿得老高,她不甘示弱地回拽了对方的衣服。

"你们莫名其妙找事,怎么就不说没教养呢?"

三人之间紧张的气氛一触即发。

第六章 念念不忘的那段从前

"你疯了吗?"芙丽嘉急忙帮着同伴拉扯乔苏,不经大脑地说,"你这么坏,活该滑雪场会被人推下去!"

乔苏瞬间捕捉到了什么:"你怎么知道我是被人推下去的?"

看着芙丽嘉瞬间一脸心虚,乔苏气炸,张牙舞爪地扑了上去,三个人最终打成了一团。

"住手!"一道声音传来,阻止了这场"战争"。

是顾梓繁。

实验室里,顾梓繁小心地将碘酒擦到乔苏额头上蹭破皮的地方,乔苏小声痛呼一声。

"我第一次见你这样的丫头。"顾梓繁脸上是从未有过的严肃,"只剩一只胳膊了还敢和两个人打架,要不是我刚巧赶到,你的另一只胳膊我看也得折了。"

乔苏很委屈地控诉:"是她们找事儿的。"

她并没有告诉顾梓繁滑雪场的事情。

"我不是气你打架。"顾梓繁叹了口气,语气明显软了下来,"只是怕你受伤。"

"对不起……"

"苏苏,为什么我感觉你今天有点儿反常?"顾梓繁迟疑了一下问道,他的第六感向来很准。

乔苏顿时十分沮丧:"抱歉,可能因为我遇到了一些很糟心的事情。"

"能和我讲讲吗?"顾梓繁摸了摸乔苏柔软的头发,"看看有没有什么我可以帮你的。"

乔苏犹豫了一下，在大概组织了语言之后，和顾梓繁简单地讲了关于布里斯的一些事情。

顾梓繁听完以后蹙了一下眉："以后上下学和我一起走吧，这种人很危险，可能还会来找你麻烦。"

和顾梓星白天嘱咐她的话一模一样。

乔苏点了点头："我会小心他的。"

6

离贫民窟不远处的一条破旧小巷里，一幢幢裹着暗色墙体的老旧房子挨得很近，整整齐齐地延伸到巷子尽头，房顶茂密的树冠向外伸展，几乎挤走了巷子里所有的阳光，青苔密密麻麻地挤在墙角，将墙体染上一片绿色。

布里斯戴着鸭舌帽打开其中一幢房子的大门，因为年久失修，大门还发出"吱吱呀呀"的晦涩声音。

随手丢掉手中的帽子，布里斯看起来心情很差，他坐在常年无光的厅里，看着已经过了好几天还有些青紫的手腕，忍不住低声咒骂一声。

"嘀——"手机短信的铃声打破了房间里令人窒息的气氛，发件人是个陌生的号码，布里斯顺手看了一眼短信内容，眉头越蹙越紧。

短信内容言简意赅，只有一个地址和一个诱人的金额，布里斯不知道对方的用意是什么，他握紧手机，想了很久，决定还是去看一下。

地址位于欧塞登市郊区一个隐蔽的私人会所，布里斯被会所接待人员带到一个硕大的房间后，便没再见到一个人影。

　　随着时间的推移，布里斯越来越焦虑地在房间里踱步。

　　他不知道对方是谁，也不知道为什么会找到他，仅仅凭短信里那串数字就让他头脑一热，尝试冒这风险。

　　安静的房间里突然传来了门锁的转动声，布里斯缓缓地回过头，神情骤变。

　　"和我做个交易吧？"那个人隐匿在阴影中看着布里斯，"我会给你你想要的钱。"

第七章

败给你，我的少年

有一种维系在古老血缘中的牵绊冥冥中指引着她，她们长得如此相似，那个在梦里、心里出现过无数次的称呼。

她对所有人说着恨她、怨她，但其实内心比谁都想靠近她、了解她。

1

乔苏慢慢活动了一下胳膊,除了有些乏力外,已经没有当初尖锐的疼痛感了。

"感觉怎么样?"

"挺好的。"乔苏笑了笑,"稍微有点儿乏力。"

"正常,吊得太久,缺乏活动而已。"医生挑了挑眉,低头在本子上记录了一下。

"其实再多固定一段时间最好,为什么这么着急拆?"

乔苏不好意思地笑了笑:"还要上学,右手一直挂着很不方便。"

医生点了点头:"骨头倒是没什么问题了,但还是要注意保护右手,不要用力过度。"

"好,谢谢您。"

乔苏从医生那儿出来,已经是黄昏时分了。她在路边的小店随便吃了点儿东西,便马不停蹄地赶往下一个目的地——去给顾梓星"朋友家的弟弟"教画画。

其实乔苏在顾梓星提完这个建议后不久就参加并顺利通过了对方家庭的考核,但由于胳膊意外受伤,竟拖到现在才去上课,好在孩子家长给予乔苏充分的理解,愿意等她。

目的地离得不远。乔苏看时间还很充裕,便决定慢慢溜达过去。

欧塞登似乎已经开始逐渐褪去寒冬的灰白色,有了春的气息。傍晚大街上的人也多了起来,丹麦人很享受这样难得的春意,因为北欧的春天时常是上一秒还生机盎然,下一秒就飘起鹅毛大雪。

乔苏走在被夕阳染成橘色的街道上,仿佛也被裹上了春天的暖意,本来因为第一次上课而产生的紧张感,竟然也缓解了很多。

走了半个多小时,乔苏来到一片据说华人比较集中的高档住宅小区,而后她顺利地到达了学生家门口。

理了理头发和衣服,乔苏深吸一口气,敲响了大门。

"咚咚咚",门很快就应声而开。当看到开门的人时,本来准备和对方打招呼的乔苏惊讶地瞪大了眼睛。

"顾梓星?"似乎早会料到乔苏是这样的反应,顾梓星淡淡应了一声,便转身往屋里走去。

"门口有双粉色的拖鞋,你换好了就进来吧。"

"哦……好。"乔苏从呆怔中恢复,跟了进来。

因为门口有一大片屏风挡着,乔苏并未瞧见房屋里面的样子,但似乎很安静,也没有听见孩子的声音,乔苏换好鞋后,有些拘谨地绕过屏风向客厅走去。

客厅比她想象中的还要大许多,装修成以蓝、白为主色调的地中海风格,看起来十分清爽、简洁。客厅中间铺着一块毛茸茸的地毯。地毯上散落着很多乐高玩具,顾梓星此刻正盘腿坐在玩具旁边,神情专注地摆弄着手里的几块模型。

"坐啊!"感受到乔苏靠近,少年并未抬眼睛。

"小新去卫生间了,很快就回来。"

"好。"乔苏乖巧地挨着地毯边坐了下来。

"你怎么会在这儿啊?"迟疑了一下,乔苏问道。

"小新的父母回来太晚,叫我来陪陪他。"

乔苏点了点头,她又想起顾梓星当时说是朋友的弟弟,那家里应该还有一个哥哥或者姐姐吧,他(她)也不在吗?

乔苏刚想问,一抬头却看到了一幅很美的画面。

晚霞透过落地窗染上了少年茶褐色的头发,微微凌乱的刘海下

是一张棱角分明的侧脸，卷翘的睫毛半掩着瞳孔，他大概是在思考，水桃色的唇稍稍抿了起来，平日里的桀骜此时却与满地的童趣奇异地组成了一种相得益彰的美。

屋里已经有些黑了，他却是发光的。

乔苏的心突然"怦怦"跳得飞快，嘴边的话瞬间咽了回去。

"那……好巧。"她不愿打扰，于是匆匆结束了对话。

少年的唇角微微勾起。

乔苏还在发呆的时候，眼前突然出现了一只小胖手在晃啊晃，瞬间就把她的思绪拉了回来。乔苏下意识地转过身，一个看起来七八岁的小男孩正笑眯眯地看着她。

"姐姐，你为什么一直盯着哥哥看啊？"

小男孩眉清目秀，此刻他正歪着头，婴儿肥的圆脸上镶嵌着一双灵动的眼睛，一眨一眨地望着乔苏，充满疑惑。

乔苏却感觉自己一口老血都要喷出来，脸"唰"地红了。正当她不知道该怎么回答时，顾梓星发出一声意味不明的轻笑，他起身越过两人，走向客厅的一角按下了灯的开关。

水晶吊灯散发着柔黄色的光，蓦然照亮了整个房间。

他是故意的吧？乔苏面上还未退去的羞涩瞬间无处藏匿。

"小新，是不是应该跟老师打个招呼？"顾梓星走到小男孩身边蹲下来说道，正恨不得找个地缝钻进去的乔苏听到这句话后吃惊地望着他。这是她第一次见大魔王这么温柔。虽然乔苏心里清楚他只是教小孩子，而不是为了自己，但无形中还是帮她缓解了压力，她从进门开始就有的拘谨瞬间消去了许多。

"老师好，我叫颜一新，颜色的'颜'，数字'一'，耳目一新的'新'，请多关照。"

一新的汉语说得字正腔圆，言毕还像模像样地抱了个拳，十分可爱，乔苏忍俊不禁。

顾梓星随即帮他补充："一新的父母你上次考核时见过，都是华裔，所以他的汉语说得很好。"

即使知道顾梓星其实是个面冷心热的小傲娇，但乔苏也没有想到他能和小孩子相处得这么好，整个人变得格外温和。

乔苏点了点头，笑眯眯地摸了摸一新的小脑袋柔声道："真乖！"

"我要走了。"顾梓星看了眼腕上的表说道。

乔苏惊了一下，抬头望向他。一新也很不舍，瘪着嘴轻轻拽上他的衣角。

"听话。"

一新不情不愿，但手还是松开了，顾梓星捏了下一新胖乎乎的脸，又眯着眼看了一眼乔苏后转身朝门口走去。

乔苏心里也有点儿失落，思考了几秒钟，她跟上他问道："你是等下还有其他事吗？"

"没有。"

"那来都来了，就一起回去吧！"乔苏脱口而出。

顾梓星睨着眼看向她，脚步却停了下来。

2

点点星光铺在名为夜色的画布上。

拉好窗帘，顾梓星又坐回白色地毯上，开始按照脑海中勾勒出来的模型摆弄着手上的乐高。硕大的客厅里，偶尔会从隔壁房间传出乔苏和一新隐隐约约的说话声，就像一首特殊的背景乐，偶尔拼

累了的时候,顾梓星就会停下来听一听。

"叮——"短信的提示音在寂静的客厅中显得尤为清晰,顾梓星看了一眼丢在一旁的手机,随即把它拿了起来。

似乎是看到了短信内容,他的眉头皱了皱,又简短地回复了几个字。而另一边,乔苏在和一新讲解了一些绘画基础后,从静物素描开始教了起来。

"哇,老师好棒啊!"在看到乔苏只是简单几笔就勾勒出了一只花瓶的样子后,一新一脸崇拜。

乔苏哭笑不得:"这是最基础的啦,你那么聪明,两三天也能画出来。"

"那也很厉害啦!"一新说,"老师,你是从什么时候开始学的画画呀?"

"五六岁的时候吧!"乔苏回忆了一下,又问道,"小新,你现在多大啦?"

"八岁!"

"那现在学正好。"乔苏顿了顿,"那你的哥哥或者是姐姐呢,是不是年纪和我差不多?"

一新似乎没明白她的意思,呆呆地问:"什么哥哥姐姐呀?"

"你不是有一个亲哥哥或者亲姐姐吗?"

"没有啊,爸爸妈妈就我一个小孩。"一新摇了摇头。

乔苏对"朋友的弟弟"这个说法彻底凌乱了。

"老师,你看我画的。"

一新把自己临摹的花瓶举到她的面前。乔苏看了一眼,发现一新倒是真有一些天赋。

"真棒。"乔苏摸摸他的小脑袋,接着讲解,"但是我们不要直接去画,而是可以通过一些辅助线来打底……"

不知不觉就过了下课时间,乔苏揉了揉有些酸痛的胳膊,和一新一起向客厅走去。

客厅里空无一人。

这么晚了,他是不是等不及已经走了?乔苏就像一只漏了气的皮球,一下子就蔫了下来。

"老师你看!"一新迈开小腿跑向客厅中间,指着地毯上的乐高玩具,语气像发现了新大陆。

乔苏顺着他的手指望过去,嘴里发出一声惊叹。

顾梓星竟然用乐高拼出来一座城堡。可能由于时间关系,他还有一些细节没来得及处理,但确实是带有浓厚欧洲中世纪风格的古堡。是乔苏幻想的童话世界中公主住的城堡的样子。

乔苏跑到跟前,细细地看着城堡,心中甚是喜欢。她以为大魔王玩乐高就算拼的不是恶魔本魔,也会是个冷冰冰的机器人,却没想到是这么一座少女心爆棚的城堡。真是反差十足的少年啊!

正当乔苏和一新研究这座城堡时,门口突然响起了输密码的声音,一阵窸窸窣窣的声响后,顾梓星拎着一袋东西走了进来。

一新开心地迎了过去,乔苏呆呆地问:"你没走啊?"

顾梓星嫌弃地看了她一眼:"你不是不让我走吗?"

"哦……"

"来吃。"顾梓星将袋子放到桌子上,等了几秒钟,看乔苏还呆呆地站在原地,有些不耐烦,"愣着干吗?"

一新跑过去把乔苏拉过来:"老师,我们一起吃啊!"

乔苏这才如梦初醒,意识到顾梓星也给自己买了,于是赶忙走了过去。

一大袋五颜六色的冰淇淋,什么口味的都有,乔苏挑了一个香草味的,把剩下的都放进了冰柜里。

三人围着餐桌坐了下来。

乔苏心情很好,吃着"格外甜"的冰淇淋,眼睛都笑成了一条缝。

"老师,你吃个冰淇淋为什么这么开心啊?"一新不解地问道。

乔苏的笑容僵在脸上,她也觉得自己的表情似乎有点儿浮夸,于是不好意思地低下了头。

顾梓星看了她一眼,煞有介事地向一新嘱咐:"小新,这个姐姐的脑子不太好使。所以除了画画外,千万不要学她。"

"喂,你不要乱教小孩子!"

一新左看看右看看拌嘴的两人,"扑哧"一声笑了出来。

吃完冰淇淋,一新的妈妈回来了,简单寒暄了几句后,乔苏二人就离开了。

3

顾梓星是开车来的,乔苏自觉跟着沾了光。

与平日里给人桀骜的感觉不同,顾梓星开车十分稳,乔苏趴在车窗上,望着倒退的街道。

这个时间的城市对她来说其实并不陌生,当地商店关得很早,只有零星几家霓虹还亮着,曾经打工到深夜的乔苏时常都是披星戴月地回到家,现在想来宛若做梦一样。

只是乔苏不知道现在的自己是身处梦境中,还是已经梦醒。

顾梓星望了一眼倒车镜，将乔苏一脸怅然若失的表情尽收眼底。

"课上得怎么样？"

听到身边人突然主动问自己，乔苏迅速地收回思绪："挺好的，小新很聪明，学得也快。"

"那就好。"

"对了，小新说他并没有哥哥或者姐姐啊，所以你的朋友是……"

顾梓星踩下刹车，稳稳地停在了红灯前。他歪着头似笑非笑地看向乔苏，慢吞吞地说："我当初就是随口一说，骗你的。"

乔苏瞬间一副要吐血的表情。

"小新的确不是什么朋友家的弟弟。"顾梓星似乎没有一点儿骗人后的愧疚，反而挺理直气壮，"只是觉得解释起来太麻烦。"

"那你现在怎么不觉得麻烦了？"

这时绿灯亮了，顾梓星一脚油门就飙了出去。

"我现在也没打算解释给你听啊！"

乔苏气结，打算以后再也不要跟他说话了，但没过几分钟就忍不住了。

"你拼的那座城堡……很好看。"

"嗯。"顾梓星应了一声。

"你见过真的城堡吗？"乔苏眼睛亮晶晶地看着他。

"欧塞登的菲英岛不就有一座吗？伊埃斯科城堡。"

乔苏瞬间有些黯然："我去过伊埃斯科，当时和许……一个朋友骑车去的那儿，但门票太贵了，就只是在外面看了一眼，没进去。"

想到许恩，乔苏的情绪立马跌到了谷底，说完这句话就沉默了。

顾梓星看了她一眼，没再说话。过了一会儿，两人顺利到家了，回房间前，顾梓星突然叫住了乔苏，问："你去过哥本哈根吗？"

第七章 败给你，我的少年

乔苏怔了一下,不知道对方为什么突然问这个,便回道:"没有。"

"等有空带你去看看吧,那里有三座蛮有名的皇家城堡。"

顾梓星居高临下的语气仿佛给予了乔苏天大的恩赐,说完以后就转身进屋关上了门。乔苏盯着他的房间门,站了许久。

"谢谢你。"

午后的阳光洒在古朴的手抓纹橡木地板上,细小的灰尘在阳光下轻盈地起舞。

"吱呀"的开门声划过静谧的书房,门轻轻开启,乔苏的小脑袋从门缝露了出来。她轻手轻脚地走进来,把门小心翼翼地带上后,轻车熟路地走到一排书架前,将书架上那本《安徒生童话》抽了出来。

乔苏已忘记这是自己第几次趁着家里没人来翻这本书了,不,准确地说,应该是为了书里的照片才对。

乔苏从未见过那个人的样子,甚至以为她已经不声不响地缺席了自己十几年的人生,以后也不再会有任何交集之时,就突然毫无预兆地以这种方式出现在她眼前。

有一种维系在古老血缘中的牵绊冥冥中指引着她,她们长得如此相似,那个在梦里、心里出现过无数次的称呼。

她对所有人说着恨她、怨她,但其实内心比谁都想靠近她、了解她。

"咦?"乔苏惯常地翻了一遍书,期盼的照片却并没有出现。她自然以为是自己不小心错过了,于是再次细细地翻了一遍。

"怎么没有了？"乔苏皱着眉，不甘心地又翻了一遍，书被翻得哗哗作响，乔苏顿时就着急起来。

"小仓鼠，你在翻什么呢？"一道声音突然在乔苏背后响起，吓得她差点儿蹦起来。

剧烈的心跳声仿佛响彻整个房间。

乔苏惊魂未定地回过头，此刻顾梓繁正一脸无辜地看着她。

似乎是发现自己把乔苏吓得不轻，顾梓繁苦笑着解释道："抱歉，我敲门没有回应，以为没人就直接进来了。"

乔苏松了口气，手中却不动声色地将书合上："没什么，繁哥哥，可能是我太专注了没有听到。"

"那就好。"顾梓繁迟疑了一下，"我看你刚才很着急地在翻什么，需要我帮忙吗？"

乔苏心里"咯噔"一声，赶忙摇了摇头："不用，真的没什么……"

顾梓繁察觉到她不想说，也并未再追问，两人陷入了短暂的沉默。

"对了，繁哥哥，你今天怎么回来得这么早？"

顾梓繁平日都在实验室做实验到很晚才回来，有时候甚至直接在那里休息，今天回来这么早着实让人觉得很意外。

顾梓繁眨了眨眼，卖了个关子："我今天回来是有大事要做。"

乔苏更加好奇："什么大事啊？"

顾梓繁莞尔，泪痣调皮地随眼角飞扬："暂时保密，晚点儿你就知道了。"

继续待在书房也没有什么事儿了，乔苏便打算下楼去写作业。顾梓繁点了点头说："我在书房看会儿书，作业上有什么问题可以随时来找我。"

乔苏应了一声便出去了。

第七章 败给你，我的少年

顾梓繁走到书架前,修长的手指缓缓将其中的一本书抽了出来。

"《安徒生童话》。"他一字一字地读着,低垂的睫毛敛去了眼中的神色。

5

回到房间的乔苏却十分焦躁,怎么也静不下心来,学习的时候大脑也像不运转似的,一个字都看不下去。她只好破罐子破摔地把自己摔到了床上。

照片去了哪里?是谁当初把它夹在里面的?乔苏脑子里混乱地猜测着,她看了看丢在一边的老旧手机,叹了口气。

如果它能拍照就好了。虽然那只是一张照片,却是她从小到大唯一接收到的关于妈妈的讯息。所以如果照片没了,就仿佛最后一丝羁绊断了一样,她还未曾握住就消失殆尽。

放空了许久,即使心思无比混乱,乔苏最终还是爬了起来,继续完成她的作业大计。但现实还是残酷的,乔苏瞪着作业半天,才意识到自己写作业时大脑一片空白,不是因为诸多心事,而是真的不会。认命地叹了口气,乔苏收拾好作业,抱起来回到书房。

天色已经黑了。打开门,顾梓繁正捧着书,慵懒地把自己镶嵌在柔软的懒人沙发里。他只开了身边一盏落地灯,散发着柔和的光芒。

顾梓繁惊讶地挑了挑眉,似乎在问乔苏怎么又回来了。

"我想在这儿写作业,可以吗?"乔苏颇为不好意思,有一种学渣在学神面前的窘迫感。

"当然。"顾梓繁站起身,"给你把大灯打开?"

"开台灯就可以了。"

顾梓繁点点头，帮乔苏一起把桌案整理好后，摸了摸她的小脑袋："小仓鼠，有不会的题随时问我，不要不好意思。"

他总是喜欢在只有他们两个人的时候叫她"小仓鼠"。

心思被看穿，乔苏窘迫地应了一声。不一会儿，房间里就传出笔尖划在纸上的沙沙声和有节奏的翻书声。

乔苏时不时拿着不会的题来请教顾梓繁，他总是语调轻缓，颇有耐心地为她讲解。而大部分时候，两人都会在各自的位置上安静地忙着自己的事情。偌大的书房里只点了两盏暖色的灯，顾梓繁靠在懒人沙发上，一手拿着书，一手缓慢地翻着，偶尔会端起身边矮几上的茶杯，小小地啜一口。姜黄色的光在他密长的睫毛下投出一小片扇形的阴影，泪痣似乎更黑了，恬静地躺在眼角，而那樱花瓣似的唇时常轻微上扬，泛着淡而诱人的水色。他永远都是柔和、沉静而宠辱不惊的样子，隔出了身边一小片不一样的世界。

乔苏写完了最后一个字，揉了揉酸痛的眼睛，长长地舒了一口气。

"写完了？"顾梓繁抬头看向她，眉眼笑得弯弯的。

"嗯。"乔苏不好意思地挠挠头，"多亏你帮我。"

"你学得也很快。"顾梓繁淡笑道。

听到被夸奖，乔苏的心情也轻松了很多。

顾梓繁的眼睛轻轻掠过正在收拾桌子的小姑娘，看似无意地问道："最近在学校怎么样，还有人找你麻烦吗？"

"没有了……"乔苏仔细回想了一下，"前两天我还碰见她们呢，不过不知道是不是我想多了，感觉她们见到我还刻意避开了呢！"

顾梓繁翻书的手顿了顿，心想，看来这家伙是真的听进去自己的警告了，嘴上却漫不经心地说："可能被学校警告了吧！"

书房又安静下来,这时从外面传来了隐约的响声,顾梓繁看了看表对乔苏说:"走吧,梓星回来了。"

顾梓繁说得没错,果然是顾梓星回来了。此刻他正站在餐厅里,毫无惊喜地抱着臂看着哥哥从冰箱里取出蛋糕。

乔苏这才知道,原来今天是顾梓星的生日,但是她什么礼物都没为他准备,心里既愧疚又忐忑。

趁着顾梓星去拿饮料的工夫,乔苏小声地和顾梓繁说道:"繁哥哥,过生日这么大的事你还和我保密,害得我连礼物都没准备……"

顾梓繁笑眯眯地看着乔苏:"我多买了几样礼物,等下你挑一个送给他就行。"乔苏瞪大眼睛瞅着他:"这不太好吧……"

"没事儿。"顾梓繁说,"心意在就行。"

乔苏咬了咬唇,语气很坚定:"谢谢繁哥哥,但生日这么重要的日子,礼物还是要自己准备的。"

顾梓繁愣了愣,随即无奈地摇了摇头:"拗不过你。"

乔苏笑了,轻轻抓住顾梓繁的衣袖晃了晃:"你生日是什么时候啊?我以后也会提前备好礼物!"

顾梓繁眼中却闪过一丝晦涩和复杂,但很快就被点点氤氲所取代:"我告诉过你哦。"

他的确告诉过她,在那个月色如白玉的夜晚。

乔苏呆了呆,赶忙开启大脑搜索引擎,却怎么也没想出顾梓繁曾告诉过自己与他生日相关的事情。正当她想再问一下时,顾梓星过来了,丢给乔苏一瓶啤酒。

"我们一起碰杯吧!"乔苏道。

顾梓繁愣了下,随后举起啤酒,顾梓星用一种关爱智力障碍者的眼神看着乔苏。

乔苏有点儿尴尬:"你们都看我干啥?这不是正常的流程吗?"

"对对对,正常流程。"顾梓繁忍着笑,看向一旁完全不配合的某人,用眼神示意他,"梓星,快,碰杯了。"

看着顾梓星不情不愿地举起啤酒,乔苏笑眯眯地说:"祝顾梓星生日快乐!"

三个人手中的"杯子"碰到一起。碰完杯后,顾梓星拿起一旁的刀准备切蛋糕。

乔苏以为有钱人家少爷的生日宴一定超级豪华,顾家父母会请来所有名流人士聚在一起,谁能想到,顾家少爷的生日比普通人过得还要随便,甚至连父母都因为工作繁忙而不在家里。想到这里,乔苏目瞪口呆,假装露出浮夸的表情:"就这么切蛋糕了?"

顾梓星挑了挑眉:"不然呢?"

"要吹蜡烛呀!"乔苏苦着脸,翻出被丢到一旁的蜡烛,"我都怀疑你们这是第一次过生日。"

顾梓星十分不屑:"真麻烦。"乔苏小心翼翼地将蜡烛插在蛋糕上,点好:"也不是很麻烦吧,生活还是要有些仪式感的。"

顾梓星眼神微动,但嘴上还是不耐烦地说:"还没好吗?"

"马上马上!"乔苏又去把灯关了,四周顿时黑了下来,只余下蜡烛的点点星火摇曳。

乔苏索性打着拍子轻声唱起生日歌,少女甜美中略带沙哑的嗓音响彻整个屋子,可能是当众唱歌的缘故,她双颊微红,看起来有些羞涩,蜡烛的火光照耀着她柔和的五官,又映在那双圆圆的瞳孔

第七章 败给你,我的少年

中调皮跳跃。顾梓星看着这一幕,突然莫名其妙地觉得脸颊有些燥热,干咳一声,扭过头不去看乔苏了。

顾梓繁却目不转睛地盯着女孩,若有所思。

"好啦,可以许愿吹蜡烛了!"唱完最后一句,乔苏兴奋地说道。

"不要!"顾梓星嗤之以鼻地说,"这种虚无缥缈的东西也只能骗骗小孩子。"

"话虽这么说……"乔苏想了想,认认真真道,"但是我觉得许愿更是一种寄托,就好比我许愿能过得更好一点儿,不是真的期盼天上掉馅饼,而是给我自己定一个目标。"

"就满足她,许个愿吧,梓星。"顾梓繁也在一旁帮腔。

乔苏眼巴巴瞅着顾梓星:"你快闭上眼睛,蜡烛都要烧没啦。"

顾梓星蹙眉,最后还是闭上了眼睛,虽然只有半秒钟就睁开了:"好了。"

"你不能这么应付呀!"乔苏满脸不可置信,"你重新来,我监督你。"

大魔王顿时凶巴巴地瞪向面前的女孩,乔苏也不甘示弱地梗着脖子回瞪他。

最后顾梓星还是乖乖闭上了眼睛,许了一个愿望。乔苏这才松了一口气,后怕地缩了缩脖子,觉得自己刚才和大魔王硬杠的样子简直像勇士一样。

顾梓繁在一旁笑了起来。吹完蜡烛后,三人终于吃到了蛋糕,顾家兄弟似乎不太喜欢甜食,象征性地吃了点儿就放下了,倒是乔苏害怕蛋糕浪费,吃撑了才停下来。

"苏苏,想不到你小小的个头儿还挺能吃的。"顾梓繁看到乔苏一个人吃了 80% 的蛋糕,十分惊叹。

"吃那么多也是浪费。"顾梓星慵懒地靠着椅子,说风凉话,"只长了脂肪没长脑子。"

乔苏气得腮帮子都鼓了起来:"我只是心疼蛋糕剩那么多太浪费了,你不知道世界上有很多可怜人连饭都吃不上的。"

顾梓星语塞了,他突然想起乔苏也是贫民窟出来的,会不会……想到这里,他的心抽痛了一下。

"好啦,你们两个。"顾梓繁无奈道,"很晚了,该回房睡觉了。"

"好,等我把这个吃完!"乔苏指着盘子里的巧克力牌说道。乔苏有个习惯,吃东西时会把最喜欢的留到最后。

巧克力牌子是从蛋糕上摘下来的,由于顾家兄弟都不吃,自然就落到了她盘里,上面还写着"梓星生日快乐"的字样。

她小心翼翼地用叉子举起巧克力,轻轻地咬了一口。巧克力入口即化,甜蜜的味道弥漫在唇齿间,乔苏的眼睛顿时眯了起来。

"有那么好吃吗?"顾梓繁看着她一脸幸福的样子,忍俊不禁。

乔苏笑着应道:"是呀,超好吃哦!"

顾梓星眼睛瞬间眯了起来,他仔细地看了女孩一眼,突然伸出手,将她吃了一半的巧克力夺了过来放进嘴里,随后煞有介事地评价道:"的确好吃!"

其他两人顿时目瞪口呆……

三人简单收拾了一下桌子,乔苏便逃也似的先行回房间了。顾梓星活动了一下脖子,也准备向楼上走去。

顾梓繁走了过来,搭着自家弟弟的肩膀,笑着说:"你看,生命中多出来这样一个人也没那么糟糕,对吧?"

顾梓星看着二楼乔苏房间的方向,破天荒地没有反驳:"或许吧!"

似是没料到会得到这样的回答,顾梓繁嘴角笑意微扬。

7

乔苏最近两天总是神神秘秘的，放学后她不是把自己关在屋里，就是在外面折腾到很晚才回来。

其实她是为了准备一样东西——顾梓星的生日礼物。

对于从小任何东西都唾手可得的顾梓星，给他送什么礼物绝对耗费了乔苏大量的脑细胞，而现在乔苏正站在楼梯后面，看着坐在客厅沙发上玩游戏的顾梓星，决定把她准备的礼物送出去。希望他会喜欢吧！

"顾梓星。"深吸了一口气，乔苏走到顾梓星面前有些扭捏地说，"你可不可以借我支笔？我把笔袋落在学校了，现在没法写作业……"

"你怎么不把你自己也落在学校？"顾梓星自然是十分嫌弃，轻哼一声，"没看我正忙着呢吗？自己去桌子上找！"

"好！"乔苏计划成功，头点得像捣蒜一样跑开了。

来到顾梓星房间门口，乔苏抱着礼物，轻轻地推开了门。

他的房间由黑白灰三种颜色组成，干净简洁，却略微显得有些沉闷。空气中似乎弥漫着只有刚洗完的床单才会有的清香气息，清清淡淡的十分好闻。

"如果把它打开，应该就不会那么单调了吧！"乔苏喃喃自语，开始了她的计划。

另一边，正在专心打游戏的顾梓星突然听到楼上传来一声尖叫，丢下游戏机冲上楼："乔苏，怎么了？"

顾梓星推开房间门，映入他眼帘的，是一片"星"的海洋。

屋子中间摆着一个十二面体的星光投影灯，点点星光通过它的折射铺满房间的墙上、屋顶，仔细看，星光中还夹着一些星座的图案。

单调而孤独的房间有了它的点缀，竟然意外地浪漫。

"这是什么？"顾梓星怔在原地。

"抱歉，这么晚才送你生日礼物。"乔苏紧张地绞了绞手指，"因为想给你个惊喜，所以刚才借笔是骗你的，你不要介意。"

顾梓星没有回答，而是缓缓走向房子中间的投影灯，拿起它仔细看了一眼。

"图案是你自己画的？"

"嗯。"乔苏点了点头，走到顾梓星身边，"我想你肯定也不缺什么，所以就干脆自己做了一个，不知道你会不会嫌弃……"

乔苏曾无意中看到过类似的这种灯，于是在查了一些资料后，自己设计好了投影仪胶片上的图案，她跑遍了欧塞登才找到能做这种胶片的地方。

顾梓星轻轻地摩挲着灯上的胶片，眼中映着漫天星光，这么多的星星，画起来一定是不小的工程。这是他收到过的最用心的礼物。

冠他之名，独一无二的礼物。

"谢谢你。"他抬起手，轻轻地拍了拍小姑娘的头顶。

从小到大，任何东西对于顾梓星来说都唾手可得，最新的游戏，最贵的衣服，最美味的食物……即便如此，他仍是这个家中孤独而边缘化的存在。出不来，也融不进去。所以，从小一起长大的哥哥，才成为他内心唯一真正接纳的人。而今天这盏专门为他而做的灯，却和制作它的人一起，带着温度，再次照亮了他荒芜的内心。只有真心，才能换来真心，而他看似刀枪不入，实则却是最柔软的那种人。

"喜欢吗？"乔苏期待地问。

"嗯。"顾梓星顿了顿补充道，"虽说很幼稚吧！"

第七章 败给你，我的少年

显然这个人又傲娇了。但乔苏还是笑得眼睛都找不到了:"你喜欢就好。"

由于乔苏表现良好,大魔王顾梓星破天荒地决定请她吃冰淇淋。

两人肩并肩坐在繁星漫天的房间里。乔苏嘴里含着冰淇淋,纠结了好半天,终于问出了自己一直想问的问题:"顾梓星,你是不是很讨厌我啊?"

顾梓星眸中微动,顺手拧开一瓶牛奶递给乔苏:"没有。"

"骗人,你之前对我那么抵触……"乔苏咬了咬指尖,垂下脑袋。

顾梓星沉默了一下,回想起乔苏刚来的时候自己确实对她很凶,但想归想,他嘴上却说:"是吗?我记性不好,不记得了。"

乔苏无语,却很开心。

大魔王现在有三宝:凶你、傲娇、记性不好。

又到了给一新上课的日子,乔苏脚步轻快地穿过人群。

这几天欧塞登的天气很好,就连阳光也变得暖洋洋的。

乔苏站在十字路口,眯着眼睛看着今天的晚霞,意外地伴着火烧云层层叠叠地漫在远处的天边,形成一幅绮丽的画卷。

收回目光,乔苏心情很好地望着信号灯,等待它变色。

突然,一个熟悉的身影在对面的街道上一闪而过,似乎拐入了一条小巷中,乔苏却蓦然瞪大眼睛,眼中充斥着不可置信。

下一秒她便发疯般向马路对面冲了过去,声音变得尖锐和颤抖:"许恩!"

第八章 长梦初醒,友谊不再

他并未选择告诉乔苏,不管是出于私心还是其他原因,他都不愿将一些伤人的事实血淋淋地展现在她的面前。即使事情比想象中要复杂很多,而她前方面临的必然是深不可测的旋涡。

1

欧塞登最冷的时候,也是黑夜最长的时候。

冷冽的风雪在不足十平方米的小屋外呼啸,如同细长的鞭子在空气中用力地抽动一样,让人不禁战栗。

寒气总能透过各种缝隙争先恐后地灌入屋子中,那时候乔苏和许恩总是被冻得成宿睡不着觉,只好紧紧裹在被子里聊着天转移注意力。

身体上的寒冷也比不过心中的绝望,所以姐妹俩反而会刻意地聊一些畅想或者开心的事情,好像会带给她们灰暗又无望的人生一点点光亮似的。

"我想当一个画家,把所有看到的风景都留在画中。"乔苏掰着手指头一个个地数,"丹麦的城堡、北欧的极光、非洲迁移的动物群、巴黎香榭丽舍街道的秋天、中国的万里长城、阿尔卑斯山脉的日出……"

许恩看着她沉迷于幻想中陶醉的样子,忍俊不禁:"那可需要好多钱才能看到呀!"

"先别打击我嘛!"乔苏噘噘嘴,"人啊,总是要有梦想的,如果连希望都没有,那人生真的是一片灰暗了。"

"是哦。"许恩点了点头,呆怔地望着屋顶。

"你呢,你有什么想做的事情吗?"乔苏偏过头看向许恩。

"我啊……"许恩认真想了想,"我以前的愿望和你差不多,想做一个旅行家,想去哪儿就去哪儿,不过现在嘛,我只想要一个稳定的居所,一份收入还不错的工作,就可以了!"

乔苏一愣,啧啧感叹:"你这梦想前后差别也太大了吧?"

"旅行家虽酷，但稳定才是最难能可贵的。"许恩笑了。

"下一句你是不是要说，可惜理想丰满，现实骨感？"乔苏白了她一眼。

两人笑作一团，似乎觉得也没那么冷了。

"不过，我是真的很努力想实现这个目标呢。"乔苏眨巴眨巴眼睛，瞳孔亮晶晶的。

"我当然知道。"许恩叹了口气，"你存的那点儿钱都用在买画画材料上了，对画画是真爱了。"

"总不能一辈子这样过吧？"乔苏说，"外婆生前教过我一句话，'尽人事，听天命'，努力了也没得到好结果，也没什么好遗憾的了。"

"心灵鸡汤·乔上线。"许恩失笑，摸着黑弹了一下乔苏的脸蛋。

也许只有在阳光下生活过的人才会这么天真和乐观吧，许恩想。

乔苏哼了一声，佯装生气："你还嘲笑我！我可是把你也加进我的梦想里了呢。"

许恩翻身朝向乔苏："什么把我也加进去了？"

"往后的人生里呀！"乔苏有些不好意思地说，"如果真的能过上好日子，有我的面包也一定就有你的，哪怕那时候你已经有自己的生活，不需要我了。"

许恩沉默了许久，突然笑了："肉麻兮兮的，我怎么会不需要你呢？我们永远都不分开啊！"

我们说好了要永远不分开啊！那些最难最苦的日子，她们互相支撑，一点点向前挪着走。对于乔苏来说，家庭突来的变故让她这个涉世未深的小姑娘还未备好行装便被迫面对社会，如果不是许恩拉了她一把，她还不知道能不能撑过接下来的日子。

回忆像欧塞登寒冬的暴风雪一样，那种真真实实印在大脑里的

第八章 长梦初醒，友谊不再

深刻感,炸得乔苏几乎喘不过气来。

她疯狂地向前跑,泪水不知不觉就模糊了双眼。

"许恩!"乔苏喊得撕心裂肺,引得路上很多行人驻足,她却视若无睹,拼命向巷子跑去。

熟悉的背影再次映入眼帘,那人似是听到了乔苏的叫喊,停下脚步缓缓回过头。

如同一盆凉水从头浇到脚,乔苏使劲揉了揉让泪水眯住的眼睛,怔在原地。

不是许恩……对方用看精神病人一样的眼神看着她,嘀咕了一句,转身便走了。

乔苏站了很久,突然缓缓蹲在地上,久久没有起来。

到一新家的时候,乔苏已经迟到了好一会儿。

一新正搬着小板凳坐在家门口望眼欲穿,听到门铃声赶忙冲过去把门打开,一头就扎进了乔苏怀里。

"老师,你可来了!"一新可怜巴巴的,"我以为你今天不来了呢!"

"抱歉啊,老师有点儿事耽误了。"乔苏摸了摸一新的小脑袋,语气里却是压不住的低落。

一新人小鬼大,自然是觉察到了她的异常,抬起头来想询问,才发现乔苏红肿的眼睛。

"老师,你怎么了?"一新慌慌张张地把乔苏拉到沙发前坐下来,伸出小胖手去给她擦眼泪,"你是哭了吗?谁欺负你了?"

"没有啦。"乔苏赶忙摇了摇头,十分愧疚自己把负面情绪带到了一新面前,"我只是昨天晚上没睡好。"

"这样啊……"一新懵懵懂懂地点了点头。

看一新未再追问下去,乔苏默默松了口气,打起精神说道:"我们去上课吧。"

2

"老师,我画好啦!"一新轻轻晃着乔苏的胳膊,将她从思绪中拉了出来。

"啊,抱歉……"意识到自己走神了,乔苏赶忙道歉,看向一新画的画。

不得不承认一新对画画真的很有天赋,感觉对,学得也快,她这个做老师的上课都轻松了很多。

"我们一新真棒,比我想象中学得还要快。"乔苏忍不住赞叹,低落的心情也好了一点儿。

被夸奖的一新瞬间开心得五官都笑成了一团,眼睛里充满期待地看着乔苏:"老师,我想去厕所!"

乔苏犹豫了一下,无奈地说:"去吧!"

一新像离弦的箭一样瞬间跑没影儿了。他神神秘秘地拿起手机,躲到卫生间偷偷打电话给顾梓星,电话很快就接通了。

"一新?"

"哥哥,你今天不过来了吗?"

电话那头的顾梓星惊讶地看了一眼时间,并未回答一新的问题:"你这会儿不是应该在上课吗?"

"我在厕所。"一新吐了吐舌头,小声道,"你还没回答我呢,你不过来了吗?"

"哥哥很忙,今天就不去了。"

"啊?"一新很失落,"是有很重要的事情吗?"

"对啊!"

"那好吧,我本来想告诉你,老师今天心情好像不太好。"一新把"不太好"三个字咬得很重,接着叹了口气,"但既然哥哥忙,我就不打扰了,我要去上课了。"

"等一下。"顾梓星瞬间出声阻止了准备挂电话的一新,语气里充满无奈,"你老师怎么了?"

一新露出一抹得逞的笑。

乔苏正在仔细看一新的画时,就见他笑眯眯地回来了。

"怎么这么开心啊?"乔苏望着他的蚊香眼,不禁笑了起来。

"保密。"一新冲乔苏调皮地做了个鬼脸,笑得贼兮兮的。

"真是人小鬼大。"乔苏轻点了下一新的额头。

因为来得晚,所以乔苏特意多上了一会儿才下课。

"我走了哦,你乖乖待在家里,妈妈马上就回来了。"

"不嘛不嘛。"一新头摇得跟拨浪鼓似的,委屈巴巴地把手机举到乔苏面前,"妈妈说还有十分钟就到家了,姐姐可以陪我一起等妈妈到家再走吗?"

"那好吧,我陪你在家等妈妈回来吧。"乔苏失笑。

"我想给她个惊喜,你陪我下楼去接她下班好不好?"一新撒娇道。

"好好好。"乔苏拗不过一新。

似乎是前两天下雨的缘故,欧塞登的天空被冲洗得异常清透,万里无云,星河衬着上弦月发出点点皎白的光芒,夜色异常好看。

刚到楼下,乔苏便看到了顾梓星。

他此刻正慵懒地靠在车门边,双手插兜,微凉的风拂乱了他的短发,露出少年光洁的额头、浓而入鬓的眉毛、灿若星辰的眼睛。他似是在仰望着头顶的星海,神情十分专注。

好奇怪,虽然他总是冷冰冰的,但无论在哪儿,都像太阳一样会发光呢。

乔苏出神地想。一新也眼尖地看到了顾梓星,迈开小短腿以百米冲刺的速度向他跑去:"哥哥!"

顾梓星接了小牛皮糖一个大大的拥抱,随后他便望向了几步外的乔苏。

她神色呆呆的,眼睛又红又肿,像两个小核桃,可怜兮兮的样子就像被抛弃的小仓鼠。

虽然心里很不舒服,但顾梓星嘴上还是很欠地给予了乔苏此时形象的一个评价:"你今天怎么这么丑?"

乔苏无语地噘起嘴:"我都这样了,你还嫌弃我,一点儿都不懂得怜香惜玉。"

"怜香惜玉?"顾梓星嗤笑一声,"你首先得是'玉',才能让我惜吧?"

乔苏气结。

一新先是看了看面前的两人,才佯装生气地对顾梓星说:"哥哥,你到楼下了都不上来看看我,还得让我下来找你。"

还未等顾梓星回答,乔苏就察觉到了不对劲。

"一新,你知道他要来?"

"我也是下课的时候,和哥哥发短信才知道的。"一新有些心虚。

小孩子的表情自然是瞒不过乔苏的,她瞬间明白过来只有自己被蒙在鼓里,于是略微用力地刮了下一新的鼻子:"你这个小坏蛋。"

第八章 长梦初醒,友谊不再

一新一脸委屈地摸着鼻子。

等了没几分钟,一新的妈妈就回来了,在和顾梓星打了个招呼后,她便关心地看向乔苏:"没发生什么事吧?晚上听你给我打电话的时候声音不大对劲。"

一旁的顾梓星听到这句话,抬头看了一眼乔苏。

"没事儿。"乔苏摇了摇头,语气里满满都是歉意,"倒是迟到了很久,又给您和一新添麻烦了。"

一新的妈妈赶忙表示没关系,在特意嘱咐乔苏回家以后可以冰敷眼睛来消肿后,便带着一新回家了。

乔苏坐上顾梓星的车,两人似乎都有心事,一路无言回到家中。

"乔苏。"上楼时,顾梓星突然停住脚步转过身,轻声叫了乔苏的名字。

正亦步亦趋地跟在顾梓星身后走神的乔苏就这样猝不及防地撞到了他的怀里。

"啊!"似乎是额头被衣服上的扣子硌到了,乔苏一把捂住了额头,不满地嘀咕,"你干吗突然停下来啊?"

"是你自己笨。"顾梓星嫌弃地说,却将乔苏捂着额头的手举了起来,"我看看受伤了没。"

乔苏被他的反应惊到愣在原地,任由他凑近拨开自己额前的刘海,仔细看了看被撞的地方。

"没什么事。"顾梓星说,"幸好没撞坏,不然更傻了。"

乔苏这才反应过来,慌乱地挣开还被对方抓着的手腕,耳朵根都红了起来。

"你真讨厌!"她憋了半天,终于表达了对顾梓星种种行为的谴责,他却睨了她一眼,继续向楼上走去。

他就是这样，永远忽冷忽热的，明明很近，却又仿佛隔了一条永远也跨不过去的鸿沟。

正当乔苏心里隐隐涌出一阵酸涩之时，顾梓星再次叫了她的名字，只不过他这次并未回头，也没有停住脚步。

"你为什么哭了？"他问。

听到顾梓星问自己，乔苏抬头望着他的背影，"我今天在路上看到一个很像我朋友的人，结果追过去发现不是她。"乔苏低落地说。

顾梓星的目光沉了沉，问道："就因为这件事？"

两人此时已经走到了房间门口，走廊只开了几盏小型照明灯，顾梓星抱臂俯视着乔苏，脸在昏黄的灯光下晦涩不明。

"是……"乔苏低声说，头也耷拉下来，"我真的很想她，却没有她的任何消息。"

一瞬间，顾梓星的眼神变得异常复杂。

她自然是打听不到这个朋友的消息的，顾梓星心想。可他，要怎么开口告诉她残忍的真相啊？

因为他在帮乔苏追查布里斯的时候，发现了一些额外的线索，而这些线索竟然和她的朋友许恩有关，当他继续想往下查的时候，却因为有人刻意阻拦而无法再进行下去了。

他并未选择告诉乔苏，不管是出于私心还是其他原因，他都不愿将一些伤人的事实血淋淋地展现在她的面前。即使事情比想象中要复杂很多，而她前方面临的必然是深不可测的旋涡。

"乔苏，"顾梓星突然沉声喊乔苏的名字，语气有些压抑，"你应该向前走，而不是陷在这些没有用的回忆里。"

"什么意思？"乔苏呆了呆，不明白他为什么突然说这句话，"怎么会没有用呢？她是我最好的朋友啊……"

第八章 长梦初醒，友谊不再

"最好的朋友？"顾梓星嗤笑一声，讽刺地问，"最好的朋友会一声不响地丢下你离开？"

他不会明白她和许恩之间的感情的。

乔苏脸色苍白，咬着唇想反驳，但顾梓星不给她这个机会，反而弯腰凑近她继续说："你一心想找到她，可是她这样做，分明是不想让你找到她，懂吗？"

"她肯定有什么难言之隐……"顾梓星强大的压迫感让乔苏顿时没了底气。

"你真是善解人意。"顾梓星直起身子，不屑地说，随后转身就向房间走去。

乔苏看着他的背影，握了握拳喊道："顾梓星。"

顾梓星站定脚步没有回头，似乎是等待着她继续说。

"其实我心里都清楚的。"乔苏仰起倔强的小脸，心里却沉甸甸的，"可我还是想当面问问她为什么……"

顾梓星沉默半晌，拧开了房门："随你。"

3

下课铃一响，顾梓星便趴在桌子上，无精打采地耷拉着眼睛。

昨夜他几乎到凌晨才迷迷糊糊睡着，脑海中一直回放着和乔苏昨晚说话的片段。

"真是一个无药可救的笨蛋。"他在心里默默地想。

一道声音却突兀地插了进来："老大！"

尼尔森似乎并未察觉到顾梓星因为严重失眠正被低气压环绕，从走廊就开始边扯着嗓子喊，边朝他奔了过来。

汉森在后面刻意跟自己的哥哥保持"安全距离",也走到顾梓星面前笑着和他打了个招呼:"老大。"

似乎是从挪威滑完雪回来,汉森这个桀骜的家伙便像吃错药一样,跟着哥哥一起开始称呼顾梓星为"老大",当时的顾梓星还惊讶了一下。

受不了旁边人的聒噪,趴在桌子上的顾梓星眉头越拧越紧,最终阴森森地说:"我记得说过你只能出现在我方圆三米以外的地方吧?"

尼尔森抖了抖,缩着脖子说:"老大,你先别生气,我这不是带来了一个你感兴趣的消息吗?"

言毕,他偏过头用眼神示意弟弟接着自己的话往下说。

"哥哥,我都已经够丢人的了,你还让我自己来说?"汉森苦着脸抱怨道。

尼尔森这才迟钝地觉察到周围的空气似乎冷了几分,于是赶忙向顾梓星解释:"是这样的,老大,预科班那边月考成绩出来了,汉森这次又光荣回到倒数第一的宝座了。"

顾梓星似乎动了一下,但还是闭着眼睛趴在桌子上。

尼尔森讪笑一声,尴尬地搓了搓手继续道:"那个之前抢了他宝座的小姑娘,叫什么来着?"

"乔苏。"汉森无奈地提醒。

"哦对,乔苏!竟然一下子跃至百名榜。"

顾梓星也不知道听没听进去,没有一点儿波澜。尼尔森捅了一下弟弟的胳膊,从牙缝里小声挤出话来:"你不是说老大会感兴趣吗?"

汉森一脸无辜地小声回应:"我的确是这样觉得的啊!"

正当两个人嘀嘀咕咕的时候,顾梓星却突然从座位上站了起来。

第八章 长梦初醒,友谊不再

"哪儿?"

"什么?"尼尔森呆怔地问道。

"你们从哪儿看到成绩单的?"少年不耐烦地解释了一句。

"啊,就在七楼的墙上贴着呢。"汉森很快反应过来,答道。

顾梓星头也不回地走出教室。

"你看吧。"汉森目送着顾梓星的背影,十分得意地冲哥哥挑了挑眉。

来到七楼的顾梓星一路上自然是引起了不小的轰动,一来他本身就是学校里的名人,二来七楼是预科班的地盘,大学部的他出现在这里十分稀奇。

榜单前围了很多学生,正七嘴八舌地议论着。

"天哪!那个乔苏怎么会进百名榜?"一个女生拉着身边的同伴,满脸不可置信。

"哪个乔苏?"同伴似乎没有反应过来。

"就是那个把汉森挤下倒数第一位置的。"另一个人说,"滑雪场被顾学长救的那个!"

"哦!她啊!"周围人恍然大悟。

乔苏在学校干过几件轰轰烈烈的大事,自然也就出了名。

"天哪!这是不是顾梓星学长?"看榜的学生陆陆续续有人发现了顾梓星,开始骚动起来。

顾梓星皱了皱眉,环顾四周逐渐拢上来的人群,迟疑了一下自己是否继续往前走。

突然,他的眼睛定格在人群中一个熟悉的身影上。而乔苏也仿佛觉察到了身后的异动,缓缓回过头。

隔着人群,四目相望。

几步之外的地方，光一样的少年站在那里看着自己，他似乎是被挤得有些不耐烦，蹙着眉头，脸色并不是很好看。

乔苏怔了几秒钟，突然用手指了指墙上的榜单，冲顾梓星露出一个大大的笑容。

昨晚的阴霾仿佛一扫而空，顾梓星也缓缓地勾起了嘴角，如冬阳一样，瞬间便点燃了整个世界。

4

放学后，乔苏一路轻快地小跑回到家。

顾母今天也在，吃饭时，她边给乔苏夹了一筷子菜，边关心地看向顾梓繁："小繁多吃点儿啊，你最近帮着分担了很多公司的事情，实在是辛苦了。"

顾梓繁拿着筷子的手顿了顿，随即笑着说："我也没帮上什么忙，顶多是在你和爸忙不过来的时候打打下手，我自己对公司的生意可是一点儿也不感兴趣。"

顾母眼中的笑意似乎深了些，嘴上却叹了口气："你们这一个两个的，总说不感兴趣哪行啊！将来公司还要指着你们兄弟俩继承呢。"

言毕，顾母又看向一旁的顾梓星，状似无意地说："小星，你要多学学哥哥，起码要开始接触一些公司的事情了。"

顾梓星还没说什么，乔苏却是一抖，心里哀号：果然每次吃饭都会出点儿事，看样子大魔王又要撂下筷子走人了。

果然，顾梓星的脸瞬间就沉了下来，他刚想张口说点儿什么，余光瞟见乔苏正望着自己，一脸苦兮兮的样子，到嘴边的话又咽了

第八章 长梦初醒，友谊不再

回去,最后只是冷冷淡淡说了三个字:"没兴趣。"

儿子没有像自己预想中那样动怒,顾母反而有些诧异,但该说的既然都说了,她自然也是见好就收,立刻转移话题。

"苏苏,一会儿你来我房间一趟,我有东西要给你。"

"哦?好的。"乔苏愣了一下,随即点了点头。心想,难道是上次说的项链?

这顿饭吃得格外迅速,顾梓星和顾梓繁吃完便各自回房了,乔苏跟着顾母来到她的房间。

"抱歉啊苏苏,上次说买了一条项链给你,结果中间发生一点儿小插曲,就把这事给忘了。"果然,一进房间,顾母便径直走向梳妆台,拿起一个十分精致的礼盒走向乔苏,"你看看,喜不喜欢?"

"阿姨,这么贵重的东西我不能收。"乔苏赶忙摆摆手,头摇得像拨浪鼓,"您和叔叔对我的好我已经无以为报了,怎么还好意思再收你们的礼物?"

"你这孩子,客气什么?"顾母失笑,轻轻将盒子塞进乔苏怀里,"都是自家人,不用计较那么多,买都买了,也是适合你们年轻人戴的款式,你若是不要就得拿去压箱底了。"

不要就拿去压箱底,顾家人怎么都喜欢这个套路?乔苏一阵苦笑,这下收也不是,不收也不是。

顾母将乔苏的犹豫看在眼里,于是又加了一句:"不要有负担,这条项链其实没有你想象的那么贵重,是我一个朋友自己的品牌,几乎是半价卖给我的。"

望着顾母十分殷切的眼神,乔苏也实在不好再拒绝,决定要更努力赚钱来偿还顾家的恩情。

看着乔苏收下项链,顾母顿时眉开眼笑:"快打开看看喜不喜欢？"

乔苏点了点头，打开了盒子。

盒子里躺着一条用银质链子穿起来的泪滴状吊坠，做工精美，上面镶嵌着的碎钻透亮。

"这是……"乔苏蓦然瞪大了眼睛，满脸不可置信。这条项链和她从小戴到大的那条十分相似，细节略有差别。

一直细细观察乔苏的顾母心头一颤，自然是发现乔苏的反应有些异常，于是赶忙问道："怎么了？不喜欢吗？"

"啊，不是。"乔苏回过神来，整理好情绪后低头抚摸着项链低声说，"我只是觉得项链很好看。"

她最终没有说出自己有一条类似项链的事情，毕竟虽然很巧，可世界上相似的项链何其多，她不想贸然去下任何结论。

见乔苏并未说什么，顾母的眼中闪过一丝失望，她想了想，心中生了一计。

"其实我买这条项链是有原因的。"顾母突然开口，似乎是陷入了回忆，"你妈妈曾经有一条从不离身的项链，和它十分相似，所以我看到这条项链的第一眼就买了下来想送给你。"

听到对方提起自己的母亲，乔苏心脏剧烈跳动了一下，许久她才缓慢回答："怪不得……"

"怪不得什么？"顾母有些迫切地看着她。

"我之前有一条类似的项链，刚才惊讶也是因为它和您送我的这条十分相似。"因为顾母直接说出了买它的原因，本来还在犹豫的乔苏索性也没再隐瞒。

顾母听闻却一把抓住乔苏的胳膊："那现在呢？现在项链还在你那儿吗？"

第八章 长梦初醒，友谊不再

胳膊上传来的阵阵疼痛显示着抓她的人此刻内心的急切与激动,乔苏默默望了一眼,有些疑惑顾母异常的情绪,斟酌了一下后缓缓开口:"我送给了一个朋友,不过我们俩已经失联好久了。"

"什么?"顾母如遭雷击。

乔苏顿时满腹疑惑:"阿姨,您怎么了?"

似乎是意识到自己的反应太过异常,顾母回过神来勉强挤出一丝笑,圆场道:"我就是太惊讶,你会把这么重要的东西送了人,证明你和那个朋友的关系一定很好吧?"

乔苏扯了扯嘴角轻轻应了一声,并未再多说些什么。

气氛一时间陷入沉默。

"阿姨……"乔苏刚开口,就被顾母打断了,只见她像是突然想起来什么事一样,匆匆忙忙地拿起了包和外套:"苏苏,我还有事先走了,你在家好好待着吧。"

乔苏愣了一下后点点头,跟随她走出房门。

刚才她踟蹰了许久,鼓起勇气想向顾母问问关于妈妈的事情,看样子又没有机会了。

顾母离开后,乔苏回到房间,心情复杂地盯了项链许久,最后将它连同盒子小心翼翼地放进柜子中,转身又出了房间。

此刻,顾梓繁书房里仍是昏暗的,点点暖黄色的灯光只照亮了桌面一小片地方,描绘着顾梓繁朦朦胧胧的侧影以及凝结在眼角那颗小小的泪痣。

他凝神垂睫,似乎在思考着什么,手指有节奏地轻叩着桌面,大半的面容隐在阴影之下。

桌面上的手机突然振动起来,顾梓繁拿起放在耳边,却只是听着并未说话。电话那头偶尔传出嘈杂的声音,许久后对方似乎安静下来。

"嗯。"顾梓繁轻应了一声,突然像是感觉到什么似的,抬起头若有所思地望了一眼门口后接着说,"不用等了,人已经回丹麦了,你把东西送过去后,我会安排你回来。"

电话那头的人最后似乎又说了点儿什么,随后顾梓繁便挂掉电话。他背靠在椅子上,淡淡地盯着书房的门口,一只手无意识地抚上了胃部。

几秒钟后,门外便响起了敲门声。

"繁哥哥,我可以进来吗?"乔苏的声音带着一丝迟疑。

"可以。"

门应声而开,乔苏小心翼翼地端着一个托盘走了进来,将它放在顾梓繁面前的桌子上。

"没有打扰到你吧?"乔苏吐了吐舌头,有些不好意思,"刚才听你好像在打电话,我就一直没敢敲门。"

顾梓繁看了一眼桌子上的托盘,面色微动,脸上闪过复杂的神情。随后他弯着眼睛冲乔苏笑了:"没关系,我不介意。"

虽然拿不准他最后一句"我不介意"有什么特殊含义,乔苏的脸还是微微红了一下。

"这些是给我的吗?"看着乔苏的反应,顾梓繁促狭一笑,又朝着桌子上的托盘努了努嘴问道。

托盘上摆着一小碗粥、一杯白水以及一小瓶看起来是药的东西。

乔苏这才想起来,一脸关切地看向顾梓繁:"对啊,你是不是身体不太舒服啊?晚上看你没怎么吃东西。"

顾梓繁怔了一下:"胃有点儿疼,老毛病了。"

乔苏露出一副果然如此的表情。

第八章 长梦初醒,友谊不再

"我拜托吴妈熬了点儿粥,你趁热喝了吧!而且……"她看了看顾梓繁苍白的脸色,拿起托盘中的药瓶在他面前晃了晃,"你脸色那么差,明明就很难受了,所以别逞强,喝完粥就把药吃了。"

顾梓繁"扑哧"一声笑了出来:"小仓鼠,你怎么这么可爱?"

"啊?"乔苏蒙蒙的,见顾梓繁已经拿起勺子缓缓喝起粥了,才问,"繁哥哥,你的胃病经常犯吗?"

"不用担心,老毛病而已。"顾梓繁反倒宽慰她。

乔苏语重心长地说:"你肯定总不按时吃饭,即使吃也是随便凑合一下,胃肯定不好呀!"

"好,我以后会注意的。"顾梓繁轻笑一声,答得很快。

乔苏知道顾梓繁虽然性格柔和,但实际上很倔强,看他云淡风轻的样子显然不像是听进去了,于是无奈地叹了口气:"繁哥哥,你要对自己好一点儿,就拿胃病来说,所有疼痛最终还是得你自己受着,如果连你自己都不在乎,就更别说其他人了……"

看着乔苏絮絮叨叨的样子,顾梓繁失笑着喝完最后一口粥,接着道:"是啊,痛只有自己才可以感受到。"

听到顾梓繁的回答,乔苏张了张嘴却又不知道该说什么,她感觉对方表达的好像和自己说的并不在一条线上,却又不知道是哪里的问题。

"苏苏,妈妈刚才把你单独叫到房间,是要送你项链吧?"顾梓繁突然问道。

乔苏愣了愣,下意识地回答:"你怎么知道?"

"傻瓜!上次吃饭的时候她说过呀!"顾梓繁站起身敲了一下乔苏的额头,走到窗前背对着她。

"项链怎么样?喜欢吗?"

"嗯……喜欢。"乔苏老老实实地回答,"不过我其实心里有些压力,你们都对我这么好,我却无以为报。"

顾梓繁转过身,眉眼弯弯地看向乔苏,突然莫名其妙地说了一句:"你其实已经回报过了啊!"

乔苏一脸疑惑地看着他,觉得顾梓繁今天说的话似乎都格外难解。

两人又聊了几句,在监督完顾梓繁吃了药后,乔苏便离开了。

顾梓繁回到座位上,胃里暖洋洋的,已经没有了之前钻心的疼痛。

他撑着下巴出神地盯着桌面,手中无意识地转动着一支钢笔。

手机突然再次响起,打破了他的沉思。

"爸?"顾梓繁笑着接起电话,却在听着电话那头父亲说的话后,笑容逐渐消失在脸上。

"好,我知道了。"他语气淡淡,听不出情绪地挂了电话。

许久后,寂静的书房发出一声清脆的声响,钢笔从顾梓繁的手中脱落,狠狠地摔在了地上。

他却仿若未闻,一动不动地坐在椅子上,脑海中回想起刚才顾盛在电话里说的话。

"帮我去查一个叫许恩的女孩。"

"许恩。"顾梓繁轻声呢喃着这个名字,眼里一片幽深。

第八章 长梦初醒,友谊不再

隔壁那只猫 收到请答回

第九章 给我一个微笑就够了

突然的重逢反而让她暂时失去了思考的能力,将曾在心里演练过无数遍的情绪和疑问抛之脑后。此刻她的内心,重逢的喜悦盖过了一切。

1

周六，乔苏一早就起来收拾好，随意往嘴里塞了几口面包后，准备出门。她每隔一段时间就会回到贫民窟去看看，心里还依稀盼望着许恩回来找她。

刚下楼，乔苏就遇到了刚准备好早餐的吴妈，赶忙打了声招呼。吴妈来到顾家已经十几年了，自小看着顾梓星和顾梓繁两人长大，感情十分深厚。

"乔苏小姐，"吴妈笑眯眯地招呼她，"是要出门吗？吃完早饭再走吧？"

"您直接叫我名字就好。"乔苏挠了挠头，颇为不好意思，"我刚才吃了点儿面包。"

"光吃面包怎么行？"吴妈边说着边走过来热情地拉过她的手，乔苏不好意思拒绝，只好跟着她往餐厅走去。

"早餐是一天的开始，不能凑合。"

来到餐厅一看，餐桌上果然摆了精致的早餐。

"好丰盛！"乔苏由衷地赞叹，"一大早的，辛苦您了。"

"应该的。"吴妈给乔苏倒了一杯热好的牛奶，略带歉意地道，"前段时间我家里有些事，总是断断续续跑回去，也没照顾好你们。"

"没有没有。"乔苏赶忙摆摆手，帮着吴妈一起整理了餐桌后，两人坐了下来。

乔苏望了一眼客厅楼梯的方向，手里摆弄着餐具，没有去动面前的食物，吴妈似乎是看出了她的迟疑，笑道："不用管他们俩，这会儿时间还早，他们估计还睡着呢！"说着又把周围的盘子往乔苏面前推了推，"我特意多做了几种样式，也不知道你爱不爱吃。"

"对我来说什么都是好的，我都很爱吃。"乔苏笑了笑，夹起一小块煎蛋放到嘴里。

知道乔苏成长经历的吴妈眼中闪过一丝怜惜，她温柔地伸手将乔苏额前的碎发别在耳后轻声感叹："真是个懂事的孩子。"

看吴妈坐在一旁并未动筷子，乔苏问道："您不吃吗？"

"我吃过了。"吴妈笑道，顺手拿起筷子夹了一个流心包放在乔苏盘子里，"尝尝这个，小星小的时候可爱吃了，每次还闹着我给他捏个形状出来。"

看着盘子里做成卡通小猪形状的点心，乔苏"扑哧"一声笑了出来，不可思议地感叹："他竟然这么幼稚……"

话还未说完，乔苏便想起了顾梓星玩乐高时的专注模样。

吴妈领会到乔苏的意思，笑着调侃："你是不是也觉得很难想象？"

"可能是我不够了解他……"乔苏想了想，腼腆地笑了，转而十分认真地看向吴妈，"您可以和我讲讲他吗？"

吴妈愣了一下，笑着点了点头。

"我来顾家的时候，小星刚刚三岁，小繁比他大一些。"吴妈回忆起过去，眼神十分柔和，"他们俩虽是兄弟，性格却差很多，可能是哥哥的缘故，小繁从小就很稳重，小星却是个混世小魔王，调皮极了。"

听到这儿，乔苏不可置信地瞪大眼睛，无法将吴妈口中描述的顾梓星与自己所认识的他联系起来："调皮极了？"

"是啊！"吴妈似乎是想起什么有意思的事，笑得眼睛都眯成了一条缝，"小星小时候又聪明又古灵精怪的，加上性子活泼讨喜，

第九章 给我一个微笑就够了

简直像个小太阳,让所有人都围着他转。"

他现在也像太阳一样啊!乔苏在心里悄悄地想,但听着吴妈把古灵精怪、活泼等词毫不吝啬地安在顾梓星身上,她还是觉得这个世界都仿佛玄幻了,于是忍不住感叹:"那他小时候和现在性格差别还挺大的……"

听到乔苏的这句话,吴妈却突然沉默下来,许久后才重重叹了一口气,喃喃说道:"差别是挺大的,若不是因为那件事……"

"什么事啊?"乔苏一脸疑惑。

吴妈反应过来后自觉失言,于是僵硬地笑了笑道:"没什么。"

乔苏还想继续追问,却见她一副不会再多说的样子,只能作罢。

这时候,客厅传来一阵下楼的声音。

顾梓星似乎刚刚睡醒,略微凌乱的刘海下还是睡眼惺忪的模样,他懒懒散散地走到餐厅,和吴妈打了个招呼后,在乔苏对面坐了下来。

"早啊!"乔苏笑着冲顾梓星眨了眨眼睛。

顾梓星半眯着眼睛,微微打量了一下,她衣着整齐,看起来准备出门,从鼻腔里哼了一声算是回应。

吴妈又给顾梓星倒了杯牛奶后,觉得自己夹在两个年轻人中间怪尴尬的,于是说道:"你们先吃,我去忙别的了,有什么需要再叫我。"

乔苏和顾梓星对视一眼,竟然异口同声地回了句:"好。"

吴妈离开后,乔苏瞅了瞅自己盘中所剩不多的食物,悄悄把一片巴掌大的牛排切成了指甲盖大小的数块,慢吞吞地吃了起来。

本来正专注地低着头给面包抹牛油果酱的顾梓星抬头看了她的盘子一眼,嗤笑一声道:"你再努努力,干脆切成米粒大小算了。"

乔苏噎了一口,心虚得头快埋进了盘子里,嘴上却强行反驳:

"我向来都是这么淑女!"

顾梓星挑了挑眉,似乎对她这个说法不置可否,随即他假装不经意地问道:"你要出门?"

乔苏点了点头。顾梓星沉默了一下,又问:"用我陪你吗?"

乔苏不想再麻烦顾梓星,自然下意识地拒绝道:"不用,我自己去过几次了,只要小心就不会……"还未说完,她就意识到了什么,睁大眼睛看向顾梓星,"你知道我要去哪里?"

顾梓星咬了口面包,冷冷地瞅了乔苏一眼,带着不知道是怒还是其他情绪应了一声。

因为在贫民窟遇到危险,最终被顾梓星救下的场景还历历在目,所以乔苏知道顾梓星是关心她,于是放下叉子整理了一下自己的衣服,小心翼翼地说:"你看我专门穿了以前的衣服,只要不露富,再小心一点儿就不会有事的。"

顾梓星并没有看乔苏,而是拿起一旁的牛奶喝了一口,看不出任何情绪。但乔苏知道他明显不高兴了。

乔苏咬了咬唇:"我只想当面问问她而已。"

顾梓星听完没有立即回答,冷眼盯着面前的女孩半晌,此刻,她正睁着圆圆的眼睛,眼神坦荡而清澈地看着自己。

终是忍不住,顾梓星叹了口气,硬邦邦地说:"我去接你吧!"

乔苏认真地看了顾梓星几秒钟,突然笑了:"好,那又要麻烦你啦。"

"除了给人添麻烦,你还会干吗?"顾梓星仍旧十分不快。

乔苏赶忙夹了一只小猪模样的流心包到他盘中,奉承说:"你看啊,这个世界正因为有坏人的存在,才会有英雄相应而生,惩恶扬善!"

第九章 给我一个微笑就够了

"所以呢?"顾梓星皱了皱眉,没明白她这句无厘头的话的含义。

"所以,只有像我这样只会添麻烦的人存在,才能衬托出你这样聪明而机智的人的可贵啊!"乔苏一脸义正词严。

"什么歪理?"顾梓星干咳一声,低头咬掉了大半个流心包,试图掩盖自己内心的尴尬和害羞。

可流心包的馅很烫,他这一口下去顿时倒吸了一口冷气。

"你想烫死我吗?"害怕破坏形象,顾梓星硬是含着满口包子没有吐出来,甚至还能口齿不清地冲乔苏喊。

乔苏赶忙倒了一杯冰的柠檬水给他,忍不住笑了出来。自从知道了顾梓星小时候的样子,她看他竟觉得越发可爱起来。

"你还笑!"顾梓星凶巴巴地瞪着乔苏,乔苏埋下头,依旧忍俊不禁。

两人一顿早饭吃了半个多小时才到了尾声。

"那个……"乔苏看着吃完最后一口,起身准备离开的顾梓星,出声喊道。

顾梓星诧异地看向她,挑了一下眉:"怎么了?"

"你周末……有事情吗?"

"没有。"想了想,顾梓星嘴角勾起一抹坏笑,"你想约我啊?"

"才没有!"乔苏的脸瞬间染上红晕,"我只是想提醒你不要忘记一些事情。"

顾梓星蹙眉思考了一下:"我忘记什么事情了?"

乔苏却扭捏起来,怎么也不好意思直接说,愣是半天挤不出一个字来。

顾梓星莫名其妙地盯着她半晌,心中蓦然一动,似乎想到了什么,随即不紧不慢地走到沙发前,寻了一个舒服的姿势坐了下来。

"你不说我可能就想不起来了。"他看着乔苏闲闲地说,眼睛却漾出点点笑意。

乔苏心中涌上一丝失望,像一个漏了气的皮球一样有气无力地道:"去哥本哈根看城堡啊……"

顾梓星故作恍然大悟,也就不逗她了:"你多久能回来?我们今天去吧?"

"今天?"乔苏看了一眼客厅的挂钟,不确定地说,"我可能一个小时后回来。"

乔苏思索了一下:"那你别去接我了,我们约在火车站见吧!"

顾梓星用看白痴一样的表情看着她:"开车去就行,又不远。"

乔苏白了他一眼,又突然想到顾梓繁,于是问道:"那要不要问问繁哥哥去不去啊?"

顾梓星却睨了她一眼,语气酸酸地说:"'繁哥哥',怎么没见你这么叫过我?"乔苏气结,半天才说:"这不是重点!"

嗤笑一声,顾梓星这才好好回答:"我问问他。"

乔苏点了点头,利落地把散落的头发绑成了一个俏皮的马尾后,冲着顾梓星挥了挥手,往门口走去。

"那我先走啦!"

2

四季循环往复,一转眼就变了个季节。虽是属于春天的五月,欧塞登今天却出奇地热。

还是早上九点多,纯净的阳光透过层层叠叠长着新芽的树枝洒在乔苏脸上,她穿得有点儿多,没走几分钟,鼻尖竟然沁出了一层

薄薄的汗来。

"好热。"乔苏呢喃着,将手遮在额前。

这时候她的手机响了起来。来电人是一新,乔苏使劲按了好几遍接听键后才接通电话。自从挪威滑雪摔了以后,她的"老古董"手机就总是换着花样出毛病。

"老师!"一新欢快的声音瞬间充斥了乔苏的耳朵,她的嘴角不自觉便挂起了温柔的笑意。

乔苏便笑着调侃:"今天又不是上课的日子,打电话干吗?是想我了吗?"

"当然啦!"一新不假思索地回答,随即一秒变得委屈巴巴,"可是老师都不想我!"

"我也想你啊!"乔苏放慢了步伐。

"那我刚才和哥哥打电话,他说你们要背着我偷偷出去玩!"一新努力吸了吸鼻子,质问道,"想我都不告诉我!"

乔苏顿时哭笑不得,已经能想象到电话那头一新委屈的小模样,于是赶紧哄他:"我们也是临时决定的。"

"我真是个可怜人!"一新抽抽搭搭地说,不住地控诉自己受了天大的委屈,"今天可是我的生日,你陪我一起过好不好?"

"好好好。"

挂掉电话,乔苏看了一眼时间,站在原地想了想,最终改道去了另一个地方。

彼时,乔苏前脚刚走,顾梓繁后脚就出了房门来到客厅。

顾梓星正坐在沙发上,专注地摆弄着手中的单反相机。

"梓星,干什么呢?"顾梓繁走到弟弟面前问道。

顾梓星没有抬头,边熟练地拧上镜头,边回答:"我等下要去哥本哈根，一起吗？"

言毕，他瞬间调整好相机的各项参数，举起来对着面前的顾梓繁按下了快门键。

"咔嚓"一声，照片定格下顾梓繁一脸错愕的样子。

"我今天要去实验室。"顾梓繁说，"不过，你突然去哥本哈根干什么？"

"玩。"顾梓星言简意赅，手却操控屏幕放大了刚拍下的哥哥的照片，似乎在找还有什么没调节好的问题。

顾梓繁自然不会相信："你自己去玩？"

"和乔苏。"顾梓星关掉了相机，这才抬起头看向哥哥，又怕被误会似的赶紧补充一句，"是她非要求我带她去的。"

顾梓繁眼神动了动，瞬间变卦："我去。"

顾梓星莫名其妙地看了一眼哥哥道："你刚不是说要去实验室吗？"

顾梓繁笑得眉眼弯弯，泪痣调皮地在眼角跳跃。他转身向餐厅走去："我记错了，今天没有事。"

没过多久，乔苏便拎着一大盒东西回来了。

"你怎么这么快？"顾梓星换好衣服往楼下走，便碰到刚进门的乔苏。

临时接到一新的电话，乔苏便先去为他买了蛋糕，眼看时间紧张，只好将去后山的事情挪到周日便直接回了家。

"我没去。"乔苏把蛋糕放到桌子上，用纸擦了擦额头的细汗后，转身看向顾梓星说，"今天外面很热，你别穿太多了。"

顾梓星应了一声，双手插兜从她面前走过，眼睛忽然瞟见了桌子上的蛋糕，于是又停下了脚步："你过生日？"

乔苏蒙了一下,随即失笑道:"是一新啦,他等下也要和我们一起去。"

听完乔苏的回答,顾梓星蹙着眉原地思考了几秒钟道:"他是和你这么说的?"

乔苏瞪大眼睛:"是啊,有问题吗?"

"没有。"顾梓星眯着眼看了眼一脸茫然的乔苏,说,"我哥也和我们一起去。"

从欧塞登驱车前往哥本哈根大约需要 75 分钟,所以乔苏四人几乎是顶着正午最烈的阳光前行。

车此刻飞驰在大带桥上,窗外便是丹麦著名的大贝尔特海峡。此刻晴空万里,放眼便是一片海天一色的美景。

乔苏坐在车后排,瞳孔也被染上了清澈明亮的蓝色。她的肤色在阳光的照耀下白得发透,脸颊却又渗出淡淡的粉色来,眉目微弯,嘴角含笑,整个人恬静得就像一幅画。

一新拉着乔苏喃喃地说:"姐姐,你今天格外好看。"

因为要出去玩,一新便单方面宣布对乔苏的称呼从"老师"变回了"姐姐"。

乔苏"扑哧"一声笑了出来,虽然颇为不好意思,但还是答道:"因为心情好,人也会显得漂亮,能和我们一新出去玩,自然是开心得不得了啦!"

"原来是我的功劳啊!"一新喜滋滋地说。

坐在副驾驶的顾梓繁从后视镜里看了眼乔苏,轻笑一声道:"苏苏今天的确很漂亮。"

话音刚落，顾梓星把着方向盘的手便顿了一下，随后不屑地冷笑一声。

乔苏今天的确是不一样的。临出门前，吴妈便以需要拍照为由，劝着乔苏换上了顾盛刚从国外给她寄回来的新衣服。剪裁精致的白色英伦风衬衫，搭配着浅灰色格子背带伞裙，领间还系着一条与裙子同色系的蝴蝶结飘带，衬得乔苏既少女又甜美。

虽然当她穿着这一身出现在顾梓星面前时，对方先是像见到鬼一样睁大眼睛看了她好半天，随后毫不留情地转过头评价："真丑。"

弄得乔苏郁闷了好半天，心想这么好的衣服穿自己身上又是暴殄天物了。

3

到达哥本哈根时，已经是中午十二点多了。

在简单地吃了点儿午餐后，四人便来到大名鼎鼎的腓特烈斯堡，又名水晶宫。曾有多位丹麦皇帝居住于此，是一座鲜活的国家宝藏。

这是乔苏第一次近距离地接触城堡，于是在穿越连接城堡内外的砖桥时，她颇为不好意思地跑到顾梓星面前："可不可以帮我拍张照？"乔苏双手合十呈拜托状，一脸期盼地看着顾梓星。

一新瞬间凑了过来："我要和姐姐合影！"

"我也要！"顾梓繁不甘示弱。

顾梓星面色铁青地忽略了前来捣乱的两个人，凶巴巴地指挥乔苏独自站过去拍照。上一次照相还是外婆在世的时候，过了这么久，乔苏自然有些紧张，想了半天才在镜头下摆出一个路人甲拍照常用

的剪刀手 pose（姿势）。

顾梓星的眉头瞬间拧成了一个结："换个动作。"

乔苏又将手举得很高，摆出了一个类似体操员谢幕时的姿势。

顾梓星忍无可忍地放下相机，一手按了按眉头后，开始辅导她："你把手放下来，微微侧点儿身，头别抬那么高。"

乔苏僵硬地照做，身体却转了将近 90 度。顾梓星无语。一旁的顾梓繁"扑哧"一声笑了出来，径直走到乔苏身边，亲自帮她纠正姿势。

"我是不是快把顾梓星气死了？"乔苏委屈地说，"根本不是姿势的问题，我这样的人怎么照也不会好看吧。"

顾梓繁垂下眼眸，双手轻柔地把乔苏的头纠正到一个合适的角度。

"小仓鼠，你得有自信啊！"他轻点了一下乔苏的鼻尖，柔声说，"现在这样很好看，你放轻松。"

说完顾梓繁便走到一旁让出了镜头，顾梓星瞬间按下快门。

照片顺利照了出来，乔苏却不明白顾梓星的脸为何越发黑了。

整座城堡充斥着荷兰文艺复兴时期的风格，由 60 个厅堂组成，全部逛完需要花费不少时间，大多数时间都是一新拉着乔苏兴奋地往前冲，顾家兄弟就不远不近地跟在他们身后。

踩着古朴的木质地板，城堡内部的墙体大多颜色明快，给人温暖的感觉。而最让乔苏惊喜的是里面随处摆放着好多油画和雕塑，每走一步，都仿佛置身于那个群星璀璨的文艺复兴时期。

一新也似乎受到了这里气氛的感染，不再玩闹，而是老老实实跟着乔苏，偶尔问她几个问题。

"一新，你有什么理想吗？"乔苏拉着一新的手，缓缓走在通透宽敞的骑士大厅里。

一新咬着指头认真地想了想,说:"我想当一个画家,去很多地方!"

乔苏听完轻轻地笑了,内心却一阵恍惚。

"姐姐,那你的理想呢?"一新问。

"我的理想就是你的理想呀!"乔苏摸了摸他的小脑袋,轻声回答。另一边,顾梓星和顾梓繁在不远处,缓步跟着前面的两人。

"那个孩子你也认识?"顾梓繁朝一新的方向抬了抬下巴,问弟弟。

他原本以为一新只是乔苏当家教带的学生,一路相处下来,却发现他和顾梓星的关系也很不错。

"嗯,是我把他介绍给乔苏的。"顾梓星答。

顾梓繁喷了一声,一脸新奇地看向弟弟:"说起来我还想问,你当初不是很讨厌苏苏吗?怎么现在对她这么好?"

"我从不对任何人好。"顾梓星冷冰冰地回答,脸上却闪过一丝不自然的神情。

"是吗?"顾梓繁自然是捕捉到了他的神情,收回目光垂下眸,调侃道,"最好是这样,不然我可是会吃醋的。"

顾梓星顿时一脸黑线,十分嫌弃地看了眼哥哥:"放过我行吗?"

再次成功逗弄到弟弟,顾梓繁开心地笑了出来。

这时,一直走在前面的乔苏突然拉着一新折了回来,笑眯眯地建议:"我们一起拍张合照吧!"

顾梓星不情不愿,却又从口袋里掏出手机,调好相机递给乔苏,随后四人以乔苏为首依次站好。

"那我准备拍啦!"乔苏举着手机,努力伸直胳膊找角度,却

第九章 给我一个微笑就够了

发现由于四人身高差较大,镜头怎么摆放也拍不全所有人。

"怎么回事?"她着急得低声嘀咕,一旁的顾梓繁见状刚要上前帮忙,却见顾梓星已经大步走到乔苏身后,握住她拿手机的那只手,调整了一个新的角度。

少年的气息瞬间充斥了乔苏全部的感官。他的胸膛带着温度,轻轻地贴着她的后背,掌心包裹着她的手,温热的触感似是从手掌直接传递到心脏。这一刻,乔苏感觉自己的心跳声格外清晰。

"笨蛋!"顾梓星贴着乔苏的耳朵,吐槽道。

乔苏却心猿意马,举着手机的手也好似没了力气般要垂下来,被顾梓星一把扶住。

"好好举着,别乱动。"顾梓星轻轻敲了她的脑门儿一下,乔苏这才回过神来,匆匆扭过头小声应了一下。

顾梓星这才缓缓松开手,在一新和顾梓繁的注视下,若无其事地回到了原本站的位置。顾梓繁眼神复杂地看了弟弟一眼,动了动嘴角,终究没挤出一句话,倒是一新眼睛亮亮地盯着乔苏,一脸得逗般的笑。

"喂,一新你看镜头,别看我!"乔苏看一新的小表情,突然有一种小秘密被人发现的窘迫感,只好故作凶巴巴地说,但飘忽的眼神泄露了此刻她内心的慌乱。

一新却毫不留情地揭穿:"姐姐,你的脸怎么红了?"

乔苏辩解道:"哪有……"

从水晶宫出来后,四人又马不停蹄地赶往另一座城堡——隆堡宫，它就是莎士比亚著名作品《哈姆雷特》中的宫殿原型，因此又叫哈姆雷特宫。但由于路上耽搁较久，到哈姆雷特宫时已经临近闭馆时间，匆匆参观完出来，哥本哈根已陷入夜色之中。

车停到了当地较有名气的一家饭店门口，乔苏第一个从车里钻出来，想去取后备厢藏着的蛋糕。

毕竟是春天，温度没那么稳定，寒气随着黑夜的降临又缓缓袭来，所以刚出车门，乔苏就被寒气吹得打了个冷战。

"好冷。"她嘟囔着，抱着臂绕到后备厢，将蛋糕从填着冰袋的保温箱里拿了出来。

这时一件宽大的外套缓缓披到了乔苏身上，乔苏惊讶地回过头，对上顾梓繁笑吟吟的脸。

"我多带了一件外套，披着吧！"

乔苏拉了拉肩头的衣服，十分感动，刚想张口感谢顾梓繁，就听到顾梓星不耐烦的声音从一旁传来："能快点儿吗？"

"来啦！"乔苏应了一声，回头轻轻对顾梓繁说了一声"谢谢"后，便往店里跑去。

顾梓星面无表情地抱着臂站在店门口，在看了一眼乔苏披着衣服冲自己跑来后，冷哼一声拉着一新走进店里。

落座后，一新才发现乔苏买了蛋糕，惊讶得眼珠子都快掉了出来。

"姐姐，你真的买了蛋糕啊！"

"是啊，今天不是你生日吗？"乔苏说起来还有些愧疚，"抱歉啊，一新，姐姐知道得太晚了，蛋糕挑得有些匆忙。"

一新听完却反倒蔫了下来，转过头求助般看向顾梓星，希望他能帮自己想想办法。

顾梓星挑了挑眉，似乎在告诉他自己挖的坑自己来填。

第九章 给我一个微笑就够了

两人眉眼互动频繁，乔苏这才感觉到一丝不对劲："怎么了？"

一旁负责点餐的顾梓繁将菜单合上，交给服务员后，左右看了看一新和顾梓星的反应，瞬间了然于心。

"一新，你是不是有什么话要说？"顾梓繁看着一新，引导他。

一新咬了咬唇，恨不得将头埋进盘子里，用蚊子般大小的声音说："姐姐，其实我骗了你，今天不是我的生日。"

乔苏大吃一惊："为什么要说谎？"

"因为我怕你不带我出来嘛！"一新偷偷看了眼顾梓星，瞬间就卖了他，"我求哥哥，哥哥让我来问你。"

顾梓星一脸事不关己的表情。

见乔苏半分钟没说话，一新便着急得不行，抬起头撒娇地说："姐姐，你不要生气嘛！"

乔苏无法抵抗，叹了口气，目光柔和下来，她伸手轻轻掐了一把一新的小脸蛋，道："说谎是个坏习惯，以后一定不可以再犯，知道吗？"

一新点了点头，虽然得到乔苏的原谅，但他还是十分愧疚。

顾梓星将一切看在眼里，突然说："其实一新不算说谎。"

乔苏三人的目光立刻锁定在他的身上。

"从某种角度来说，今天确实是一新的生日。"

乔苏却听得更加糊涂了："什么意思？"

一新却仿佛得到了启发，眼睛亮了起来："对对对，没有骗姐姐。"

乔苏还想追问为什么，一新却怎么都不说了，只是神神秘秘地告诉她："这是我和哥哥的秘密，以后会找机会告诉姐姐的。"

5

在乔苏的坚持下,晚饭最终由她买单。

此时正值哥本哈根夜晚最热闹的时候,乔苏几人当然也没着急赶回欧塞登,而是驱车来到了位于闹市区,号称世界上最古老的游乐园的蒂沃利公园。

买了夜场门票后,一新拉着大家奔赴的第一个游乐设施就是鬼屋。鬼屋是以两个人共同乘坐一辆小型轨道车的形式来进行游览,于是就涉及分组问题。光是看到布置得阴森森的鬼屋外表,乔苏的脸就瞬间垮了下来。

"这里会不会很恐怖啊?"乔苏看着从出口处出来的人们脸色都很苍白,颤颤巍巍地问。

顾梓繁自然知道乔苏十分胆小,于是主动要求道:"我和苏苏一组,梓星,你和一新一组。"

听起来很合理的分配,顾梓星即使有异议也没有理由反驳。

这时一新却眼珠一转,突然冲过去抱着顾梓繁的手臂说:"不嘛,我要和繁哥哥一组。"

三人瞬间陷入了沉默,一脸不明所以地看着一新。

乔苏迟疑了一下,害怕顾梓繁会尴尬,于是劝道:"一新,你和姐姐一组吧?"

"不要!"一新铁了心地赖住顾梓繁,恨不得变成一块牛皮糖粘到他身上去,"除了繁哥哥,谁也保护不了我!"

小孩子的选择即使没有合理的理由,也让人毫无招架的办法,一时间连顾梓星也不知道该怎么办才好。

顾梓繁低头看了看冲着顾梓星挤眉弄眼的一新,目光闪了闪,

第九章 给我一个微笑就够了

181

蓦然笑了出来："好啊，那我就和一新一组。"顿了顿，他又转向顾梓星嘱咐，"梓星，苏苏胆小，你好好照顾她。"

顾梓星这才抬起头，深深地看了一眼哥哥，露出不屑的表情。

乔苏听罢却嘴硬道："我很勇敢的，不需要他的保护。"说罢，就像奔赴刑场一样，和顾梓星上了车。

坐在前排的乔苏回过头提前给顾梓星一个大大的笑容，却在下一秒就破了功。

"啊！"一双冰凉惨白的手突然搭在乔苏的脖颈处，乔苏立刻发出凄惨的叫声，瞬间就缩成了乌龟的样子。那双手的主人似乎被乔苏的尖叫声吓到了，在哆嗦了一下后便消失得无影无踪了。

乔苏将头埋在车边框附近的位置，摇摇晃晃地，随时都有要撞上去的危险，顾梓星看到后，伸手挡在了乔苏与车边的缝隙中。

"不要怕，都是假的。"他安慰乔苏。

过了好几秒钟，乔苏带着哭腔的声音才缓缓响起："啊，我要出去，我不玩儿了……"

顾梓星这才意识到乔苏比他想象中还要胆小。刚刚开始就这样，后面还怎么办？顾梓星这么想着，轻轻地叹了口气，缓慢从座位上挪下，蹲在了车子狭小的空隙中。

乔苏的头瞬间就埋在了他的怀里。顾梓星轻拍着乔苏的背说："别担心，有我在。"

乔苏带着浓重的鼻音，轻轻应了一声。

接下来七八分钟的时间里，两人都是这么度过的——

"顾梓星，好像有什么东西在碰我的小腿。"

"是我的手。"顾梓星安慰道。

"可是我感觉身上有三四只手……"乔苏怀疑地说。

"没错,都是我的。"顾梓星云淡风轻。

"顾梓星……"乔苏牙齿打战,"好像有什么东西扫到了我的脖子……"

"是我的头发。"顾梓星面不改色地回答。

"你的头发有那么长吗?"

对于乔苏来说,仿佛过了一个世纪,又仿佛才有几秒钟时间,鬼屋的小车抵达了终点。

顾梓星放开乔苏,站了起来。说不上是失落还是其他的感觉,乔苏理了理被蹭乱的头发,低着头小声冲顾梓星说了声"谢谢"。

顾梓星还未回答,一新和顾梓繁的小车也紧随其后抵达。

"姐姐,你没事吧?"一新跳出车便冲到乔苏面前,"听繁哥哥说你很怕这个,早知道不硬拉着你玩了!"

"我没事。"乔苏笑着刮了一下一新的鼻子,和走过来的顾梓繁四目相对。

顾梓繁眉眼间全是担忧,冲她做了个"没事吧"的口型,乔苏摇了摇头。

"现在八点多了。"顾梓繁低头看了眼手表,挑眉看向三人,"接下来想玩哪个?"

顾梓星突然说:"八点半有烟火表演,想去看看吗?"

乔苏被鬼屋吓得有些暗淡的眼睛瞬间亮了起来,她和一新交换了一个眼神,异口同声地说:"想!"

"原来这里会放烟花啊!"乔苏说。

随着人流,四人朝燃放烟火的广场缓缓走去。

"嗯。"顾梓星点点头,"只在周六有。"

乔苏了然,怪不得他要今天来哥本哈根。

"苏苏,你喜欢看烟花啊?"顾梓繁弯着眼睛看向乔苏问道。

"是啊,烟花浪漫,哪个女孩不喜欢呢?"乔苏边回答着,边笑着蹲了下来,帮一新把外套的拉链拉好。

一新眨了眨眼睛,十分天真地说:"那等我长大以后,把全丹麦的烟花都买下来,放给姐姐看!"

乔苏被他的话弄得又感动又好笑:"好,姐姐等着那么一天。"

顾梓星不动声色地看了乔苏一眼。

到了广场,人群逐渐聚集起来,乔苏四人也肩并肩站在原地时不时看着表,等待烟花燃放的那一刻。

广场的霓虹与漆黑的夜空交相辉映,乔苏也陷入思绪当中。

她想等下烟花绽放的时候,一定要许下一个愿望。希望能再见许恩一面。

20:29,顾梓星突然出声叫乔苏。

"喂。"

"嗯?"乔苏诧异地转头看向顾梓星。

"其实你今天很好看。"他轻声说。

乔苏不可思议地睁大了眼睛。

瞬而烟花升空,绽放于漆黑的夜空,也映在少年灿若星辰的眼眸中,他就那么微微仰着头,完美的侧脸却是从未有过的柔和。

6

回到欧塞登时,已经是凌晨时分。夜晚淅淅沥沥下起了小雨乔苏躺在床上，迷迷糊糊回忆着今天的事情，伴着动听的雨声，很快就进入了睡梦中。

第二天，不知不觉，再来后山已是新桐初乳的光景。

告别了冬的寂寥，梧桐树也悄悄变了模样，光秃秃的枝丫已经冒出一些嫩黄的小叶子，染上了春的气息。乔苏手中摩挲着略微粗糙的树干，树干上仍旧是那几个字，一点儿新痕也没有。

"我走了，别找我。"乔苏喃喃念着，缓缓抱膝蹲了下来，心里却是又茫然又失望。

她每隔一小段时间就会回到这里，期盼许恩也许会回来，留下什么新的痕迹，更害怕她回来以后因为找不到自己而焦急，可是换了季节，她依旧杳无音信。

许恩，你到底去哪儿了？怔怔地在原地蹲了好久，直到双腿麻得几乎失去了知觉，乔苏才扶着树一点点站了起来。

此刻还是早上九点，周末的悠闲时光并不会在贫民窟有所体现，这里的人为了生存而不知疲惫地一早起来就做着底层的工作，反倒在家的人很少。

回去的路上，偶尔能见到因缺乏营养而异常瘦弱的孩子，脸上不再天真懵懂；还有些许懒散地靠在狭窄肮脏的道路旁，衣着破烂，早已随着时间沦为行尸走肉的老者，他们空洞的双眼没有了生的华彩，死亡也似乎无法撼动半分。

昨晚下了一场小雨，地面肮脏而湿滑，灰暗低矮的房子紧紧挤在一起，裸露出的墙体颤颤巍巍，散发着腐朽的气息。这里的格局早已被各种私搭乱建打破，形成了各种幽深复杂的小道，如果是不熟悉的人误入，肯定会迷失在贫民窟内部复杂的道路中。

哪怕晴空万里，这里依旧是阳光照不到的地方。

从后山到出贫民窟还有一段路程，乔苏裹紧外套，低着头步履匆忙，熟练地穿过层层死寂的小巷子，就算已经生活了五年，她仍旧本能地想逃避这个丝毫没有生气的地方。

一心着急离开这里的乔苏并没有发觉自己被人悄悄跟上，在转过一条巷子时，一只手悄悄伸到她的背后，瞬间捂住她的嘴，将她拖入用木板和碎石烂砖搭建的破旧小屋中。

一切发生在电光石火间，乔苏甚至还没来得及有所反应。

"唔……"临时充当破旧小屋大门的塑料布被扯下来，周围瞬间被黑暗包裹。下一秒乔苏就反应过来，巨大的恐惧瞬间吞噬了乔苏，她全身的汗毛几乎都竖了起来，拼命地扭动挣扎，抓她的那个人，力气出乎意料地很小，竟然没几下就让她挣脱开来。

乔苏下意识地往外冲，黑暗中却听到一个声音，她瞬间如遭雷击，再也挪不开一步。

"苏苏，是我。"声音不大，听起来甚至有些虚弱，对乔苏来说却十分熟悉。

毕竟她回到这里，就是为了寻找这个声音的主人。

"许恩？"乔苏不可置信地开口，头就和生了锈发涩的机械一样艰难地转向黑暗中的那个人。光亮从各处的缝隙丝丝缕缕钻进了只有几平方米的地方，打在许恩的脸上。

她没有想到自己一直在找的人，就这么毫无预兆地出现在面前。乔苏伸出一只手，有些不确定地去触摸许恩，却被她有些不自然地躲开。许恩没有说话，就这么静静地看着面前的女孩，略微发红的眼眶泄露了她此刻心中的波澜。

"你去哪儿了？"乔苏的嘴唇不住颤抖，脑子里一片空白，突然的重逢反而让她失去了思考的能力，将曾在心里演练过无数遍的情绪和疑问抛之脑后。此刻她的内心，重逢的喜悦盖过了一切。

许恩动了动嘴唇，却不知道该说什么。她现在身处的情况复杂，本打算看到乔苏而不去相认，却终究没有忍住。

大概这是人在孤立无援时所做出的本能反应吧？毕竟对许恩来说，即使是做了对不起乔苏的事情，但她从来都只有乔苏可以依靠。

乔苏看到许恩没有反应，喜悦之余透出一丝慌乱，她刚想询问，许恩却突然上前抓住她的一面肩膀，做了一个噤声的手势后，侧耳仔细听了起来。

死寂的巷子里，杂乱的脚步声以及窃窃私语声格外明显。

许恩的眼睛暗了暗，最终缓缓闭上，生硬地说："苏苏，对不起，我得走了。"

乔苏不可思议地睁大眼睛，语气终于染上一丝愤怒："你这话是什么意思？"

许恩看着她，眼神却格外坚定。乔苏看着，肩膀瞬间就耷拉下来。

"我们好不容易才见面……"乔苏眼中浮起一层薄薄的水汽，声音有些哽咽，"你又要莫名其妙地丢下我离开？"

许恩迟疑了一下，轻轻伸手拭去乔苏眼角的泪，语气柔和下来。

"我只是遇到了点儿麻烦，需要躲一躲……"

"什么麻烦？"乔苏敏锐地捕捉到了重点。

"也许是我自食恶果吧。"许恩苦笑着呢喃，又从兜里摸索出一样东西塞进她手里，"既然见面了，我就把它还给你吧！"

乔苏下意识地低头看向手里的东西，才发现是当初自己送给许恩的那条项链。

"苏苏，"未等乔苏提出疑问，许恩突然用双手扳过乔苏的肩膀，

第九章 给我一个微笑就够了

直视着她,语气是从未有过的严肃,"接下来的话很重要,你一定要听好了。"

乔苏怔怔地点了点头,心里虽然疑惑,却知道许恩此刻的样子一定是有十分重要的事情要嘱咐自己。

"不要告诉任何人项链在你手里这件事。"许恩一字一顿地说,"找机会去个安全的地方打开这枚吊坠,里面……有和你有关的东西。"话音刚落,外面便传来越来越嘈杂的声音,许恩脸色一变,身体紧张得越发僵直。

本来听得云里雾里的,乔苏自然也听到了外面的动静,她顾不上询问,一把抓住许恩的手臂:"外面有人要抓你吗?"

许恩神色凝重地点了点头,呼吸也连带急促起来:"我要走了,你在这里待着,等外面没声音了再出去。"

乔苏却狠狠地咬住唇,并未松开抓住许恩的手。许恩看了她几秒钟,突然回过身,狠狠地抱住乔苏:"苏苏,下次再见,我一定会告诉你所有的事情。"

一滴眼泪缓慢落下,瞬间就渗透进乔苏的衣领中,乔苏却轻轻推开了许恩,突然把自己的外套脱了下来。

"许恩姐,我们换衣服吧。"乔苏大大的眼睛此刻在黑暗中亮得可怕,"我来帮你。"

第十章
跌进青春的云和月

不知道从什么时候开始,他的神情柔和了很多,再也不是曾经桀骜而冷漠的样子。

"一辈子,总够了吧!"他语气虽然平淡得像白开水一样,却一下就沁入了乔苏的心底。

这是一句不轻言,言了便要用一生去实现的诺言。

1

"不行!"许恩惊呼出声。

猜到了乔苏的想法,她一把抓住乔苏递过衣服的手臂,条件反射般地一口回绝。她怎么能让乔苏为了自己而陷入危险?

黑暗中,两人相对的四目却又各自掺杂着复杂的意味。

乔苏早就料到了许恩的反应,并未惊讶,而是坚定地将她抓着自己的手一寸寸掰开:"许恩姐,如果你被对方抓住会怎样?"

乔苏目不转睛地盯着许恩,看着她脸上的血色逐渐褪去。

许恩抖了抖嘴唇,呼吸变得有些艰难,她别过头躲开乔苏的视线,僵硬地说:"那也是我自己的事情,不用你管。"

"不用我管吗?"乔苏闭上眼睛缓缓舒了口气,再睁开时眸中似乎隐隐闪烁着晶莹的光,"我不懂什么大道理,也不知道你究竟遇到了什么事,我只知道曾经你将我拉出过黑暗无数次,所以我做不到袖手旁观,你不要害怕会连累我,如果连你的港湾都做不了,又怎能担得起'好朋友'这三个字?"

她的眼神清澈而坚定,许恩眼前突然变得一片模糊。这些暖暖的话敲在她的心上,却让她越发绝望和羞愧。

"不,你不明白。"许恩惨笑。

你不明白,当初离开你,做出选择的那一刻,我已经不配称为你的朋友。

乔苏敏感地捕捉到了许恩一刹那复杂的情绪,皱了皱眉头,却来不及多想。

"快和我换衣服,我去把人引开,这里地形复杂,他们不一定能追得上我。"说着,乔苏把衣服塞到许恩怀里,见她还愣着,顿时有些着急了,"许恩姐!"

许恩低着头,黑暗中看不出表情:"你走吧,我不会答应的。"

乔苏急得跺脚,突然想到了什么似的:"你不是说下次见面还有事情和我说吗?还有你到底为什么抛下我?我想听你的解释。如果你被抓住了,那谁跟我解释啊?"

许恩一愣。

乔苏看到许恩明显动摇了,于是接着说:"你不用担心我,就算我被抓到了,对他们来说我也只是一个被认错的陌生人而已,他们不会对我怎么样。"言毕,她伸手去拽许恩的外套,许恩没有挣扎,任由乔苏脱了下来。

"等我引开他们,你趁机找个安全的地方躲起来。"乔苏快速套上许恩的外套,"不过,到时候我要怎么找你呢?"

"别来找我,回你该回的地方。"许恩哑着嗓子说,"有机会,我会联系你。"

乔苏点点头准备离开,末了她又回头看向许恩:"你会联系我的,对吧?不会再突然消失吧?"

许恩轻轻地应了一声,始终未看乔苏一眼。乔苏舒了口气,掀开门上的塑料布走了出去。

"我等你,许恩姐,如果……如果你再不辞而别,我再也不会原谅你!"

她头也不回地离开,许恩却仿佛被抽干了所有力气,脚下一软瘫了下来。

像我这样的人,应该下地狱吧!内心突然出现了一个巨大的洞,彻骨的寒冷袭遍了许恩全身,她靠着肮脏的墙壁笑了起来,脸上却湿得像雨水淋过一样。

第十章 跌进青春的云和月

2

正午刺眼的阳光钻进小巷，蓦然从黑暗中走出，乔苏的眼睛不适应地眯了起来。

那些人似乎在隔壁的小巷挨个搜查，动静在这片拥挤而寂静的地方格外清晰。

乔苏一把扣上了衣服上的兜帽，帽子又大又长，遮住她一半的脸，随后她深吸一口气，小心翼翼地向前走去，然而每走一步，对方的声音便会更近一些。

拥挤的小道两边堆满了碎石杂物，散发着难闻而刺鼻的味道，乔苏环顾许久，终于将目光定格在巷子拐角处一堆摞着的废弃瓦片上。乔苏上前，用尽力气将瓦片全部推倒，瓦片瞬间发出稀里哗啦的清脆破碎声，声音在小巷里显得异常响亮。

"谁？"凌乱的脚步声向乔苏这边靠近，仿佛已经近在咫尺，听到对方的动静，乔苏拔腿就向反方向跑去，几个黑衣壮汉出现在乔苏推倒瓦片的巷子口，由于狭窄的道路被散落了一地的瓦片铺满，他们只得放慢了脚步，却正好瞧见乔苏即将消失在前方路口的背影。

"追！"领头的黑衣人眯着眼看到那抹背影的身高衣着与自己要抓的人无异，断定正是逃跑的许恩，于是冷声命令。

乔苏握着拳拼命地奔跑于贫民窟的小巷中，耳边的风呼呼作响。由于剧烈运动，她的呼吸逐渐粗重起来，脚步也越来越慢，但好在如她所料，在这样复杂的地方，那帮人追得十分吃力，距离也越甩越远。

许恩她……到底惹上了什么人？乔苏边在心里想着，边遛着对方跑。几圈之后，乔苏估算已经留给了许恩足够的逃跑时间，加之全身的乏力感不住袭来，她终于准备离开这里，于是向离开贫民窟必经的大路上跑去。

丹麦是个治安森严的国家，除了贫民窟这种灰色地带，在正常的地方那些人绝对不敢随便抓人。

可是乔苏步伐飞快，压根没有注意到脚下的情况，昨晚的雨水渗透进铺在路中的废弃塑料袋，并未干涸反而十分湿滑，乔苏踩在上面后，重重地摔在了凹凸不平的冷硬水泥地上。

即使隔着裤子，膝盖和小腿仍旧传来一阵尖锐的疼痛。

"好疼……"乔苏咬着牙缓缓爬了起来，额头上瞬间就渗出了一片冷汗。

这一摔，便拉近了自己与对方之间的距离。

快了……快离开贫民窟了。乔苏一瘸一拐地向前跑，眼睛死死地盯着出去的方向。此刻正午的阳光炙热地打在她的脸上、身上，乔苏整个人就像刚从水池里捞出来的一样，被汗水浸得透湿，她终于脱力般瘫坐在地上。有人看到了乔苏的异常，却神情麻木地缓缓转动着浑浊的眼球，很快就将视线移开了。

在这种地方，人们连自保都难，又怎会去管其他人的事情？

那些人很快便追了上来，一把将乔苏按在地上。

"放开我！你们是谁？抓我干什么？"忍着身体的疼痛与心头的绝望无力，乔苏打起精神，奋力地扑腾着四肢挣扎。

肩胛骨传来一阵用力的挤压，乔苏被其中两个人一把提起，跪坐在地上。

"真能跑啊！"领头的黑衣人喘着粗气，咬牙切齿地瞪着将他们耍得团团转的乔苏，一边吩咐身边的同伴，"告诉青叔，人抓到了！"

第十章 跌进青春的云和月

乔苏再次剧烈挣扎，按着她的黑衣人反手将她的胳膊拧了起来，动作十分粗暴，乔苏疼得哇哇大叫起来。

"你们到底是谁啊？我不认识你们，快放开我！"

"闭嘴！"领头的黑衣人本就追人追得一肚子火，被乔苏聒噪的尖叫声一吵，更是一脸不耐烦，他揉了揉眉心，冲上前一把拽住乔苏的帽子，将她的头抬了起来。

帽子下是一张陌生的脸，正满脸愤怒地瞪着他。

黑衣人一愣，脱口而出："你是谁？"

乔苏又气又委屈，大声喊："你们莫名其妙地抓我，还问我是谁？"边喊着，她边仔细地观察着对方的神情。

"不对！"只见对方先是一脸疑惑地喃喃，随即又像突然想起什么似的拍了下头，冲着乔苏怒吼，"说，她藏到哪里去了？"

乔苏心中一紧，面上却是一脸茫然："什么人？你到底在说什么？"

"还想蒙我？"黑衣人狞笑一声，一把抓住乔苏的衣领，恶狠狠地道，"你和她若不是一伙的，又怎么会见到我们就跑，还穿着她的衣服？"

"我不知道你们在说什么！"乔苏低下头避开对方的目光，身体不住地抖动，似乎是被对方凶狠的样子吓到了，"这衣服是我以前去集市买的，又不是什么限量款，撞衫不是很正常吗？而且你们那么凶，见人就追，我一害怕也就只能跑了。"

"还敢狡辩？"黑衣人的手劲又重了几分，乔苏顿时又大叫起来。

"闭嘴！叫那么大声干吗？"黑衣人气得跳脚，伸手又准备去堵乔苏的嘴，却被她躲开了。

这里离出贫民窟剩下两三百米，他害怕这女孩的喊声会招来其他人。

"我真的什么都不知道,求求你们放过我吧!"女孩抱着头,似乎吓得不轻,脸蛋也憋得通红,最终不仅没小声,反而"哇"的一声哭了出来。

黑衣人皱着眉,仔细观察了面前的女孩半晌,她哭得上气不接下气,看起来仿佛真的很害怕,怎么也不像有胆子敢帮别人逃跑的那种人,于是示意抓着她的同伴松开手,狠狠地推了她一把。

乔苏再一次摔到了地上。

"走吧,别没事瞎逛,再让我看到你,就不会轻易放过你了。"

乔苏连声道谢,手脚并用地想爬起来,却奈何似乎是被吓得腿软,在原地愣是扑腾了半天,慌张狼狈的样子逗得身后的黑衣人一片哄笑。他们却没看到背对着的女孩,此刻藏在帽子下的神情一片清冷,倔强的眸子亮得可怕,她最终缓缓起身,一步步地向前挪动。

乔苏第一次觉得,这大概只有300米的路,可以走得这么漫长。

"青叔。"身后突然传来黑衣人的声音,对方似乎是新来了同伴,乔苏听到后脚步顿了一下,却在下一秒不露声色地加快步伐向前走去。

来人正是乔家的管家张青,在听完黑衣人汇报后,他皱着眉头看向乔苏蹒跚离开的背影,随即追了上去。

"这位小姐。"他出声呼唤乔苏,女孩却像没听见一样继续往前走,身边一个黑衣人见状先行冲了上去,拦下乔苏。

乔苏不得不停下脚步,她死死地抿着唇,一瞬间感觉全身的血液仿佛倒流一般,虽然不知道对方再次叫住她的用意是什么,却知道这次可能不会那么容易就蒙混过关了。

第十篇 跌进青春的云和月

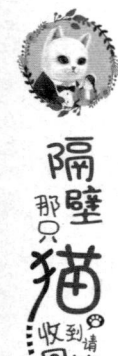

"这位小姐别紧张,我只想再问你几个问题。"张青跟了上来,见乔苏没有回头,于是柔声说道。

乔苏深吸一口气,缓缓转过头,将自己的面容藏在帽子下,仿佛这样能让她安心一点儿。

面前是一个穿着十分讲究的老者,手里拄着一根拐杖,神情温和,一双精明的眸子此刻正打量着乔苏。

"我真的什么都不知道。"酝酿了一下情绪后,乔苏使劲摇着头,语气里夹杂着哭腔和惊恐,"求你们放过我吧!"

张青盯着乔苏露出来的下半张脸,她的嘴唇此刻因为害怕,在剧烈地颤抖着。但莫名地,一种熟悉的感觉自他心底生了出来。

"别担心,小姑娘,我只想问问你是否住在这里。我想找一样东西,需要一个熟悉这里的人来给我带路。"张青笑容温和,仿佛想刻意缓解乔苏的情绪,"当然,我会付给你相应的报酬。"

乔苏自然不会承认:"我不住在这里,帮不了你们。"

一旁领头的那个黑衣人却忍不住插话拆穿她:"她骗人,刚才还遛着我们到处跑,一定很熟悉这里。"

乔苏浑身一紧,默默在心里咒骂了一句,心快从喉咙里跳出来了。

张青意味深长地看了乔苏一眼后,突然伸手去揭她的帽子。乔苏吓了一跳,下意识地向后躲去,脚下却没站稳,一屁股便坐到了地上,帽子也随着惯性从她的头上掉落。

所有人的视线顿时聚集在了乔苏身上。

乔苏低着头,慌慌张张地将帽子重新扣在头上,虽然对方并不认识她,她也不想将自己的样子随意暴露在他们面前。

"等一下!"张青突然激动地喊道。

就在那么一瞬间,张青看到了乔苏的脸,却如遭雷击般怔在原地,内心早已波涛汹涌。

"乔心然！太像了！"在乔家服侍了几十年的张青一下子就想起了这个名字，面前的女孩和乔心然几乎长得一模一样！

听到张青的喊声，乔苏心中顿时警铃大作，她转动着眼珠，将目光落在一步之外丢弃在地上的啤酒瓶子上。

"你……"面上松弛的脸皮都仿佛颤动起来，张青激动地意欲再上前一步，却突然听到汽车发动机高速转动的轰鸣声。

只有不到两米宽的街道，一辆汽车毫无预兆地从路的尽头冲了进来。乔苏一瞬间便捕捉到了对方愣神的工夫，一把抄起身边的啤酒瓶，朝着张青脸上扔了过去，几个黑衣人顿时手忙脚乱地扑上来。

趁着对方陷入短暂混乱的时刻，乔苏转身拔足狂奔，头也不回地冲向路口的那辆汽车。

"该死的！追上她！"看到乔苏趁乱逃跑，张青一把推开替自己挡瓶子的黑衣人，边踉跄着向前跑边铁青着脸吼道。

奈何乔苏此刻已经冲上了车，在完美地展示了一个技术性的掉头后，车绝尘而去。

"没用的东西！"张青生气地用拐杖敲击着地面，脸上早已是一片扭曲，他注视着车离开的方向，默默地念出一串车牌号后，语气冰冷地说，"给我查！"

3

脱离了危险，乔苏整个人像摊泥一样坐在副驾驶位置上，胸口不住地上下起伏，此刻身体各处的疼痛感才呼啸着向她袭来。

"到底怎么回事？那帮人是谁？"顾梓星紧紧地握着方向盘，皱眉看了乔苏一眼，乔苏并未回答他，而是伸手缓缓地卷起裤腿，此刻，她白皙的腿上一片血肉模糊。

"嗞……"裤子粗糙的面料摩擦着伤口，那疼痛感让她几欲晕厥。

顾梓星看了一眼，大惊，一个刹车便将车停到了路边。

"你怎么搞的？怎么会弄成这样？"顾梓星冲着乔苏一声怒吼，却没想到直接将她的眼泪吼了出来。

"好疼！"乔苏抽着鼻子，眼泪汪汪地看着顾梓星，少年充满怒气的脸瞬间定格，在愣了一秒钟之后，他突然弯下身子，一言不发地凑到乔苏的小腿前。

伤口面积很大，虽然看起来都是皮外伤，但血也流了不少，甚至和裤子粘到了一起。一种从未有过的感觉涌上顾梓星的心头，他的眼中涌出点点心疼。

"我带你去医院。"顾梓星坐了起来，重新启动车准备离开。

他虽然面无表情，语气中却压着极大的火气，握着方向盘的双手也不受控制地微微颤抖。

"别！"觉察到顾梓星的怒意，乔苏一把按住他放在方向盘上的手，恳求道，"我们回家好不好？都是皮外伤，真的不碍事。"

她不想去医院，一来伤口本身就不重；二来她只想回家，她想要一个安静的空间去好好消化今天的事情。

顾梓星置若罔闻。

"梓星！"乔苏第一次这么叫顾梓星的名字。

少年的身体猛然一僵。

她可怜巴巴地望着面前的少年，语气多了些坚定："我累了，我们回家好不好？你帮我涂一下药就行，我保证不会有什么问题。"

顾梓星沉默了一下,缓缓变道开往家的方向,乔苏最终松了一口气。

家中恰巧只有吴妈在,看到乔苏和顾梓星回来,她赶忙迎了上来,瞬间便发现了乔苏的异常。

"吴妈,医药箱在哪儿?"看到吴妈一脸惊讶地盯着乔苏,顾梓星不动声色地挡在她面前,问道。

吴妈收回目光,聪明地并未多问:"我去给你拿。"

拿到医药箱,乔苏乖巧地跟着顾梓星回了房间。

裤子是紧身的,贴在乔苏腿上自然是无法上药,顾梓星拿出剪刀想帮乔苏把裤腿剪开,乔苏赶忙阻止:"不用,我去换条宽松的睡裤就行,你要是直接剪了,以后就没办法穿了。"

顾梓星鄙夷地看了她一眼:"你是想再脱一层皮吗?"

他说得没错,紧身的裤子换的时候必然会摩擦到大片的伤口,更别说一些干涸的血渍还将裤子与伤口粘了起来,贸然脱掉必然会加重伤势。乔苏无法反驳,咬了咬唇后泄气地说:"那就麻烦你了。"

顾梓星冷哼一声,随后神情专注地拿起剪刀,贴着皮肤缓缓从裤脚剪了起来。安静的房间里只传来微小的布料被撕扯开的声音。

即使顾梓星的动作很轻柔,但布料扯着皮肉的痛感还是让乔苏时不时倒吸一口凉气,眼泪也在眼眶里打转,憋了半天,还是有一滴眼泪掉在了顾梓星拿着剪刀的手上。

顾梓星的手轻轻颤抖了一下,他目光追随着那滴眼泪许久,才抬起头来看向乔苏,像哄孩子一样对她说:"忍一下,等好了带你去吃好吃的补一补。"

乔苏破涕为笑,心里的阴霾也消散了一些。

等两条裤子都剪到膝盖处,伤口全部露出来时,已经过去了足

第十章 跌进青春的云和月

足半个小时。顾梓星松了一口气，后背的衣服都湿了一大块。

"谢谢你。"乔苏抽了几张纸，想帮顾梓星拭去额头的汗，却被他皱着眉躲开了。

"别乱动。"顾梓星打开医药箱，找到了包扎要用的所有药品，"上药会很疼，能忍住吗？"

"我可以。"乔苏很快接话道，生怕给顾梓星添麻烦，"就是蹭破皮而已，没关系。"

顾梓星冷哼一声，拿起蘸了碘酒的棉签轻轻碰了一下面前人的伤口，乔苏疼得下意识就叫了出来。

"只会逞强。"顾梓星抬起头看了乔苏苍白的面容一眼，随即垂下眸评价道。

乔苏气得鼓起腮帮子，却知道他是为了自己好，所以无法反驳，最终只得悻悻地说："我又欠了你一次人情，感觉要还不清了。"

顾梓星没有回答，而是用棉签轻轻地点在少女腿部的伤口上。她似乎很疼，身子微微地颤抖，却又死死地握着拳，仿佛在极力隐忍着。他的心蓦然就泛起了点点涟漪，鬼使神差地，顾梓星突然说："那就慢慢还。"

"啊？"乔苏显然没听懂。

面前的少年此刻正拧开一瓶药水，十分专注。他轻轻抿着嘴角，浓密的睫毛敛去了平日里那双布满星光的眸子。

不知道从什么时候开始，他的神情柔和了很多，再也不是曾经桀骜而冷漠的样子。

"一辈子，总够了吧！"

他语气虽然平淡得像白开水一样，却一下就沁入了乔苏的心底。

这是一句不轻言，言了便要用一生去实现的诺言。

突然有一种情绪，像被点燃的火线一般，从女孩的心底烧了起来，那些日日夜夜被反复藏在心里的悸动，因为这一句承诺，喷涌而出。乔苏大脑发热，一把抓住少年的胳膊，脱口而出："顾梓星，我……"

话未说完，她便像被人浇了一盆凉水，清醒过来。顾梓星诧异地抬头看向乔苏，挑了挑眉，示意她继续往下说。

"没……没什么！"乔苏却瞬间丧失了勇气，变得有些黯然。

这些年在贫民窟摸爬滚打，哪怕惹了一身泥泞，她也一直坚信人生来平等，所以从来都挺直腰板，不曾被挫去半分勇气。可不知什么时候，乔苏却悲哀地觉得，原来自己与顾梓星真的生来就是两个世界的人，中间隔着不见底的深渊，就算再怎么努力她也无法越过半分。

"真的没什么？"

"真的！"乔苏回答得斩钉截铁，似乎在说服自己。

顾梓星意味深长地看了女孩一眼，低头专注上药："还记得我说过的话吗？强大的人敢于面对一切伤痛，所以乔苏，别逃避，也许会有人愿意陪你承担呢！"

乔苏心念一动，抬头怔怔地看向顾梓星，而他也正看着自己，似乎在等待自己的回答。大脑似乎放空了几秒钟，乔苏悄悄攥了攥拳头，缓慢地摇头："我真的没……"

顾梓星星空般的双眸渐渐暗淡，随着话音染上了一层淡淡的失望。

乔苏的心里染上满满的慌乱，电光石火间，她做了一个决定："我的确有话要说！"乔苏深吸了几口气，试图平缓剧烈的心跳，"我需要点儿时间……但我会拼命努力的，你可以等我吗？"

顾梓星没有回答，只是垂眸继续为她上药，嘴角却勾起一丝柔

第十章 跌进青春的云和月

和的笑容。

正如乔苏所说，伤势的确不重，在逐渐上完药后，处理过后的伤口看着也不再那么血肉模糊了。

看着顾梓星慢条斯理地将医药箱重新整理好，乔苏也站起来想要告辞。

"等一下。"顾梓星显然没打算就这么轻易放过乔苏，他抱臂看向她，毫无商量余地地说，"你是不是该跟我解释一下今天的事情？"

乔苏显然料到了他会问，叹了口气重新坐了下来，将早上发生的事情复述了一遍，却暂时将项链的事情隐瞒下来。她不是不信任顾梓星，而是不知道自己会面对一个什么样的秘密。

听罢，顾梓星沉默许久，突然问道："她没有跟你解释什么吗？"

"没有。"乔苏摇了摇头，脸上闪过一丝忧虑，"她说再见面一定会告诉我，可我现在连她去哪儿了都不知道。"

顾梓星的眸中忽然染上了一层阴霾，他突然走到乔苏面前，居高临下地看着她，没头没脑地问道："如果她背叛了你，你会怎么办？"

乔苏失笑道："怎么可能？我什么都没有，她有什么好背叛我的啊？"

说完，她心里却莫名浮起一丝不安，于是像说服自己一般，又补充了一句："她是我最好的朋友。"

顾梓星却蓦然笑了起来，他转头向窗边走去。

"不是谁都和你一样傻，乔苏。"他的语气里似乎夹杂着一丝淡淡的嘲讽，"每个人的底线不一样，有些人为了欲望，没有什么

是做不出来的。"

乔苏愣了愣，觉得他的话似乎别有深意，于是问道："你到底想说什么？"

顾梓星嗤笑一声，看着窗外，并未回答。乔苏歪着头想了想，觉得他仿佛对许恩有莫大的偏见，还是决定再解释一下。

"我觉得你对许恩有误解，如果了解她，你就会知道她绝对不会是你说的那种人。"

顾梓星听到这话，意味不明地笑了一声，随即他缓缓回头，幽深的双眸看着乔苏道："你不用跟我解释，如果不是因为你，我才懒得去深究她是一个什么样的人。"

乔苏一时语塞，不知道是高兴他直接地表达了对自己的重视，还是其他情绪。

"唉……"乔苏最终还是重重地叹了一口气说，"也不知道许恩姐最后有没有安全离开，毕竟那帮人看起来就不太好惹的样子。"

"你拼了命帮她拦下那帮人，她自然会大摇大摆地离开。"顾梓星冷冷地说。

乔苏听出来顾梓星的嘲讽，也不反驳，只是无奈地摇了摇头。

房间一下就陷入了沉默。

顾梓星走到床边躺了下来，出神地望着天花板，突然不经意地问了一句："今天那些人，你认识吗？"

"他们追的又不是我，我怎么会认识？"乔苏莫名其妙地看了顾梓星一眼。

顾梓星眼神动了动，一动不动地躺着，不再理会乔苏。乔苏以为他是累了，于是识趣地站起身说："那……我先回房间了。"

顾梓星哼了一声，算是回答。

第十章 跌进青春的云和月

4

回到房间,乔苏将门反锁起来后,第一时间便掏出了手机,却仍旧没有发现任何新消息或来电。

叹了口气,乔苏拿出许恩还给她的那条项链。

项链的年代虽然久远,但被保存得很好,看起来与新的并无二致。

"找机会去个安全的地方打开这枚吊坠,里面……有和你有关的东西。"

再次回想起许恩说的话,乔苏举起吊坠,仔细端详起来。

吊坠内部似乎是空的,若非缝隙太小,一般不知情的人即使仔细观察也发现不了什么异样,更想不到里面的空间可以作为暗格,放置什么东西了。

不知道许恩是怎么发现的?乔苏边想着,边在手中换了好多样工具,终于撬开了吊坠。里面静静地躺着一枚小小的芯片,而所有的秘密都承载在这里。

乔苏向顾梓星借了电脑和读卡器后,重新躲进房间里,将芯片放进读卡器插入电脑中。

似乎因为年代有些久远,在读取了很久后,里面的内容终于展现在乔苏眼前。

芯片里出乎意料地只有一个视频。打开视频,她觉得心跳骤然变快了许多。就像许恩说的,里面是有关她的事情,她有预感,里面的内容能解决她这些年来所有的疑问。

视频画面不算太清晰,在一阵晃动之后,一个女人突然出现在屏幕面前。她穿着时髦,衣服却有一定的年代感,看起来像十几年前流行的风格。

乔苏怔怔地看着那张与自己十分相似、在睡梦中见过的无数次的脸，不可置信地捂住嘴巴，泪水一下就喷涌而出。

她就那么毫无预兆地、活生生地出现在她的眼前。

她似乎比照片上显得更年轻一些，也更清瘦一些，声音不似乔苏想象中那样温婉，而是如少女般清脆动听。

"嗨，乔苏。"乔心然笑眯眯地冲着屏幕挥了挥手，面容依稀能看出有些憔悴，却怎么也遮不住她明艳的笑容。

这是一场跨时空的对话，乔苏一等便等了十几年。

"既然你能看到这个视频，那代表我早已不在你身边了吧？我先做个自我介绍，我叫乔心然，是你的妈妈。"

说完，乔心然缓缓地长叹一口气，随即不好意思地挠挠头，接着说："很抱歉让你以这种方式认识我，也不知道你看到这个视频时已经几岁了。让我猜一猜……"她煞有介事地掰着手指，似乎真的开始推测起来。

乔苏的嘴角也缓慢浮起了一丝可能连她自己都未曾察觉的笑意。即使她说过千万次恨她，却在见到她的那一刻全部烟消云散。

在猜了几个年龄后，乔心然的情绪瞬间低落下来："不管你现在多大了，我都很抱歉缺席了你这么多年的人生。"顿了几秒钟后，她接着说，"你每天有好好吃饭吗？不要挑食，要快一点儿长大哦……"

乔苏的眼眶逐渐红了，耳边不断传来乔心然絮絮叨叨的嘱咐。

"你要好好读书，人生肯定不是一帆风顺的，但也要心怀梦想，你可以脆弱，但最终一定要坚强。对了！"乔心然突然想起什么似的惊呼一声，"你现在有交到好朋友吗？要好好地和他们相处！朋友是你最宝贵的财富。嗯……你要怀着感恩和善良的心去对待世

第十章 跌进青春的云和月

界,但也不要向坏人轻易妥协。"说到这里,乔心然的脸上闪过一丝骄傲和自信,"我的女儿,一定是最坚强勇敢的,不会被任何事情打败!"

乔苏"扑哧"一声笑了出来,眼泪却像断了线的珠子一样不住滑落。似乎想起自己爱喝酒的癖好,乔心然皱了皱眉头,还是决定嘱咐乔苏一声:"女孩子不要喝酒!要学会保护自己,知道吗?长大后如果遇到喜欢的人,一定不要吝啬表达自己的感情,但一定要擦亮眼睛避免受伤,如果他是个好人……那就好好珍惜。"

说着说着,乔心然的声音似乎有些哽咽,她似乎在努力克制着自己的情绪,最终仍旧忍不住,双手掩面低下头来。

她语无伦次地,笨拙地表达着自己的爱。屏幕这头的乔苏,也早已泣不成声。过了一分多钟,乔心然重新抬起头来,即使画面不太清晰,却也能看出她有些红肿的双眼。

"不知不觉怎么啰唆了这么多啊!"乔心然抱怨道,用手狠狠地揉了一把眼睛后,她终于调整好情绪,一脸慎重而严肃地对着镜头说,"苏苏,接下来的这些话很重要,虽然我希望你快快乐乐无忧无虑地长大,永远不会触及这些,但它终究是隐患,所以原谅我最终还是决定告诉你,即使它很沉重,但可能你会用得到。

"乔氏和顾氏虽然在商场上是敌对关系,互相视对方为眼中钉,但又多年维持着一种相互制约的微妙平衡,而芯片是彻底推翻天平的存在。作为乔家养女,我被秘密安排到顾氏工作,很快就掌握了这两大集团几乎所有的财务报表和机密文件,这些东西,瞬间便可撼动两家根基!也就是说芯片一旦被其中一家掌控,是招财宝,也是夺命符,它将成为一枚无可阻挡的利器,直插另一家心脏。"

当乔心然向乔苏讲述了当年关于芯片这件事的全部经过后,乔苏大脑一片空白，久久不能从震惊中恢复过来。

"虽然芯片里的内容被我毁掉了，但乔家和顾家都还不知道，也不能让他们知道，否则，没人能制约他们两家。只是，他们肯定不会轻易放弃寻找芯片，放弃寻找和我有关的人，所以，你一定要小心。"

乔心然语重心长地嘱咐完，似乎是发现设备即将没电，眼神蓦然柔和下来："我不是一个合格的母亲，对不对？让你承受了这么多东西，即使你恨我怪我，我都接受，但我真的很想一直陪在你身边，不错过你人生中的任何时刻。我啊……还有好多好多事情想要告诉你……"

画面逐渐闪动，录制的设备终于没电了，在挣扎了几秒钟后，画面回归漆黑。乔苏瘫坐在椅子上，脑海里还回荡着最后一句话："苏苏，我和爸爸永远爱你。"

我也爱你们啊！可是，你们在哪里？是否还活着？

5

天色渐渐暗了下来，许恩低头走在饭后悠闲散步的人群中，却显得异常格格不入。晚霞暖洋洋地洒在每个行人的身上，许恩却下意识地裹紧身上的外套，外套上似乎还残留着乔苏的体温。

此刻她的内心一片冰冷和荒芜。饥饿感不断袭来，带着让人抓心挠肝的难受，而此刻身无分文的许恩却只能默默忍受着，缓慢朝前走去，却在前方不远处，忽然看到几个熟悉的身影，他们的目光在空中相对。许恩瞬间僵在原地，随后条件反射般回头狂奔。

可一天滴水未进的她哪里还有力气？在跑到一个死胡同后，许

  恩最终因为低血糖而不得不背对着墙，瘫坐在地上。此刻，她的腿就像拖了千斤顶似的再也迈不出一步，眼睛也看不见东西了。

  小巷的光瞬间被挡住，脚步声缓慢地靠近，许恩的眼前一片昏花，只能模模糊糊看到几个黑色的影子向她走来。

  是他们吧？终究还是被他们抓住了啊！许恩动了动腿，却再也没有奔跑的力气，她仰头靠着墙体，眼中最后一丝光芒消失殆尽。

  苏苏……对不起，我可能又要食言了。

  黑影停在许恩面前，她似乎能感受到对方居高临下，犹如看着待宰的猎物般的目光。耳边传来一丝轻笑，如清洌的泉水一般悦耳，却不是许恩熟悉的张青那帮人的声音。

  "你是谁？"她努力瞪大眼睛想要看清楚面前人的长相。

  "你现在的样子真可怜。"那人却答非所问，"两个选择，一是留在这儿等着被抓，二是跟我走。"

  许恩张了张嘴，最终两眼一黑昏了过去。

第十一章

寄一片海，给未来的你

她才明白，原来孤军奋战的滋味是这么难熬，无数个失眠的夜里，她终于尝到，夺来不属于自己的『红舞鞋』而产生的苦果。她就像一条铁板上的鱼，反复挣扎，反复受着灼心之痛，可她仍旧固执地认为自己不能再回头。

1

乔苏是被敲门声惊醒的。

此时房间里黑漆漆的一片,夜晚竟已不知不觉地降临,窗帘没有拉,天上寥寥几颗星闪烁,清冷的月色透过窗,孤零零地照了进来。

她不知道自己是什么时候睡着的,心脏跳得很快,仿佛堵在胸腔里有一种类似窒息的感觉,半个身体由于睡姿不当而袭来阵阵麻木感,泪渍还印在脸上,眼睛也似乎有些肿了,眨的时候莫名沉重,还带着一丝酸痛。

乔苏颤抖着撑着胳膊从床上爬了下来,从桌子上抽了一张湿巾快速擦了把脸后,脚步有些虚浮地跑向门口,一边开门一边打开了灯。

瞬间的明亮刺得她眼前一片模糊。

"乔苏小姐。"来人是吴妈,她一眼便瞧出了乔苏的异常,关心地问道,"你没事吧?"

乔苏摇了摇头。

吴妈见她不说,也没勉强,将手中拿的一沓资料递给了她。

"这是张秘书刚才送来的,让我交给你。"

张秘书是顾盛的左膀右臂,他有什么东西要给自己的?乔苏愣了愣,接过定睛一看,发现竟然是一些关于画室的资料。

"这是?"

"顾先生听说你很喜欢画画,专门筛选了几家不错的画室,这是一些关于画室和老师的资料,让你看看有没有中意的。"

乔苏一时没回过神来,只是喃喃应了一声,也不知道在想什么。

吴妈见状也不过多打扰:"你先看看吧,选好了直接告诉顾先生就行，我先下去了。"

"好，辛苦您了。"乔苏颔首抬眼，眸中的复杂还未来得及消去。

吴妈点了点头，便离开了。

刚关上门，乔苏便将自己扔在了床上，她举着手中的资料，紧紧地盯了很久，直至无力感和困意接踵而至，才闭上眼睛沉沉睡去。

许恩，顾乔两家以及母亲时隔十几年的嘱咐，这一切仿佛都织成了一张巨大的网，不知不觉间缓慢地向她收拢，待发现时，却再也无力挣脱。

她不知道接下来该怎样面对这一切。

而此刻，许恩仿佛掉落进一片混沌的深海中一样，周围寂静得可怕，视野所及之处幽深却空无一物，脚下也踩不到任何可以支撑的东西，似是有很多看不见的触角在拽着她不停地坠落。

海水冰冷的触感将她紧紧包裹起来。

"许恩姐！许恩姐！"遥远的地方似乎传来了乔苏一声声的叫喊，许恩的眼睛立刻亮了起来，她张大嘴巴想要回应，汹涌的海水却直直地灌进胸腔之中，冲得她瞬间意识模糊。

海越深，周围就越黑，乔苏还在遥远的地方撕心裂肺地喊着她的名字，许恩却终于撑不住缓缓闭上眼睛，眼底的一滴泪几乎还没成形，便融进海中。

对不起，苏苏，我可能再也见不到你了。许恩想着，被快速拽入海底。

"啊！"一声惊呼，许恩从床上一下子坐了起来，厚厚的遮光窗帘挡住了窗户，一时间分不清是白天还是黑夜，漆黑的房间里只有她抱着头大声喘着粗气的声音。

额头的冷汗一下子就掉进了她的眼睛里，灼得她生疼，许恩浑

第十一章 寄一片海，给未来的你

身湿得仿佛刚从海里捞出来一样,噩梦的真实感让许恩许久才回过神来。

昏迷前的一幕再次在许恩的脑海中浮现,起先由于噩梦而导致迷糊的状态立刻醒了大半,她急忙从床上跳了下来,摸着黑一把扯开窗帘。

似乎接近日出时分,天空泛起了微微的鱼肚白。这里是一楼,微弱的光从窗外紧密的新枝丫中透了进来,许恩才发现自己此刻身处于一间陌生的房间中。

房间类似于一个小开间的布局,看起来倒像是酒店之类的,装修得十分典雅整洁,家具都是些基本款,质感中却透露着不菲的价值。

硕大的房间,除了镜子映出面色苍白的自己外,空无一人,四周没有任何动静,安静得仿佛被人遗忘了一样。

肯定是救自己的那个人安排的地方。

许恩边想着,边冲向门口,门不出意外地被反锁着,有些焦虑的她立刻抬手准备敲门呼唤。拳头还未落在门上,许恩又突然停了下来,她思忖了几秒钟,又折回床上躺了下来。

对方肯定会来找她,她倒不如趁着只有自己的时候,想想接下来该怎么办。

许恩瞪着天花板,陷入了沉思。

事情还得从她来到乔家说起。

许恩心里很清楚,乔家不可能因为一条项链而断定她便是乔苏,但由于北欧医疗程序十分复杂,她料定乔家必然会将她带回中国后再找机会秘密做亲子鉴定。

事实证明,她猜测得完全正确,她提前带走乔苏的牙刷和头发,竟然真的帮她顺利地蒙混过亲子鉴定这一关,乔家人终于对她的身份不再怀疑。

可随着时间的推移,她逐渐发现,自己得到的并不是公主的城堡,而是跌进了无底洞一样的深渊。

她开始察觉到乔家似乎并不是想单纯地找回自己流落在外的血脉,他们有意无意的试探,让许恩逐渐意识到他们找回乔苏其实是为了一样东西——一个装着重要资料的芯片。

即使与乔苏朝夕相处多年,许恩也并未听她提过任何关于"芯片"的事情。

乔家人见从许恩嘴里挖不出任何有用的信息,便觉得她是刻意隐瞒,耐心也逐渐消磨殆尽。许恩也随之变得越来越焦虑,眼前的一切就好像泡沫一样,随时都会消失得无影无踪。

她才明白,原来孤军奋战的滋味是这么难熬,无数个失眠的夜里,她终于尝到,夺来不属于自己的"红舞鞋"而产生的苦果。

她就像一条铁板上的鱼一样,反复地挣扎,反复地受着灼心之痛,可她仍旧固执地认为自己不能再回头。

直到那一天,她无意中发现了项链的秘密,几乎没有任何犹豫地,她决定将项链还给乔苏。因为她知道,乔苏即使嘴上说着恨,却是比谁都想念自己的父母。

于是她借口想起了"芯片"的线索,与管家张青等人一起重回丹麦。

再后来,乔家发现她是冒牌乔苏,大怒之下将她关了起来,打算抓回 S 城处置,她找机会逃脱,然后遇上了乔苏,顺利地将项链交给了她。

苏苏应该看到那个视频了吧?许恩出神地想着,突然重重地叹了一口气。

第十一章 寄一片海,给未来的你

"为什么叹气?"突如其来的声音惊得许恩汗毛都竖了起来,她一个挺身坐了起来,脸上是还未退去的惊恐。

站在她面前的是一个年轻男人。他看起来不过二十岁左右的样子,穿着一件白色的衬衫,袖口随意挽起,整个人看起来随和干净。

他的皮肤很白,柔顺的黑色短发下,一双笑吟吟的眼睛漾着温柔的光,只是眼角有一颗明显的泪痣,竟平添了几分别样的风情。

此刻他正抱着臂站在床尾,好整以暇地看着自己。

"你是谁?"许恩下意识地往后缩了缩,神色充满警惕。

顾梓繁眯了眯眼,恶作剧般向前凑了凑,见引来对方更加警惕的眼神,这才缓慢地走向几步外的沙发椅上坐了下来。

"我说过,我是能救你的人。"他弯着唇看向许恩,轻描淡写地说。

"你是……"许恩顿时惊讶地瞪大了眼睛,她这才想起自己听到过他的声音,和昏迷前救自己的那个人一模一样。

顾梓繁颔首证实了许恩的猜测。

许恩瞬间沉默下来。

见对方不说话了,顾梓繁并未催促,只是静静地看着她,眸中深不见底。

许久后,许恩咬了咬唇,终于抬起头来,眼神却十分锐利。

"说吧,你想让我做什么?"

对方不会无缘无故地救她,她也索性不回避,直接摊开来说了。

顾梓繁愣了一下,随即笑道:"你倒是淡定。"

说完他站了起来,走到床边,居高临下地看着许恩:"那我也不卖关子了,我想要一样东西。"

听了这句话,许恩的大脑瞬间便闪过了一些东西,她失控地脱口而出:"你想要芯片?"

顾梓繁的双眼一下子就眯了起来，眸中染上一丝危险。

糟了！许恩慌张地捂住嘴，埋头避开了对方意味不明的目光。一股从脚底升起，直至弥漫全身的恐惧感此刻牢牢地包裹住她，许恩的身体微微地颤抖起来。

自己知道了这么大一个秘密，所以无论对方接下来怎么处置她，她都如同待宰的羔羊，没有任何反抗的机会。

"哦？"顾梓繁拖出一声莫名的长调，他细细地看了一眼瑟瑟发抖的许恩，突然笑了。

"没想到，你竟然这么聪明。"他说，"我的确想要芯片。"

果然。即使已经猜测到了，许恩心底还是涌上了一丝绝望，但她绝对不会供出乔苏。

"我没有。"许恩的手紧紧地抠住被子，试图寻找一些安全感，"之前它的确在我身上，可我这两天躲避乔家追击的时候，不慎弄丢了。"

"什么？"顾梓繁的眼神第一次散发出锐利的光芒，仿佛要将许恩穿透一样，他努力地寻找着她说谎的痕迹，"你撒谎！"

"我没有撒谎。"许恩苦笑道，语气十分诚恳，"没有人愿意在这种情况下拿自己的安危开玩笑。"

她抬起头，眼底一片坦荡。

顾梓繁突然就想起了乔苏那双干净清澈、像小仓鼠一样的眸子，一时间竟有些愣神。

气氛陷入了尴尬的沉默。

许久后，顾梓繁突然转身大步向门口走去。

"桌子上有早餐。"他并未回头。

许恩下意识地看了一眼桌子，上面不知何时竟然摆满了丰盛的食物。

第十一章 寄一片海，给未来的你

"你去哪儿？"眼看他要拉开门准备离开，许恩光着脚追了上去，"什么时候能放了我？"

顾梓繁的脚步瞬间停了下来，他回过头看向许恩，一直挂在脸上的笑意已荡然无存。

没找到芯片之前，他自然不能放了她，否则就会暴露自己。

"恕我短时间内不能放了你。"顾梓繁面上没什么表情，语气却染上了一丝冷意，"这里有专人24小时值守，连只蚊子都飞不进来，如果有事可以打床头柜上的电话，不过它只有内线，所以你也别想着逃跑，否则，后果自负！"

说罢，他便推开门走了出去，紧接着便传来一阵门上锁的声音。

其实顾梓繁并没有说，外面找许恩的人闹得天翻地覆，即使有私心，他将她留在这里又何尝不是一种保护？

毕竟她是乔苏最在意的朋友。

"等等！你到底是谁？"许恩这才反应过来，冲到门口拍门大喊，回答她的却是一片死寂。

乔苏龟缩在房间里，半天时间都没有露面。

自从知道了乔、顾两家的恩怨，她不知道该以什么样的心情去面对顾家，面对顾梓星。

即使正午的阳光高照，房间里依旧很暗。乔苏并没有拉开窗帘，她裹着被子躺在床上，额头已经热得出了一层细汗也不在意，仿佛这样做能给予她安全感一样。

还没醒？收到顾梓星的短信已经快一个小时了，乔苏反复地按着手机，在回复和删除中循环，愣是没憋出一句话来。

最终她心烦地将手机丢到一旁，埋头躲进被子里。

令她更加心烦的是，许恩还是没有任何消息，打她的号码也永远是关机。

她会不会出了什么事情？乔苏迷迷糊糊地想着，脑子突然就清醒了。

或许她遇到了危险，自己却仍安逸地窝在被子里充当"逃太郎"，即使需要整理的事情太多，当务之急还是要找到许恩才对。

她的父母已经失踪多年了，绝不能再让最好的朋友也出什么事情。

乔苏狠狠地拍了一下脑袋，似是恨自己反应竟然这么迟钝，随即从床上弹了起来，迅速洗漱完换好衣服，决定出门寻找许恩。

家里静悄悄的，无法判断是否有人，逃避心理再次作祟的乔苏一路猫着身子向楼梯蹭去，企图悄悄溜出去。但偏巧，她直直地撞进了自己最不想见到的人的怀里。

"为什么不回短信？"顾梓星提着乔苏的后衣领，睨着眼看她，脸上带着冷笑。

被抓住的乔苏皱着脸一边在心里感叹自己的"好运气"，一边挣脱开顾梓星的束缚，后退两步拉开距离答："为什么非要回你？"

她将脸扭向一边，语气也十分生硬。

顾梓星的火气"噌"地就蹿了上来，他不顾乔苏的反抗挣扎，再次提着她的领子，将她直接提溜进自己的房间，一把关上了门。

"你干吗？"乔苏一反常态地冲顾梓星大喊。

顾梓星却不理她，一步步地将她逼到房间角落，乔苏不停地后退，

第十一章 寄一片海，给未来的你

一面紧张得心脏都要跳出来了,一面又睁大眼睛不甘示弱地瞪着他。

就像亮了爪子的仓鼠一样,毫无杀伤力。

顾梓星终于没忍住,抬手不客气地给了乔苏一记栗暴,凶巴巴地说:"腿上的伤怎么样了?让我看一眼。"

乔苏的心蓦然就柔软下来,却又像打翻了五味瓶一样复杂。

父母的失踪可能与顾家有关,而项链秘密的揭开也让她不得不联想到上次顾母送她相似的项链,是否意味着他们对她的领养也是别有用心。他们领养自己,不过就是为了芯片,而自己反而把他们当成恩人一般感恩戴德!

她不想怀着恶意去揣测这一系列事情,却始终是有了心结。

想到这儿,乔苏刚柔和下来的目光又变得冷硬起来,她轻轻推开顾梓星,向门口走去:"不关你的事!"

顾梓星这才发现乔苏不是普通的闹脾气,他一把抓住她的胳膊,将她拽了回来:"发生什么事了?"他皱眉盯着她,沉声问道。

乔苏倔强地别过头,一声不吭。

"着急出门?"顾梓星上下打量了一下穿着整齐的乔苏,冷冷地说,"如果不说,我有一百种方法把你关在家里,哪儿也别想去。"

好久不见的大魔王瞬间回来了。乔苏气急败坏:"你敢?"

"试试不就知道了?"顾梓星嘴角勾起一抹冷笑。

乔苏颓然地耷拉下了头。

看着她的神情,顾梓星突然想到了一种可能:"你不会想去找许恩吧?"

乔苏蓦然抬起头,脸上掩不住的慌乱证实了顾梓星的猜测。

"既然都知道了,就别管我。"乔苏自知瞒不过他,索性默认道。

她这是什么态度?顾梓星一口气差点儿没提上来。昨天还好好的，今天就像换了一个人一样，两人一夜间便仿佛回到了刚见面时剑拔弩张的样子。

乔苏悄悄抬起头捕捉到了顾梓星脸上的神情，一时间心里有些难过，她知道他是无辜的，也明白他毫不知情，自己现在恶劣的态度一定让他很失望吧？

乔苏突然有些自我厌弃起来。

可她无力扭转现实，如果事实真的是最残酷的那一种，她与他注定只能陌路。

想到这儿，乔苏狠了狠心说："许恩是我在这个世界上唯一重要的人了，所以这是我们两个人的事情，我不希望其他无关紧要的人掺和进来。"

胸口处堵塞的感觉让乔苏觉得呼吸都困难起来，她没有去看顾梓星，却感受到他灼灼的目光落在自己身上，仿佛要将自己燃烧殆尽一样。

"无关紧要？"顾梓星从牙缝里挤出这几个字，随后勾起一抹近乎残忍的笑意，眼中却是乔苏从未见过的凉意，"好，我今天就带你去见识一下，你口中最重要的人，到底做了什么事情！"说着，他拉着她的手下了楼。

"喂！去哪里？"女孩试图挣脱男生的手，却怎么也挣脱不开，"你放开啊，你弄疼我了！"

顾梓星的脸阴沉得可怕，乔苏感觉到他是真的生气了，只好默默坐上他的车。

两人驱车来到了离机场不远的一处普通的居民区。

顾梓星将车停到其中一栋楼下，头也不回地向楼里走去。乔苏从车里出来默默跟了上去。

第十一章 寄一片海，给未来的你

顾梓星站在电梯里面无表情地看着小跑过来的乔苏,此时电梯门开始自动关闭,眼看她要赶不上了。

乔苏丧气地看着电梯缓缓合上,顾梓星却突然抬手按了一下,电梯门重新打开。

"谢谢。"乔苏小声说,也不知道他是否听到了,总之没有得到任何回应。

随着电梯内显示数字越变越大,乔苏的心脏也跳动得越来越快,她的指甲紧紧地抠在掌心里,内心莫名生起一丝疼痛。

她不知道顾梓星说的那句话究竟有什么含义,却似是有感应一般,充满焦虑和不安,于是她再次开口问道:"你是找到许恩了吗?"

回答她的仍旧是一片沉默。

电梯在九层停了下来,顾梓星抬眼看了看,走向右边的一户人家。

"咚咚咚。"门应声而开。

开门的是一个高大的欧洲男人,他鹰一般的双眸扫了一眼乔苏后,侧身腾出位置,让她和顾梓星走了进来。

乔苏这才发现,房子中竟然还有好几个壮汉。

"您要的人已经带到了,现在是否去看一眼?"开门的男人恭敬地看着顾梓星,用瑞典语问道。

顾梓星回头瞟了乔苏一眼,点了点头。乔苏深吸一口气跟了上去,三人径直走到最里面的房间门口。

房门似乎是被反锁上了,只见男人轻车熟路地拿出一串钥匙,挑中其中一把打开了房门。

房间里很黑,窗帘全部是拉上的,乔苏只能看到房间里影影绰绰有几个人影,却无法断定具体的模样,直至灯被打开的一瞬间。

除了他们三个外,房间里还有三个人,两个人站着,还有一个人抱着臂,畏畏缩缩地猫在房间角落。

乔苏还没细瞧,顾梓星便走了过去,一把拉起角落里的人,他的面容便全部露了出来。

一瞬间,乔苏如遭雷击般怔在那里,瞳孔剧烈地收缩了几下。

她一直在猜想顾梓星带她来这里的目的,也在心里罗列了多种可能,甚至想过他会不会已经找到了许恩。可她万万没有想到,最终出现在面前的人竟然是他。

"布里斯?"乔苏失声叫道,满脸不可置信。

突如其来的光亮让布里斯的眼睛一时间无法适应,他正挤弄着眉眼,听到乔苏的声音顿时震惊地抬起头来。

"怎么是你?"他紧紧地瞪着乔苏,突然就看到了站在她身边的顾梓星,脸上顿时露出凶恶的表情,他并未被限制活动自由,于是第一时间便意图冲上前来,"该死的家伙,你竟敢……"

话音未落,身边一个壮汉便狠狠地钳住他的肩膀,制止他的动作。布里斯似乎十分忌惮他们,立刻将嘴边恶毒的诅咒收了回去。

房间里陷入了可怕的沉默。

顾梓星突然轻笑一声,挥了挥手示意几人退下,房间只余下了他们三人。

"这到底是怎么回事?"乔苏惊疑不定地看向顾梓星,急切地问道。

顾梓星没有回答她,而是转向满脸狰狞的布里斯,淡淡地道:"知道为什么带你过来吗?"

布里斯自然是不知道的,只当顾梓星还记恨着上次的事情,但又碍于自己势单力薄不敢轻举妄动,气得脖子上的青筋都暴了起来。

"放了我。"他像恶狼一样盯着面前的二人,啐了一口道,"以多欺少算什么本事?"

一旁的乔苏也回过神来,不解地看向顾梓星道:"这是怎么回事?"

她不明白顾梓星为何突然带她来看布里斯,虽然对方与自己有过节,但她目前首要的任务是找到许恩。

只是她话没说完,便被顾梓星的手势制止了,乔苏先是一愣,急躁的心情逐渐平复下来。

是她忘了,顾梓星不会无缘无故地做看似主次不分的事情,他一定有自己的理由。

"你为什么去中国?"顾梓星走到布里斯面前,直勾勾地盯着他问道,漆黑的双眸中闪着晦涩不明的光。

布里斯大惊:"我听不懂你在说什么!"

"听不懂是吗?"顾梓星也不着急,仿佛料定了对方是只纸老虎,他缓缓地弯下腰与布里斯平视,嗤笑一声道,"看来我得想办法撬开你的嘴了。"言毕,他直起身拉着乔苏往门口走去。

"等一下!"布里斯果然怕了,下意识地张口叫道。

顾梓星毫不意外地停下脚步。

"我说我说!"布里斯大声喊道,又开出了一个条件,"但说完必须放我离开。"

"你觉得你有资格和我在这儿讨价还价吗?"顾梓星眯着眼看向他道。

"好,我什么都说!"想起即将到手的钱,布里斯面部的肌肉抽搐了几下,气得脸都扭作一团,"我是去帮人递交一份资料的。"

"什么资料?"乔苏心中突然警铃大作。

布里斯却哈哈大笑了两声，如毒蛇一般黏腻的目光紧紧盯着乔苏，眼中有藏不住的幸灾乐祸："说起来我还是在帮你呢，许恩冒用了你的身份，那些资料是用来拆穿她的。"

乔苏的大脑蓦然就炸裂开来，她机械地抬起头，静静地看着布里斯，竟一时没明白他话中的意思："什么叫冒用了我的身份？"

顾梓星垂眸望向乔苏，眼中闪过一丝心疼。

布里斯露出一抹嘲讽的笑，更详细地解释了一遍："你的家人想接你回家，中途正巧碰上了许恩，许恩贪图更好的日子，最终冒用了你的身份，跟着他们回到了中国。"他顿了顿又道："你也别太伤心，毕竟金钱当道，友情也就一文不值了。"

看似劝阻，实则补刀，乔苏的眼圈瞬间红了。

"不可能，不可能！"她喃喃自语，突然像疯了一样冲到布里斯面前，一把拽起他的衣领吼道，"你为什么要这么诋毁她？"

布里斯没料到乔苏会有这么大的反应，一时怔在原地，直至被她抓得快喘不过气来，才拼命地扭着头挣扎，嘴上大声唾骂："你这个疯子，快松开我！"

乔苏恍若未闻，手抓得格外紧，眼看布里斯要窒息了，顾梓星这才上前拉开了她。

布里斯捂着胸口，拼命地咳嗽起来。

"他一定是在骗我，一定是在骗我对不对？你说对不对？"乔苏回头抓住顾梓星的胳膊，像是握着一根救命稻草，充满希冀地望着他，却也仿佛在说服自己。

顾梓星望了她半晌，最终垂下眸说："他说的是真的。"

胳膊上的手瞬间便失了力气，乔苏缓缓蹲在地上，将头埋在双膝之中。

第十一章　寄一片海，给未来的你

被最信任的人背叛，她一直努力撑起来的世界顷刻间便土崩瓦解，而世界上最痛苦的事情，莫过于此。

虽然还有一些话没有问，但以乔苏现在的状态显然也进行不下去了，顾梓星一把抱起哭得浑身瘫软的乔苏，离开了房间。

身后布里斯的咒骂还在不断传来，关门前，顾梓星回头看了他一眼，眼中一片冰冷。

3

回家的路上，乔苏没有哭，而是如同一个没有灵魂的牵线木偶般，一动不动地坐在一旁发呆，看起来情况更糟糕了。

就连刺眼的阳光透过车窗打在她的脸上，也无动于衷，顾梓星偏过头看了她一眼，默默地将她面前的遮光板放了下来。

"苏苏。"他第一次这么叫她的名字，似乎料到乔苏并不会回应。

"即使你以后会恨我，我也不会后悔今天的决定。"顾梓星淡淡地说了有史以来最长的一句话，面上却看不出什么情绪，"你是一个善良的女孩，虽然我不能断定你是否真心错付，但也不想看你一直被蒙在鼓里，你应该有知情和选择的权利。"

他是解释，也是在服软。

乔苏依旧呆呆地望着前方，她的眼中映出整个欧塞登的晴空，却突然泛起了一丝涟漪。

一进家门，顾梓繁竟然在家。

乔苏勉强扯出一个比哭还难看的笑容，算是和顾梓繁打了个招呼，不等他做出反应，便独自上楼去了。

直至乔苏的背影消失在视线里，顾梓星才将目光收了回来。

"哥，等下有空吗？"他看向顾梓繁。

顾梓繁缓缓弯起唇，眸色黑得深不见底："正好我也想找你，我们去书房吧！"

顾梓星点了点头，率先向楼梯走去，顾梓繁跟在他后面，偌大的空间里，两人轻缓的脚步声格外清晰。

"我在机场抓到了刚回丹麦的布里斯。"三楼的走廊里传来顾梓星清淡的声音，听到这句话的顾梓繁脚步几不可见地顿了一下，却又很快调整好了步伐。

他将目光停留在弟弟的身上几秒钟，随即轻笑一声道："好，我知道了。"

此刻，顾梓星刚好走到书房门口，打开门时他回眸看了身后一眼，四目相对间心照不宣。

进了书房，顾梓繁径直走到书桌旁的茶台前烧了一壶热水，又熟练地涮了涮杯子，开始沏茶。书房十分安静，只能听到偶尔杯子碰撞发出的脆响，坐在一旁沙发上的顾梓星沉默地看着哥哥一系列的动作，并未说话。

"尝尝这个。"顾梓繁将泡好的茶倒进茶杯中，递给弟弟。

顾梓星嘬了一小口 茶虽然苦涩，茶味却十分厚重，香气散在唇齿间久久不退，只有陈茶才会有如此浓郁而富有层次的口感。

"为什么？"顾梓星放下茶杯，突然没头没脑地冒出一句。

顾梓繁并未立即回答，而是又品了几口茶，这才笑吟吟地放下茶杯，看向弟弟："你都知道了？"

他虽是像平日一样笑着，眼底却是清清淡淡的一片，泪痣随着眼尾的幅度而上下跳跃。他像平日那样温润，却又仿佛藏着截然相反的灵魂。

第十一章 寄一片海，给未来的你

越是看着，越是给人以一种陌生的感觉。

顾梓星抬眼望着他，点了点头并示意他继续往下说。

"你猜这个茶是什么时候产的？"顾梓繁似笑非笑地看了一眼弟弟后又低下头，给自己续了一杯茶。

顾梓星皱着眉头，不知道他问这个问题的意义是什么。

"你一定猜不到，"顾梓繁自顾自地说，脸上虽然漾着笑，神情却有些恍惚，声音不知不觉间染上了一丝冷意，"它是我亲生母亲去世那一年产的。"

顾梓星蓦然睁大了眼睛。

第十二章
以后，我们来日方长

他的目光纯净而柔和，带着多年以来早已被自己忽略的信任，就这么穿越时空，与童年时那个依赖着哥哥的少年无限重叠。

1

　　顾梓繁的眼底空洞得没有一丝光彩,顾梓星直直地望向他,心头却像染上了一层霜,不断散发着透骨的凉意。

　　"你想起来了?"顾梓星艰难地挤出这几个字,面容瞬间褪去了血色,满满都是不可置信。

　　顾梓繁站起身走向窗边,只留给顾梓星一个背影:"我从未忘记过。"他轻声说,背影看起来有些萧条和孤独。

　　顾梓繁闭上眼睛,脑海中再次浮现出埋藏在心底的记忆。

　　那一年他们刚搬到丹麦。或许是从小亲生母亲就去世的缘故,顾梓繁格外早熟,但继母安雅待他视如己出,同父异母的弟弟顾梓星也十分黏他,敏感懂事的小顾梓繁也努力地维持着这个家中的和谐,珍惜着对他好的人们,甚至愿意和顾梓星一样叫安雅"妈妈"。

　　如果那件事没有发生的话——

　　顾梓星贪玩,总拉着哥哥在家里到处乱跑,那天顾家夫妇刚从国外出差回来,就被公司叫走了,两个孩子眼巴巴地看着装有礼物的行李箱被人抬回了父母的房间。在顾梓星的提议下,两人打算潜入房间偷偷去看一眼父母究竟为他们带回来什么礼物。

　　不料,正当两人开心地翻找时,妈妈突然杀了一个回马枪。因为担心受到责骂,两人偷偷地躲在了柜子里,却不承想听到妈妈与其他人打电话,在说架空顾梓繁继承权的事情。

　　"他现在年纪小,好下手,再懂事一点儿就不会像现在那么简单了。"妈妈的声音不夹杂一丝感情,回荡在房间里,也字字敲击在柜子里两个孩子的心上。顾梓繁死死咬着唇,身体不住地颤抖。他努力维系的,那个他一直称呼为"妈妈"的人,却是时刻想伤害他的人。

即使顾梓繁后来看似没受到任何影响，但顾梓星知道妈妈做了对哥哥十分不好的事情。他害怕哥哥会生气而疏远他，央求即将去法国出差的爸爸带上他们，顾盛经不起小儿子软磨硬泡，答应了他的请求，但一去，他便沉浸在工作中，最终只是派了秘书和几名安保人员带兄弟俩去了普罗旺斯著名的韦尔东地区的自然公园。

那是个集大自然鬼斧神工为一身的地方，悬崖峡谷、河流、山川，当然也少不了将普罗旺斯带入世界视野中的薰衣草田。

那时正是薰衣草开花的季节，不少游客都聚集于此。

公园里有一片很大的湖泊，顾梓星并未注意到周围标注着湖泊深度的危险警示牌，招呼着顾梓繁向湖泊边缘靠近。

就在这时，顾梓繁看了看四周散落的人群，以及在不远处到处寻找他们的保安，轻轻地走到顾梓星的背后，鬼使神差地推了他一把。从那一刻起，他就堕落进恶魔的深渊了吧。

那时顾梓星正面对着湖泊，只知道背后有人推了自己，却并不知道是谁，他小小的身子扑腾着，第一时间便大声呼救，可声音很快便湮没在吵闹的人群中。过了快半分钟，人们才发现有人掉入湖泊，发出了此起彼伏的慌乱的呼叫。

可湖水很深，不是谁都有勇气跳进去。

深蓝色的湖泊就像一个无底黑洞，紧紧吸住了顾梓星的身体，越是拼命挣扎，却陷得越快越深，水眯了他的眼，呛进他的鼻腔，最后一丝力气被抽干，顾梓星终于不再挣扎，缓缓地沉了下去。

顾梓繁突然跳进了湖里，速度快到周围的人都来不及抓住这个年纪不大的孩子，在顾梓星沉下去的那一刻，他紧紧地抓住了他的手。

再次醒来时，顾梓星已经在医院里了，他所得到的消息是，哥哥顾

第十二章 以后，我们来日方长

梓繁为了救自己也掉落进湖水当中,且处于昏迷状态。

得知顾梓星是被人推下去的,顾盛大发雷霆,命人彻查,可那个时候景区监控并不完善,调查未果,最后不了了之。

醒来的顾梓繁由于惊吓过度,竟然对于以前的很多事情都记不起来了,家族里的人都传言是哥哥救了弟弟,殊不知,推弟弟的人也是哥哥。

再后来,顾梓繁与父母倒是越发亲近起来,反而是顾梓星,那些清晰存在于脑海中的记忆,让他的内心仿佛被永远扎进一根刺,每次想起,都能感受到那种尖锐的疼痛,越疼,他就越疏离。

他从未忘记,自己却像个傻子一样被蒙在鼓里那么多年,现在想来,顾梓繁说过的许多看似无意的话都在加深着自己与父母之间的那道鸿沟。

空气中传来一丝轻笑,却饱含讽刺、愤怒等多重意味。

"从未忘记?"顾梓星冷笑道,"所以呢,你为什么假装不记得?虽然我们那时候年纪小,但还不至于忘记这些事。"

"我想要顾家。"顾梓繁面色平静地转过头,对上弟弟阴冷嘲讽的目光,索性摊牌。

"这么说,你以前对继承家业丝毫不感兴趣的样子都是装出来的?"顾梓星强压下滔天怒火,不屑地嗤笑,"你明知道我不会和你抢,却还是演了这么一出戏给我看,是觉得耍我很有趣是吗?"

"梓星,"顾梓繁笑了笑,垂下眸重新整理了一下衬衫袖口,缓缓说道,"你还记得刚来丹麦的时候,我们躲在柜子里听到她说的话吗?我们的'妈妈'。"

顾梓星的目光猛然射向他。

"你唾手可得的,是我拼命争取的。"顾梓繁缓缓走向弟弟,嘴角的笑意却透着一丝阴冷，"所以别搞得好像是你让给我似的，我做了这么多努力，依旧被你母亲安雅当贼一样防着，她和你外公安家一直在为你筹划，即使你不想要，她也会拱手送到你面前！"

听完这些话，顾梓星突然想起曾经有很多次，母亲都以各种理由让自己去公司上班之类的画面，想到这儿，他的内心反而平静下来。

虽然无法感同身受，但他能理解顾梓繁的心情。

沉默片刻，顾梓星问道："你的目的不止顾家吧？"

顾梓繁赞赏地看了他一眼，弯腰续满了两人的茶杯："不错。"

没有支持，他根本无法与顾梓星母亲所在的安家抗衡，如今安家与顾家脉脉相连，辅车相依，即使他凭借努力得到了顾盛的肯定，最后是否能分得一杯羹，还是得看安家的脸色。

所以他的目标从来都不只是顾家，还有乔家。只要把握住乔家的命脉，他便有把握一步步接管他们，将他们变成自己有利的后盾，以此来对抗顾梓星母亲的安家。因此，他对那枚芯片势在必得。

顾梓繁能明白的事情，顾梓星也自然明白。

"那许恩和布里斯呢，为什么要牵连到他们？"顾梓星眯了眯眼淡淡问道。

芯片的事情他虽然早有耳闻，但常年与顾家其他人疏远，顾梓星也只是略知皮毛，直到他调查布里斯……

顾梓繁抬眸看了他一眼，反问："你怎么知道许恩和我有关？"

"你让布里斯将许恩冒充乔苏的事透露给乔家，封了她全部的后路，"顾梓星突然直视哥哥的眼睛，"我可不认为你这么做，仅仅是想帮乔苏出口气而已。"

顾梓繁眼中果然闪过一丝光芒，他摩挲着下巴，迎上弟弟的目

第十二章 以后，我们来日方长

光,意味深长地说:"万一,我真的只是帮她出一口气呢?"

此刻的顾梓繁除了脸,和之前仿佛判若两人,同样是眉眼弯弯的笑容,却再也找不出一点儿暖人的样子,眼角眉梢间都是凶狠与戏谑。顾梓星盯了他半晌,突然重重地叹了口气,别开了目光。

他现在才发现,自己从未真正了解过哥哥。

空气一时间陷入凝滞。片刻后,顾梓星突然开口:"许恩现在在哪儿?"

虽然乔苏知道许恩冒充自己这件事,但顾梓星知道,以她的善良心性,还是放不下许恩。

顾梓繁刚想矢口否认,就听到弟弟冷冷地说:"别想隐瞒,你把她逼到绝境,不就是因为她和芯片有联系吗?"

到底是朝夕相处了十几年的兄弟,他还是能猜到一些顾梓繁的心思。

"她的确在我这儿,但我现在不能把她交出来。"顾梓繁没再反驳。

顾梓星颔首,表情没有一丝波澜:"那你自己和乔苏解释吧,她估计憋不了太久就会再去找许恩。"

顾梓繁似笑非笑地看了弟弟一眼。

"接下来,你打算怎么做?"顾梓星站起身,活动了一下脖子,"既然我知道了这些,就不会让你继续了。"

顾梓繁嘴角的笑意渐渐消失。

"管理公司方面,你本就比我擅长,如果你想要,拿走便好,不用担心我妈,"顾梓星却仿佛没看见一般,自顾自地说,他低下头俯视着哥哥,嘴角勾起一抹冷厉的笑,"你放心,我不想做的事,还没有人能够逼我。"

他们本就不是敌人，如果一开始就坦诚一点儿，也不至于落到今天这种地步。顾梓繁听到这些话后并没有作声，只是盯着弟弟，眼中是抹不开的晦涩，两人相迎的目光就这样定格了几秒钟，顾梓星却突然自嘲地一笑，堪堪躲开。

"顾梓繁，当你不顾一切跳下水去救我的那一刻，我就决定这辈子都不会去和你争什么。"

他的目光纯净而柔和，带着多年以来早已被自己忽略的信任，就这么穿越时空，与童年时那个依赖着哥哥的少年无限重叠。

可好笑的是，这个让顾梓星放弃与他争斗的理由，造成这场事故的人，也是他自己。原来变的那个人从来都不是顾梓星。

顾梓繁脸上的表情逐渐凝固，眼中化开了层层清波，心中却突然不知道是什么滋味。自责、难过、不可置信……仿佛一瞬间失去了所有的力气，他瘫软在沙发上。许久后，顾梓繁像是下定决心一般看着弟弟说："梓星，你不恨我吗？"

"就算恨你，能不能让这些事情日后再说？我们现在还有更加重要的事情要处理。"

顾梓繁沉思片刻，点了点头。

更加重要的事情，自然是蠢蠢欲动的乔家与芯片的再次出现。将所知道的芯片的事情全部告诉顾梓星之后，顾梓星瞪大眼睛看向哥哥："你说芯片被许恩弄丢了？"

顾梓繁神情严肃地点了点头。

没想到大家争得头破血流的东西竟这么轻易地就被弄丢了。

"我已经派人去找了，幸好它是藏在项链中的，即便如此，落在乔家人手里，顾家会随时有大麻烦。"顾梓繁蹙眉说。

两人陷入沉思，都在脑中飞快地想着解决的办法。

第十二章　以后，我们来日方长

顾梓星的手机突然响了起来,是一条短信,他低头一看,脸色瞬间变得难看起来:"完了,乔苏去找许恩了。"

顾梓繁抿了抿嘴,自责道:"早知道,刚才先去告诉她好了。"

"她可能有危险,"顾梓星赶忙打电话给乔苏,却一直无人接听,"昨天她帮许恩逃跑时,让乔家人认了出来。"

二人目光相对,同时向门外冲去。

从吴妈的口中得知,乔苏已经离开家快二十分钟了。

顾梓星沉着脸打了一个电话,让人去查所有路口的监控录像,没想到才过了五分钟,对方就回过来了。

"该死。"挂掉电话后,顾梓星的脸色越发阴沉,一旁的顾梓繁赶忙问道:"怎么样?有消息吗?"

"嗯。"顾梓星拿起一旁的外套穿了起来,"她在家门口就被人带走了,监控拍下了对方的车牌号,我现在去找。"

"我跟你一起去。"顾梓繁也一把抄起自己的外套,却被顾梓星制止了。

"我先跟去看看,有什么情况随时和你汇报,你这边先找好帮手。"顾梓星有条不紊地规划着。

"好。"顾梓繁一口应了下来,他拍了拍弟弟的肩膀,深深地看了他一眼道,"注意安全。"

顾梓星颔首,头也不回地离开了。

原地怔了几秒钟,顾梓繁拿起手机紧跟着出了门。

他一路上车开得飞快,很快便到达了郊区的私人会所。

彼时许恩正捂着胸口坐在床上发呆，她的心脏没由来地跳得飞快，突然门发出一声巨大的撞击，顾梓繁面色阴沉地冲进房间，一把抓住许恩的手腕说："跟我走。"

许恩吓了一跳，下意识地使劲挣脱开来，对方力气太大了，仅是抓了一下，她的手腕就红了一大片。

"你干吗？"她蹙眉看向顾梓繁，即使自己现在身处劣势，但也不代表可以任由对方所为。

"抱歉。"顾梓繁似乎也意识到自己太过焦急，他后退一步，迎上许恩的目光说道，"乔苏被乔家人带走了。"

这下换成许恩急了，她鞋都来不及换，穿着拖鞋就往外跑去。

"愣着干什么啊？"见顾梓繁站在原地没动，她折回去一把拽住他就往外拖，"到底是怎么回事？她什么时候被带走的？被带去哪儿了？"

两人跳上车，往顾家开去。一路上顾梓繁先是打了几个电话召集人手做好前期准备后，这才有时间和许恩说话。

"你先说你到底是谁？我怎么知道你现在是不是在骗我？"一直在等顾梓繁挂电话的许恩早就憋不住了，冷静下来的她决定率先确定一下对方的身份。

"顾梓繁，乔苏是我的妹妹，我们家的养女。"顾梓繁踩了一脚油门后，快速回答。

"养女？"许恩一脸疑惑。

"先别管这些事了，"顾梓繁蹙着眉说，"找你来只是想向你了解一下，这次有多少乔家人来丹麦？现在都是什么情况？"

乔家的生意并未涉足北欧地区，除了这次随许恩一起来到丹麦的人，他们并无其他可以调动的人员。

第十二章 以后，我们来日方长

"张青，还有十个保镖。"许恩回忆了一下说，"啊，我偷听到他们打电话，听说乔家家主乔睿这两天也会过来，估计还会再带十来个人吧！"

顾梓繁淡淡地应了一声，心里便有了数。

"还需要多久才能找到乔苏的行踪？"看顾梓繁又陷入沉默，许恩忍不住焦急地问，"她会不会有什么危险？"

"再怎么样她也是名副其实的乔家人，即使乔家别有所图，也不会真正伤害她。"说到这儿，顾梓繁意味深长地看了许恩一眼，"你在乔家这么久，应该比我清楚。"

被人如此明显地讽刺，许恩又气又尴尬，但她无暇在意这些，继续道："你不知道，乔睿很可怕，乔苏落到他手里我真的很担心！"

她的语气里有着深深的忌惮。

"乔睿虽是现任家主，但乔家实权还是握在老家主乔韩手上，苏苏的亲生父亲曾是乔韩最喜欢的儿子乔湛，就算看在这一点上，乔睿也不敢真对乔苏怎样。"

听到这里，许恩微微松了口气，随后她又敏感地意识到了什么，于是一脸惊疑地看向顾梓繁："你怎么知道这么多乔家的事？"

顾梓繁自然不会回答她。

许恩皱了皱眉头，没再追问，两人再次陷入沉默。

过了几秒钟，顾梓繁突然主动开口说话，声音却是抑制不住的沉重："我只是担心他们将乔苏带回中国，现在的顾家在中国的根基远不及乔家深厚，届时再想找到苏苏就难了！"

许恩一听便慌了，她刚想开口说什么，顾梓繁的手机再次响起。看到来电，顾梓繁一打方向盘将车直接停在了路边。

"梓星。"他接起电话后沉默了几秒钟,似乎在听电话那头的人说话。

"找到地方了?"顾梓繁突然提高声音,"好,你说地址我记一下。"

顾梓繁顺手便从车的中控屏上调出导航,按照对方说的位置寻找一番,最终他的手指按在了欧塞登郊区的一个点上。

许恩默默地看了一眼,没有出声。

"好,我随后就带人过去,你注意安全。"说完,他便挂了电话。

3

"乔苏找到了,但我现在要去一趟公司,先把你送回刚才的地方。"顾梓繁转头对许恩说,一手重新挂好挡位,准备开车。

许恩的手一把按住他扶向方向盘的胳膊,小声说:"可以让我先去趟卫生间吗?我有点儿内急。"

言毕她想了想,又指向路边的一家商场:"这里面应该就有,很近的,我很快就回来。"

顾梓繁自然不好拒绝,只得点了点头,许恩微微一笑,打开车门下了车,几步就跑进商场没了影儿。

十分钟后,顾梓繁嘴角挂着一丝冷笑,咬牙切齿,拿出手机给弟弟发了一条短信:许恩可能去找乔苏了。

"什么?"听到乔苏失踪的消息,顾盛勃然大怒地挂掉了电话,火急火燎地就往办公室外冲去。

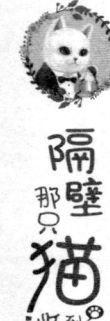

"你要去哪儿?"安雅一把拉住暴走的丈夫,示意站在门口的张秘书将门重新关上。

"让开!"顾盛生气地瞪了眼挡在身前的妻子,准备绕过她,胳膊却再次被她死死攥住。

"一通电话就让你疯了?董事会的那帮人都在外面,你这么横冲直撞地出去不是让人看笑话吗?"安雅实在无法理解顾盛突然间的行为,一抬头却对上丈夫通红的双眼。

那种掺杂着恐惧和绝望的眼神,这么多年她第一次从顾盛眼中看到。她颤抖着的指尖轻轻抚上顾盛的眼角。

顾盛也稍微冷静了一些,却还是不露痕迹地向后挪了挪,避开了妻子的手:"乔家人把乔苏带走了,这孩子可能有危险,我要去救她!"

说罢,他便再次向门口走去。

安雅的心却仿佛突然沉入了海底,陷入了一片寂静的绝望之中,她怔在原地,直到听见门把拧动的声音,才像疯了一样冲过去。

"不许去!"她的声音不大,却透着歇斯底里的绝望,"她被乔家带走,你担心的是乔心然的女儿有危险,而不是担心芯片对顾家有危险,好……很好!这么多年你果然还是只在乎她!"

说到这里,安雅的眼泪像断了线的珠子一样大滴地落了下来:"我还尽心尽力地帮你,拿着整个安家陪你担着芯片这颗定时炸弹,到头来我却挖了个坑给自己跳,你爱的,还是她!"

顾盛的身子顿了顿,搭在门把上的手颓然垂了下来,他嘴唇轻轻颤抖了几下,道:"安雅,我现在没空和你解释那么多,但我想告诉你,在我心中顾氏很重要,你也很重要,可是她……我欠她良多,如果她的女儿再出了什么事,我这辈子都不会原谅自己!"

安雅陡然瞪大了眼睛。这时突然响起了敲门声。

"爸，是我。"顾梓繁的声音响起，安雅愣了愣，赶忙擦干眼泪转身向窗边走去，顾盛看了她一眼，打开了门。

看父亲的表情，显然已经知道了乔苏的事，所以顾梓繁走进办公室就关上门，开门见山道："苏苏找到了，但安保人员都被调来维持今天的董事会了，需要您这里来协调人手。"

听到乔苏被找到的消息，顾盛先是松了一口气，随即立刻拨了一通电话，在嘱咐了电话那头几句后，他放下手机，严肃地看向大儿子："人手调配好了，你们能保证把人以最快的速度带回来吗？"

顾梓繁点了点头，又有些担忧地说："就怕对方有什么猝不及防的变动，比如先我们一步将乔苏送走，如果回了中国就棘手了，毕竟我们在中国不如乔家强大。"

想到的确有这种可能，顾盛的眉头也紧紧拧了起来。

"爸，时间紧急，我得先走了！"

顾梓繁看了眼手表便准备离开，一直在远处背对着他们，默不作声的安雅突然转过身："等一下！"

两个男人一齐扭头看向她。安雅咬了咬唇，低着头将自己红肿的眼睛藏在阴影中："如果乔苏真的被他们带回国，第一时间告诉我，我联系安家，或许会帮上什么忙！"

与早已将重心放到海外的顾氏不同，安家作为中国S市老牌地产巨鳄，这么多年在国内仍占有举足轻重的地位，所以如果有了他们的帮助，哪怕乔苏真的被带回国，找她也不会变得那么棘手。

说完，安雅便再次背过身，不再看他们。

顾盛盯着妻子的背影，像是第一次认识她一样。

第十二章　以后，我们来日方长

顾梓繁看了一眼父亲，面色如常地点点头："好的，妈。"随即转身离开。

这么多年来，这声"妈"，顾梓繁第一次叫得这么真挚。

4

不大的天窗卷着一小束阳光，孤独地照进空旷破旧的废弃厂房二楼的一小片空地上，乔苏就蹲在这块小小的阳光里，背靠着常年不见光而有些潮湿阴冷的墙面，心里的凉意阵阵袭来。

这层看起来只有她一个人。乔苏知道唯一通往楼下的通道肯定被人守得密不透风，想离开几乎不可能。她已经猜到困住自己的是乔家人，这是她离乔家最近的一次，可笑的却是她盼了这么多年，最后是以这种方式重新接近自己真正的家。

乔苏不知道自己将会面临什么危险，更恨自己无能为力，每次只能无助地等人来救。所以当她抱着膝盖透过废弃厂房的天窗往外看时，那里突然出现了一张她十分想念的脸。

"出现幻觉了吧？"她使劲拍了拍自己的脸，苦笑一声，将头埋在膝盖中。

她很沮丧，觉得自己真是一个行走的麻烦召唤体。

想起早前对顾梓星那么差的态度，乔苏此刻悔得肠子都青了，乔家总部在中国，他们绝对不会在丹麦逗留太长时间，所以会不会马上带自己走？以后她是不是再也见不到那些重要的人了？

乔苏的脑壳突然被人重重地弹了一下，她下意识地抬起头，竟然看到顾梓星眯着眼，一脸嫌弃地看着她。

不是做梦！

"顾……顾梓星！"乔苏张大嘴巴，像个傻瓜一样看着面前的少年，"你怎么会在这里？"

顾梓星白了乔苏一眼，似乎觉得怎么会有人问这么愚蠢的问题，随后他在她身边坐了下来。

"我以为再也见不到你了！"乔苏突然看到了救命稻草，将所有害羞的情绪抛之脑后，像一只慌张的小仓鼠，一头钻进顾梓星的怀里。

感受到怀中的软糯，顾梓星愣了一下，可那样充满眷恋和依赖的语气，却让少年的心瞬间像棉花糖般又软又甜，他缓缓地伸出双臂，紧紧地抱住了她。

乔苏的身子还在微微颤抖，声音带着些许哽咽，看样子是吓到了。

"你是怎么进来的？"过了好几分钟，乔苏才恋恋不舍地离开那个充满温暖与安全感的怀抱，她还觉得像做梦一样，于是小心翼翼地掐了一下顾梓星的胳膊。

"干吗掐我？"大魔王凶巴巴地瞪着乔苏，眼睁睁地见证她的眼睛逐渐蓄满了眼泪。

"原来不是做梦。"乔苏用袖子狠狠地擦了一下眼睛，声音抑制不住地开心，"我还以为再也见不到你了。"

顾梓星积攒了一天的委屈与怒火瞬间烟消云散："你怎么这么爱哭啊？"

"因为我高兴啊！我一高兴就想哭。"乔苏可怜巴巴地回答。

顾梓星轻轻地叹了口气，本想伸手替乔苏擦擦眼泪，却又立刻意识到自己的手受了伤，只好不动声色地藏了起来。

来到厂房附近后，他在外面观察了许久，好不容易寻了一个周围看守人员松懈的时间，通过厂房坑坑洼洼的砖墙，一点点爬到了

第十二章 以后，我们来日方长

顶端的天窗，代价却是双手被尖利的砖砂磨得血肉模糊。

"你怎么跑来找我啊？外面全是看守的人，你来了很可能就出不去了。"乔苏一脸担忧，"你是顾家人，要是让他们知道……"

他是从天窗跳下来的，可那里很高，下来容易些，上去却很困难，还有极大的可能会被看守的人发现。

"等会儿哥哥会带人来救我们。"顾梓星挑了挑眉道，随后他犹豫了一下，缓缓伸手在乔苏的头顶轻轻揉了揉，"至于我为什么先来，是担心你会害怕！"

乔苏目瞪口呆，脸却瞬间通红。

气氛安静下来，乔苏与顾梓星并肩坐着，感到分外安心。

"乔苏……"顾梓星突然喊她的名字，"听你的意思，也知道顾家与乔家的关系了。"

乔苏转过头，眼睛亮晶晶地望着他。顾梓星迟疑了一下，问道："那么，你知道芯片的事情吗？"

乔苏怔了一下，除此以外，脸上没有其他情绪，她小心翼翼地摸向颈间，将一串项链取了下来。

"芯片就藏在项链中间这枚吊坠里。"她将项链塞进顾梓星的手心，抬头看向他，笑吟吟地说。

顾梓星仿佛遭到雷劈一样怔在原地。乔苏早料到他会有这样的反应，于是轻声解释："这个芯片里，其实已经没有东西了。"

"什么意思？"顾梓星这才回过神来。

"里面只有妈妈给我录的一段视频，她亲口告诉我里面的资料已经毁了。"乔苏解释道，回想起乔心然的面容，她的眼中闪过一丝柔和，"她说已经有太多人为之牺牲了家庭，甚至人生，不值得。"

顾梓星点了点头，没有多问，沉默片刻，他又说："乔家的目标也是芯片。"

"我知道。"乔苏点了点头,"但我不会交给他们,他们也不会相信芯片里的东西已经毁了。"

顾梓星似乎还想说些什么,硕大的厂房外却突然传来凌乱的脚步声,还伴随着隐约的说话声,越来越近,直至开始上楼。

乔苏的神经一下子就紧绷起来。顾梓星冲她做了一个噤声的动作,小声凑到她耳朵边说了句"见机行事"后,便隐藏在不远处摆放杂乱的集装箱后面。

"怎么找这么一个破地方?"乔苏听到一个冰冷的男声发问,语气里充斥着不满和嫌弃。

"您别生气,这里毕竟是顾家的地盘,咱们这次带的人又少,这地方虽破,但胜在安全隐蔽,所以暂时委屈您在这里稍作等待!"一个谄媚的声音小心翼翼地回答。

"哼,一群没用的东西!"

楼梯口果然上来了很多黑衣人,而他们簇拥着的那个阴柔的中年男人,便是乔睿了。

听闻乔家现任家主乔睿性格乖张暴戾,做事不择手段,他上任后似乎为乔家树了不少新敌,乔氏众人虽然苦不堪言,却无人敢与他对抗。

算起来,他还是乔苏的四叔。这也是乔苏第一次见到与自己有血缘关系的人。乔睿与乔苏细看眉眼竟有三四分相似,只不过他整个人看起来虚浮阴冷,毫无血色的面上挂着两个青黑的眼圈,生生地让人无法联想到他俩竟然是一家人。

瞧见乔苏,他并未展现出任何见到血亲时的兴奋,神色十分陌生。他如同冷血动物一般湿腻的目光黏在乔苏身上片刻后,突然侧身继

第十二章 以后,我们来日方长

续询问身边的人,丝毫不避讳乔苏,更像是特意有什么东西想让她听见一样:"准备得怎么样了?"

"您放心,机票都备好了,咱们今晚就可以回国了!"一个谄媚的声音回答。

听到这句话,乔苏面上一惊。

乔睿这才露出一抹勉强满意的笑容。他的注意力再次回到乔苏身上,冷冷地问:"芯片呢?"

乔苏摇了摇头:"我不知道什么芯片。"

乔睿眼中闪过一丝不快,却仍旧耐着性子威逼利诱:"只要你交出来,这辈子四叔管你荣华富贵。"

垂下眸,乔苏依旧摇了摇头。

"哼!真是敬酒不吃吃罚酒。"乔睿的耐心一下子就被消磨殆尽,他收敛笑容,一手抬起乔苏的下巴威胁道,"如果不说,我今晚就带你回乔家,看来得好好教教你怎么做一个乖孩子。"

言毕,他又突然像想起什么似的一把抄起乔苏的衣领,语气冰冷地问:"听说你一直待在顾家,不会是把芯片交给他们了吧?你这个'认贼做父'的家伙,果然和你那个妈一样忘恩负义。"

他的手劲很大,勒得乔苏快要喘不过气来,花了好几秒钟,她才压下恶心感,从嘴里生生憋出两个字来:"没……有……"

"很好。"乔睿扯出一个狞笑,松开了手。

这时,楼下似乎传来了吵闹声,其中隐约夹杂着乔苏熟悉的声音。

"怎么回事?"乔睿掏掏耳朵,不耐烦地看向下属。

其中一个人站出来说:"老板,有人说有您想要的东西,吵着要见您。"

乔睿皱了下眉,说:"把人带进来!"

随后他又看了眼乔苏，招呼站在角落里一直充当透明人的张青说："青叔，你们看着她，别让她乱说话！"

张青点了点头，招呼两人走上前看住乔苏，并拿出一卷胶带，轻柔地贴在了乔苏嘴上。

乔苏诧异地看了他一眼。

一阵上楼的脚步声后，楼梯口突然出现了一道熟悉的身影。

乔苏蓦然瞪大了眼睛，脸上满是不可置信。

"许恩？"乔睿也认出了她，随即冷笑道，"你竟然还敢出现在我面前？"

许恩先是不动声色地看了一眼乔苏，发现她似乎没受什么伤，暗自松了一口气，随后她又将目光转向乔睿。

"乔睿，"迎着对方蛇一样的目光，许恩缩了缩脖子，鼓起勇气说道，"我有你们想要的芯片。"

她是怕乔睿的，那种带着湿冷毒液的目光，让她从心底就感到排斥。

乔睿嗤笑一声，明显觉得对方又在撒谎。许恩早就料到他不会相信，于是张口报了一串日期。

乔睿突然收起恹恹的样子，坐直了身体。

"这是我看到的芯片里文件夹的创建日期，从顾氏拷完资料后，她应该立刻会联系乔家，所以你心里清楚这个时间究竟对不对。"

"好，我暂且当你没有撒谎。"乔睿舔了舔嘴唇，勾起一个邪恶的笑容，"说吧，你想开什么条件？"

乔苏的心头闪过一丝不祥，因为她看到许恩的目光瞬间落到了自己身上。

"要我把芯片交给你们，可以。"许恩指向乔苏，"放了她，

第十二章 以后，我们来日方长

如果非要抓一个人,那就换我来。"

"唔……"乔苏拼命地摇头示意许恩离开。

乔睿眯着眼环顾两人半晌,突然哈哈大笑起来,他看着许恩阴阳怪气地说:"哟,现在开始上演姐妹情深的戏码了,当初顶替人家的时候怎么就没见你这么正义凛然呢?"

周围一片哄笑。许恩被戳了痛处,一时间涨红了脸,缓了好一会儿才结结巴巴地喊道:"你们到底换不换?如果不换我可就反悔了,这辈子你们都别想再得到芯片了!"

"你在和我讲条件?"乔睿神色一凛,蓦然勾出一抹森冷的笑意,他努了努嘴,立刻有几名黑衣人走向许恩,"乔苏本就是我们乔家人,你有什么资格和她做交换?给你一个选择,交出芯片我放你走,也不再计较你之前蒙骗整我的事情!"

乔苏急得快要跳起来,她若有若无地瞟了一眼顾梓星藏身的位置,心里急切地念叨怎么救兵还没有来。

"不!我不会让你们带走乔苏的!所以你以为我会这么莽撞地来?"许恩对这帮追着她跑了大半个欧塞登的黑衣人十分有心理阴影,但为了给自己造势,只得硬着头皮仰起头,毫不畏惧地瞪向乔睿,"我将芯片里的机密文件拷备了一份,设定了定时发送到邮箱,如果你们不放乔苏,它将会自动发到顾氏CEO(首席执行官)的邮箱中。"末了她又补充了一句,"如果我没记错,定时还剩十几分钟。"

她越是表现得胸有成竹,对方就越会相信。

乔睿的五官一下子就扭曲起来,他径直冲到许恩面前,狠狠地抓住她的头发:"该死的!你竟然敢耍花招!"

许恩被拽得惨叫一声,嘴唇被牙齿磕破了一大块,鲜血直流,她舔了一口血,依旧大声喊道:"放了乔苏!"

乔苏的眼泪顿时流了下来。她知道许恩根本没有什么机密文件，不过是缓兵之计，狐假虎威罢了，如果被对方发现她还在骗他们，就惨了。

这时候，工厂外响起了汽车的轰鸣声。

"老板！"一个黑衣人慌慌张张地跑上楼，腿一软便跪到了地上，"外面来了好多人！"厂房内瞬间乱成一团。

躲在暗处的顾梓星准备趁乱将乔苏救出来。

"是谁报的信？"乔睿尖声怒吼，左右环顾后一把拽着乔苏的衣领将她拖向了二楼围栏的边缘。

厂房二楼并非全封闭式的，整个右侧隔着栏杆，有一道一米多宽的口，与一楼直接相通。

突然的变故让顾梓星不得不收手，他悄悄地向离乔睿最近的一个集装箱靠去。

此刻，一直抓着许恩的一个黑衣人也拖着她来到了乔睿旁边。这时，大批的顾氏安保人员拥上二楼，带头的便是顾梓繁。

"别过来！"乔睿狠狠钳住乔苏的脖子，乔苏倒吸一口气，她的肋骨被他压得撞在栏杆上，硌得生疼。随着他的叫喊，顾家的人只好都停下步伐，虎视眈眈地盯着乔睿和身边胁迫许恩的黑衣壮汉。

乔睿脸上的肉抖了抖，他突然狠狠地啐了一口，大声喊道："你们退出去，不然谁都别想好过！"

顾家的保镖面面相觑，只好将目光放到顾梓繁身上，等待他下令。

顾梓繁面色铁青地抬起手，示意自家人往后退。

乔苏僵直着身子，半点儿都不敢动，突然她发现离自己几步外的集装箱后，顾梓星冲她比了一个安心的手势。

乔苏生怕别人发现，赶紧环顾四周，所幸并没有人往那摞箱子

第十二章 以后，我们来日方长

上面看。

感受到她不安分的脑袋,乔睿收紧了胳膊,冷声警告:"别给我乱动!"

乔苏立刻乖乖地变成了一具"僵尸"。

暗处的顾梓星冲顾梓繁使了一个眼色,顾梓繁的手悄悄往兜里按了一下,厂房里突然响起了电话铃声。所有人的目光被吸引过云。

几步外的桌子上,乔睿的手机响了起来。桌子旁的一个黑衣人看了一眼,不知所措地说:"是乔老爷子打过来的。"

"您要接电话吗?"乔睿还未张口说话,那个黑衣人便自顾自地拿着手机,向他走了过来。

"不……"乔睿刚想拒绝,却突然意识到不对劲,但已经晚了。

顾梓星冲了出来,一把抄起一旁废弃的木椅子,朝着乔睿的后背狠狠砸了下去,乔睿吃痛地弯下腰,乔苏趁机脱离了他的掌控。

而另一边,那个拿着手机的黑衣人突然出手制住了抓着许恩的壮汉,顾家人一拥而上,控制住了在场的其他人。

逃出来的乔苏第一时间看向许恩,见她也顺利地摆脱了控制,站在栏杆边冲自己挥手报平安。突然间,一个黑影扑向许恩,将她狠狠地推了一下,许恩一个趔趄,从栏杆上翻了下去,消失在乔苏的视线当中。场面依旧一片混乱,乔苏却仿佛什么都听不到似的,她浑身犹如坠入冰窟,不住地颤抖,整个厂房瞬间响起她凄厉的叫喊声。

"许恩!"

尾 声

1

半年后。

"快看，梓繁又寄礼物回来啦！"

看着客厅一大箱子礼物，吴妈笑眯眯地抬头招呼刚从楼上下来的顾梓星。

他还是光芒体，随意站在那里便会吸引所有人的目光。

比起半年前，他的样子没怎么变，只是退去了少年的青涩桀骜，散发出更多的成熟魅力。清爽利落的茶褐色头发下，一双眸子仍旧清清冷冷，整个人的气质和线条却多了几分柔和，淡了些许拒人千里的冷厉。

此刻，他穿戴整齐，似乎是一副要出门的样子，吴妈瞧见自然是问了一嘴："小星，是要出门吗？"

"嗯。"顾梓星走到客厅的一大箱礼物前，箱子并未拆开，他的目光却停在上面几秒钟。

"现在打开看看吗？"吴妈看着他问道，却又想起什么似的叹了口气，担忧地说，"都小半年了吧，小繁也不回来看看，学业有那么忙吗？"

顾梓星划过箱面的手指顿了顿，随后淡淡地说："他准备好了自然会回来。"

气氛瞬间陷入沉默。

片刻后，顾梓星直起身体往门口走去，出门时他回头看了一眼吴妈道："我去接乔苏，礼物等她回来一起拆吧！"

半年前那件事后,顾梓繁决定回中国深造,而乔苏与顾家之间的心结彻底解开。但考虑到各方面复杂的原因,在乔苏的坚持下,她最终还是搬离了顾家,和许恩一起租了套房子稳定下来。至于乔家她自然不会回去,没有父母在的家,怎会是真正的家?她考上大学,成为一名正式的大学生。业余时间,她依然兼职家教,继续教一新画画。累积的家教收入和奖学金让乔苏的经济不仅完全独立,还时常带着礼物回到顾家看看。

"乔苏小姐今天要来吗?"吴妈一听,思绪敛去,面上也是掩藏不住的高兴,"那我晚上多做点儿她爱吃的菜!"

顾梓星闻言,嘴角漾出一丝温柔:"辛苦您了。"

已是盛夏,西斜的阳光被街边梧桐树的枝叶打得细碎,缓缓地攀上墙壁。

欧塞登的市中心开了一家甜品店,平日人满为患,唯有午后才能有难得的一份清闲。

甜品店不算小,装修得独树一帜,有几分中国古典与西方梦幻结合的感觉。空气中常年弥漫着一股咖啡与甜点交融的香气,暖黄色的灯光打在进门处一排排陈列柜里的糕点上,显得格外诱人。

"店长,你的电话响了!"安吉拉举着一部手机探头向后厨张望,随着她的话音落下,许恩快步从里面走了出来。

如果仔细看,会发现她的步伐轻微不连贯,一只脚似是有点儿跛。

她身着干净利落的西装套裙,长发在脑后绾了一个松髻,几缕零碎的发丝调皮地在耳边飞舞,她抬起手轻轻地将它们别在耳后。

"好像是老板打来的。"安吉拉说。

她从安吉拉手里接过手机,看到屏幕上显示的来电后,接起电话,脸上的笑容愈加灿烂。

"嗯,那我就不等你一起吃饭了。"许恩说,电话那头的人似乎又说了些什么,她听后"扑哧"一声笑了出来。

"行了,每次都要听你念叨半天,我这个当姐姐的就这么不让你放心啊!"对方似乎也笑了起来,两人又聊了几句后才挂了电话。

"亲爱的,你问问大家晚上是否有空,我请大家吃饭。"许恩回过头,冲着安吉拉摇了摇手里的手机,笑着说。

"哇!"安吉拉两眼放光,开心地说,"我这就去问!"

乔苏挂了电话,抬手按了下面前的电梯。

因为被导师留下来整理一些课件,此时距离下课已经有好一会儿了,加之明天是周末,教学楼里只有寥寥几个人。

她看了一眼时间,低头发了条短信后,便紧紧地盯着电梯显示的楼层数,看起来有些着急。

"叮!"电梯到达的声音与来短信的提示音同时响起。

乔苏走进电梯,看了眼短信内容后,本来紧皱的眉头渐渐地舒展开来。

不急,我等你。她在心里一字一字念着,眼中和嘴角的笑意不受控制地弥漫出来。

电梯四周都是透明的,镶嵌在教学楼外侧,一举便能看到大部分校园的风光。

乔苏此刻却无心看景,她左右环顾,直至将目光锁定在外面一道熟悉的人影上,才露出了灿烂的笑容。

他自然是不知道有人在偷偷看他,一直低着头在摆弄手机。

随着电梯的下落,那道人影越发清晰,电梯停在一楼时,乔苏便像离弦的箭一样冲了出去。

教学楼门口,似是听到了匆忙的脚步声,顾梓星抬起头,沐浴在阳光下的样子深深地刻在乔苏的眼中。

风撩起了头发,也带来了他。

他就那么看着自己,眼里却仿佛盛满了整个星空。

安徒生曾说,每个人的人生都是上帝着手写下的童话,充满流浪的艰辛和执着追求的曲折。

纵然回忆过去总是会带着些泪水,即使居无定所,心灵暂时漂泊,爱与梦想也会成为绝望中的阿拉丁神灯,让未来变成一个比烟火更加绚烂的地方。

而童话镇里,我们还有长长的、长长的路要走……

——本季完——